国家出版基金项目
NATIONAL PUBLICATION FOUNDATION

"十二五"国家重点出版物出版规划项目

走向世界丛书

主编　钟叔河　曾德明　杨云辉

FROM EAST TO WEST

王芝 海客日谈

鄢琨　校点

岳麓書社·长沙

本册总目

王芝海客日谈

丛书新序□

钟叔河

二〇一三年十月

“走向世界丛书”一百种，只收晚清时期 from east to west（从东方到西方）的记述，这并不等于说，只有十九世纪末二十世纪初的中国人，才需要面对走向世界的问题。

纵观人类历史，走向世界决不是什么地区性和阶段性的活动，而是不断出现在全人类发展进步过程中并与之同步的历史现象。一百万年前，人类开始从非洲进入亚洲和欧洲，一万年前，又从亚洲进入北美洲和大洋洲，就是在不断地走向世界。

从有史以来的文献、文物看，三千多年前的《奥德赛》和《出埃及记》，说的是古希腊人和以色列人走向世界——走向地中海和巴勒斯坦。两千多年前的《史记》和《汉书》，写了张骞和后来汉朝“益发使”走向世界——曾走到罗马在西亚的边陲。一千三百年前的《大秦景教流行中国碑》、七百年前的《马可·波罗游记》和四百年前的《利玛窦中国札记》，记下了阿罗本、马可·波罗、利玛窦的 from west to east，这和 from east to west 一样，都是在走向世界。

人类曾因地理、种族、制度、意识形态等原因而互相分离，甚至隔绝。夜郎国的君长初见汉使时问：“汉孰与我大?”当是时，夜郎的世界僻处黔西，其“大”可知；连夜郎都未入版图，则汉之“大”亦远不如今之中国。但人为万物之灵，为了求生存谋发展，总不能老守着自己的一亩三分地，总会要想方设法走向世界——走向更广阔的外部世界。于是，汉要“通西南夷”，要前往原来“道险终不能有”的夜郎；夜郎要问“汉孰与我大”，要想改变原来“不知汉广大”的状况。由互相隔绝变而互相接近，互求了解，这就是走向世界。

走向世界，无论是自己走出去还是让别人走进来（总比让别人杀进来好），无论是主动的还是被动的，从总的历史进程看，用大的历史眼光看，都有利于发展，都是一种进步。对汉朝来说是如此，对夜郎来说亦是如此。两千年前是如此，两千年后亦是如此。上世纪七十年代末开始编辑出版“走向世界丛书”时是如此，如今来继续编辑出版这部丛书时亦是如此。

今天的中国已不再是七十年代的中国，虽然仍称发展中国家，经济总量却早已“超英”，正在“赶美”，但走向世界的路还“漫漫其修远”。时至现代，走向世界当然是要走向现代化的世界，也就是要高度现代化，全盘现代化。“四个现代化”的“四个”——工业、农业、科技和国防，已经“化”出了很大的成绩，而我们的管理现代化，我们的服务现代化，我们的制度现代化……要走的路的确还很长。

现代人走向世界，首先要使自己成为能接受全球文明，有世界知识，有世界眼光，有世界理想的人。“走向世界丛书”杰出的作者，如郭嵩焘、黄遵宪……又如邹代钧、金绍城……他们看到的新技术还是德律风（送话器和最早的手摇电话机)、火轮车（蒸汽机车）……我们如今却已经用上了智能手机、坐上了波音飞机……但在思想层面上，我（不敢称我们）反省自己的世界眼光和世界理想，甚至在世界知识的某些方面，比起一个多世纪以前的郭、黄他们来，差距实在还不小。在这方面，也就是人的现代化这方面，要走的路就更“漫漫其修远”了。

五年前北京奥运会的成功举世公认，它已经成为中国走向世界的一大标志。它的口号：

ONE WORLD，ONE DREAM

“同一个世界，同一个梦想”，这也应该是现代人走向世界的志向和目的，是我们继续编辑出版“走向世界丛书”的志向和目的。

丛书原序

钟叔河

一九八〇年七月

人们常说，今日之世界，乃是一个“迅速缩小的世界”（rapidly shrinking world）。在电视卫星、激光通信和喷气式客机的时代，地球之上各地之间的距离，确实好像越来越短，人们相互间的接触和交流，也越来越方便和密切了。

可是，仅仅在几代人以前，异国还显得那样的离奇和遥远。古代欧洲人说，中国人用小米和青芦喂一种类似蜘蛛的昆虫，喂到第五年虫肚子胀裂开，就从里面取出丝来（Pausanias《希腊纪事》）。古代中国人则曾经相信，西方有种羊羔是从泥土里生长出来的，脐带还连着大地（《旧唐书·西戎传》、《渊鉴类函·边塞部九》）。这类海外奇谈，今天听起来简直不可思议，而在过去上千年中，却一直被当作可信的资料，记载在欧洲和中国的史书上。由此可见，人类文明的发展，经历了一条何等漫长曲折的道路。

为了探索和开辟外部世界，丰富自己的物质和精神生活，各国人民都作过许多贡献。人类文明史像叙说伟大的发明家和著作家一样，将永远铭记着张骞、玄奘、马可·波罗、哥伦布等不朽的名字。我们甚至可以这样说：一个民族从中世纪到现代的历史，也就是它打开眼界和走向世界的历史。

历史的发展从来是不平衡的。当黄河、长江已经哺育出精美辉煌的古代文化时，泰晤士、莱茵和密西西比河上的居民，还在阴暗的原始森林里徘徊。而自从地理大发现和产业革命以来，中国却相对地落后了。在西方实现资本主义的现代化以后，中国还是一个基本上同外界隔绝的古老国家。是鸦片战争打开了中国的大门，也打开了中国人的眼睛。人们称林则徐和魏源为清代最早“开眼看世界”的人，因为西方的坚船利炮打到中国来时，他们首当其冲，亲身感到这个世界在缩小，距离和壁垒再也不能将异国隔离开了。

过去时代的中国读书人，在“严夷夏之大防”

的社会里度过了上千年。封闭的外壳被打破后怎么办？守旧派的办法是把脑袋钻进沙子里学鸵鸟，像慈禧太后的大学士徐桐，见到洋人就以扇遮面。就是这个徐桐，在庚子年间焚香叩请骊山老母下凡来“杀尽洋人”，结果骊山老母没有下凡，他自己的老命却白白送掉了。而林则徐和魏源则不同，提出要“师夷长技以制夷”，主张学习外国的长处，以对付外国的侵略。要学习，先得了解，于是林则徐编了《四洲志》，魏源编了《海国图志》。虽然他们未能亲身出国去考察，书的材料靠间接采辑而来，难免有许多谬误，但无论如何，地里长羊羔之类的神话毕竟不得不逐步让位给常识了。

林、魏之后，中国才开始有读书人走出国门，到欧美日本去学习、访问和工作。容闳、王韬、郭嵩焘、黄遵宪和严复等人，要算是最早的。接着出国的人渐渐多了起来，尽管其中不少是奉派而去的政府官员，但既然去了，就不会不接触近代—现代的科学文化和政治思想，也就不可能不在中国发生影响。

“走向世界丛书”专收一九一一年前国人亲历欧美和日本的记述。自从一八四〇年鸦片战争失败那时起，先进的中国人，经过千辛万苦，向西方国家寻找真理。应该说康有为和在他之前的郭嵩焘、王韬、容闳等人，的确代表了近代中国向西方寻找真理的一派人物。当然，丛书所收的，也并不全属先进的人物的作品；但总而言之这些都是中国人从东方走向西方的实录，自有其文化的意义和历史的价值。

必须指出的是：从鸦片战争到五四运动这一历史时期中，西方国家虽在许多方面比中国先进，值得中国人学习，但国家利己主义的本质，却总是要压迫剥削比他们落后的民族的。中国人走向世界、接触西方，既有一个学习外国长处的问题，又有一个抵抗外国侵略的问题，盲目排外和盲目崇外都是错误的。对于某些作品中不免流露的这类观点，我们将在为各书撰写的叙论中，适当地作些分析，供读者参考。

“洋为中用”是我们今天的主张，也是十九世纪先进的中国人的主张。“师夷长技以制夷”，不就是“洋为中用”吗？当然，随着接触和认识的逐步深入，人们慢慢地看出：仅仅学一点“长技”，搞一点坚船利炮，还是不行的；要救国，只有维新，维新行不通，就只有革命。伟大的革命先行者孙中山，用他自己的话来说，也是在一八七八年出国以后，“始见轮舟之奇、沧海之阔，自是有慕西学之心，穷天地之想”，才树立了推翻清朝建立民国的大志和信心。历史无情亦有情，后人的思想和事业肯定要超越前人，但前人的足迹总可以留作后人借鉴，先行者总是值得纪念的。

今天的世界已不是十九世纪的世界，今天的中国更不是清朝末年的中国。今日之中国，已经逐渐以现代的面貌，出现在世界的东方。但是，世界的进步越来越快，中国的经济和文化等许多方面还需要不断地发展和提高；这就必需继续打开眼界、走向世界。打开眼界以后，还要学会分析，分清好的和坏的。一切好的东西，要拿来为我所用；一切有害的东西，要实行抵制和预防。在这方面，前人的经验和教训，有一些也仍然值得我们注意。

谨将这套丛书奉献给爱好历史和文化、关心中国和世界的读者，希望它能在中国现代化的过程中，起到一点微薄的作用，是为序。

丛书凡例□

一、“走向世界丛书”一九八六年前已刊三十五种，二〇一五年起仍按原定一百种的计划继续刊行，仍然专收现代以前用文言写作的国人考察西方（含开国后的日本）的记述，仍以亲身经历、直接闻见者为限。

二、丛书按作者出国年月排列次序，尽量单行，即以一种为一册；字数过少无法单行者，才以两种或数种合订成册。合订本尽可能以类相从，按第一种出国年月排序；其各种均在封面列出书名，书脊则只列出第一种书名，并在其下注明“等几种”（另有附录者则注明“附几种”）。

三、每种（册）书前，均由编校者撰写导言（叙论），介绍作者有关背景和书中重要内容，酌加评论分析，以供读者参考。

四、丛书均经编校者校订，标点分段，并加边批。边批的内容主要包括三个方面，兹以《随使德国记》为例，举示如下：

1. 标题、提要和说明，如“星使由苏州来”、“普鲁士分一十二省”、“演八十日环游地球的故事”、“如夫人即赛金花”、“‘人工’今皆称工人”。

2. 书中较重要的译名（加括弧注出原文或今译），如“德璀琳（Detring）”、“毕驰马（俾斯麦）”、“布莱门（不来梅）”、“德利风（电话）”。

3. 原文的订正和存疑，如“‘公司船’原无船字”、“‘骁勇’原作‘骑勇’”、“‘薛福成’成字原作辰”、“奥京立斯本应是维也纳”。

五、每种书后，均附人名索引，人名依首字笔画和一丨丿丶乚排列，按年、月、日三节数字查检（正文单页码下均有年、月、日三节数字备查）。如德璀琳之“德”字为十五画，于索引“十五画”内检得其名下首列“13，8，17”，查正文“13，8，17”在P.3下，即可在P.3上找到

（光绪十三年八月）十七日“乘肩舆往拜税务司德璀琳”的记载。

六、每种书后，一般附有译名简释（今昔译名对照，必要时并加说明），亦依首字笔画和一丨丿丶乚排列。如“卜兰墩浦 Brandenburg，勃兰登堡”，又如“勺勾腊 chocolate，巧克力”。

七、人名索引和译名简释的条目，并不限于边批中所举者；边批中所举者，则必皆收入索引和简释。

八、人名索引按年、月、日三节数字查检，其原书不著年、月、日者，则按篇章序号或页码查检。

九、原文因排印（抄写）而出现的明显的文字错误径予改正，不在边批中注出。

十、原文中同一外国地名而译文不一，如缪祐孙《俄游汇编》中“彼得堡”就有“比得堡”“彼德堡”等异文，因其无碍阅读，故一仍其旧，不予统一。

十一、原文中之统计数字亦一仍其旧。有的表格中之中文或汉码数字，为方便阅读，改为阿拉伯数字。个别已经失去时效、并无参考价值的统计表格，则在说明情况后删去。

十二、丛书以简体汉字印行。除总序、凡例外，编校者所作导言（叙论）、边批、索引中涉及的数字均按现行规定采用阿拉伯数字。

叙论：凿空与纪实混杂的海客奇谈

鄢 琨

在清人的海外游记中，王芝的《海客日谈》是颇被人诟病的一种。著名的如钱锺书在为钟叔河《走向世界》一书所作序中所说："一些出洋游历者强充内行或吹捧自我，所写的旅行记——像大名流康有为的《十一国游记》或小文人王芝的《海客日谈》——往往无稽失实，行使了英国老话所谓旅行家享有的凭空编造的特权（the traveller's leave to lie）。"钱先生又在《中文笔记》对王芝的身份提出疑惑："渠在军中何事，何以缅甸王迎以上宾之礼？何以抵英未至中国使馆，居十馀日即返？皆闷葫芦也。按其年才十八岁，而自称子石子，妆模作态，大言高论，甚可笑。"对此，近有张治提出猜测：1871 年年底，云南大理回族起义军领袖杜文秀"义子"刘道衡一行八人，曾经由缅甸从海路去往伦敦，商图联英抗清一事，王芝真实身份则是刘道衡的随行人员，为免招祸端，而刻意在书中隐去其真实身份。

又据田汝康查询英国档案，发现刘道衡一行实际上是驻守乌索寨（离腾越厅城一百十五里）的杜文秀部属柳映苍所派，为首的是柳的岳父马似龙，另一个是刘道衡，于1871年9月到达缅甸八莫。目的是请求英缅殖民政府帮助打通从缅甸通往腾越乌索的商道。他们在缅甸八莫和曼德勒活动了近4个月，一无所获，于是马似龙返回腾越，刘道衡则自称是杜文秀的“义子”，奉杜文秀之命准备出使英国。在英缅政府的支持下，刘道衡的使团经仰光至加尔各答，航海到了伦敦。1872年6月，刘道衡向英国政府递交了《上英皇表》，要求联合英国推翻清朝，却被英国政府认为荒谬之至，置之不理。刘道衡于9月份离开伦敦，在回到仰光之前，大理被清军攻陷，杜文秀起义失败，刘道衡从此留在了仰光。

对照《海客日谈》的记载，王芝和他的叔父月渔先生于同治十年十月朔日（1871.11.13），从腾越近郊的绮罗乡出发，由定冲军护送，到南甸（在今梁河县）见了宣抚司刀守忠及扼守边镇的龙陵参将李珍国等，然后由李珍国派安赕军卫送，经干崖、盏达（在今盈江县）等地，出缅甸野人山，经蛮莫，至新街（即八莫）。在新街拜会了英吉利使臣息毕名，并在息毕名处见到了“回逆杜文秀之姊之子”马金龙。“杜逆势日蹙，潜使金龙度野人山，航海求援于天方禄母（即意大里亚之罗马）。不应，又求援于英吉利，亦以阻海故辞。”

从书中所记来看，王芝一行至少公开身份不是柳映苍所派的使团。因为李珍国是当时的云南巡抚岑毓英办团练“剿逆”所倚重的得力干将，“归里练团”，与“回逆”“血战十数年”，战功赫赫，被擢升为腾越镇左营都司、龙陵营参将，绮罗乡正是李珍国的老家。最有可能的是商队。腾越地方绅商素与缅甸有贸易往来，在战乱之时，商旅没有武装护送无法通行。李珍国自己就在缅甸有生意，“谙拉菩那城和顺玉行……即珍国所置。珍国归滇练团……以常运玉及棉花归资团练。和顺玉行关系腾越甚重”。马似龙、刘道衡或是混迹商队之中，或是先期到达，新街出现的马金龙或许就是马似龙。

但王芝等人后来见缅王，偕“三缅使”经漾贡（仰光）航至伦敦（缅使迟行），则不可能是以王含序中所说的“参戎滇西”的清廷官员身份。因外交上清廷禁制极严，无论是李珍国或岑毓英，都无权遣使出访；而且此行也不见官方记载。极有可能，王芝叔侄海外之行便是以刘道衡的随员身份，因懂一点英语和缅语（很可能是多次往来这条路线的前黔江教谕月渔），而被刘道衡招揽。据英国档案记载，刘道衡出缅甸时，缅甸国王确实派了使团赴伦敦，与刘道衡先后到达。这也正与王芝所记相合。刘道衡在伦敦碰壁后，作为雇员的王氏叔侄便不再随行，而另行取道香港回国了。以这种身份，他们当然“抵英未至中国使馆”（何况当时伦敦并无中国使馆，直至四年后，才由郭嵩焘率员赴伦敦设立了使馆）；王芝在书中始终没有明言到欧洲所为何事，也可以此尴尬身份来解释。当然，这仍只是一种猜测。

《海客日谈》最为人所诟病的，是书中一些天方夜谭式的怪异记载，如在印度海中见龙："黑云如划。中垂二龙，鳞甲淡墨而光，带卓海面"，应是远处飓风生成的景象，还算靠谱；随即"俄顷雷电交作，雨大注。从雨中东望，一龙蜿蜒入海中，一龙夭矫攫拏，击水作戏有色有声，与雷电相抗"，就荒唐了。又如在赴瑞典的船上见"鸦利时兜"："船北有物如人，金鳞被体，骑金色马飞行海面……海随之啸，大风雷号，黑浪山涌，船几于覆"，写得活灵活现。其实在狂风暴雨中的海船上，久经风暴的老水手尚难在甲板上立足，何况初次航海的王芝！此时只可能躲在船舱里，从狭小的舷窗窥看黑云巨浪，一面听旁人的讲古述奇，一面想象海上的场景。

又如写野人山黑倮、白倮："至二百岁，则子孙不敢与居，舁之深山置之，遗与数年粮。"日子久了，该猓猓便变成"钩牙锯爪，朱发而金睛""饥则攫虎豹麂鹿为粮"的怪物"绿瓢"。猓猓为彝族的旧称。清钮琇《觚賸·绿瓢》："滇中猓猡有黑白二种，皆多寿。"而将丧失劳动能力的老人遗弃到山上，则是蛮荒时代世界各地许多民族都曾有过的习俗。王芝可能是把当地人的传说与前人的笔记糅成真事来记述，以神乎其说。

钟叔河曾指出，王芝的“敢想敢说”，“显示出少年人的幼稚和盆地居民的固陋”，如“海胡为而黑也，浊之极也；又胡为时清也，中国有圣人在上也”之类的议论，是“幼稚的盲目的自信既坚定，信口开河地编造起无稽之谈来也就不会脸红了”。

尽管有这样的毛病，王芝大部分时间还是老老实实地记述的，也给后人留下不少有用的资料。

最有价值的，当数经行云南和缅甸的记述，或许他对这一带较为熟悉吧。

在南甸傣族土司刀盈廷宣抚署中，“语及野人山要塞，盈廷夫妇皆奋激，指天自矢愿为国家效功滇边”“向使非盈廷忠义，飚轮之轨达野人山久矣，滇边尚有要塞耶？然而，李珍国实与有功焉”。到缅甸后，又见到“英吉利既以力胁缅人，数使使侦野人山道，欲通轮船火车于滇”，皆告失败。联想到数年后的“马嘉里事件”，正是李珍国和当地各族人民，抗击了从缅甸八莫向我国边境进犯、射杀我群众的英国武装“探险队”，李珍国被撤职问罪。王芝的记述，揭示了英人的早有野心，以及云南边境各族人民的爱国之心。

他记野人山“诚滇边要害，天设中国之险”：“山纡绕滇边……向设八关九隘，置抚夷千户十七员，帅土兵分防关隘，以控驭缅野诸夷……西南曰铁壁关、虎踞关、天马关，通缅甸贡道也……凡由滇西南通徼外者，莫能舍野人山而他道。”

而“过野人山者，必于蛮允偰大官、头人来与议。大官、头人曰可过，则每人输银三亢，谓之保头钱。大官、头人集其众，卫之以行……如北道保标者然”。此外，过野人山还须尊重当地风俗：“野人俗畏鬼。寨之两端濠畔……版上以朱墨缋鬼脸，杂以符篆。过山者望见版，必下马伛偻以行。否则野人哗骇，谓获罪于鬼。”

在缅甸，他们受到当地华商的热情接待，并受到缅甸官员和国王的宴请。缅华关系是王芝关注的重点。

他在新街（八莫）看到乾隆三十二年远征缅甸战死的清军，头颅被缅人堆封为山，谓之“拱洞”。在缅甸王宫看到殿阶铸有乾隆年月的大铜炮二门，为“总督明瑞殉难时遗物”。

他还记下缅甸各地华商概况：“新街（八莫）有汉人街，屋制略如中国。瓦屋亦间有之。滇人居此者约千馀，腾越人居其九。以关汉寿行台为会馆，楼台廊阁，壮丽如中国制。”“谙拉菩那城（曼德勒）在金多眼东三十里。滇人居此者四千馀家，闽广人百馀家，川人才五家。”“观音寺……宏丽壮雅逾他种，循汉制也。”“金多眼财神祠，亦中华人建造者。”在当地竹寮板屋的草草民居和菩雅林立的缅式寺观中，这些建筑成为显眼的中华标志。亦有华人入乡随俗，“被其发，文其身，衣海纪，围捌叟，履起脸，甘混同于缅人者”。“漾贡（仰光）……广东、福建通商者数万人，浙江、云南商人亦间有之，西南洋诸商尤众。”1879年曾到仰光的黄懋材在《西輶日记》中记道：“漾贡……闽广之人虽多，然鴃舌难通，犹幸腾越人可以翻话。”可作王芝记述的印证。

除缅甸外，“星架坡中华海商多至数万，广东居其六七”，“闽粤人流寓岛中，纳巫来由土女为室者，不下数万人，其中殷羡者颇不乏”，以致新加坡“步头繁盛，遂为南洋第一”。“粤商在西贡者五六万，闽商称是，而滇商万之一耳”。但华商在外“胥兢兢焉”，因“中华官商势相阂，虽我朝海禁宏开，而远商海国者仍无所倚仗”，不似欧罗巴国官商一气。华商每每招忌，甚至有“吕宋之坑”的担忧（明万历间西班牙屠杀菲律宾华侨达五万多人）。

王芝在书中还记述了英国侵缅的历史。当时英国通过两次英缅战争不仅吞并了下缅甸，还将上缅甸变为半殖民地。在上缅甸，他见到“假乐善好施以愚诸夷”、窥视云南的英国官员，“出入缅禁，强与缅政”，“缅人岁输例银二百馀万于英吉利”；而“缅之王不务于政，徒佛是媚”，耗尽民脂民膏大修菩雅；百姓则“鬻妇卖儿者相属于途，而无所告也”。在下缅甸，则是到处菩雅经“风日剥蚀，黯淡无彩色”，取而代之的是“洋楼栉比”；漾贡更是“洋楼如鳞，鬼了如毛，梭行楼畔，居然罗刹世界”。王芝因此“不禁望菩雅而为缅悲也”。（1886年英国再次发动战争，吞并了缅甸全境。）

航海途中，因“无可消遣”，而“姑妄记之”的奇闻外，王芝还记下了途经各地的一些历史、风俗等情。如经墨洗新河（苏伊士运河）时，详细记录了同船法郎西人所言凿河始末，对主持其事的法国驻埃及领事利士浦“决意孤造，匄巨费，经数年，终底厥成”赞叹有加。

到伦敦后，他们在英吉利酋威里加等（接待他们的“英酋”具体职衔始终未明说）的陪同下，参观了公园、工厂、剧院、教堂，然后赴瑞典，经丹麦、荷兰、比利时、法国。王芝记录了各地的见闻，并著论介绍了所经及周边国家的国情。在有充足时间观察时，他的记述还是很详细的。如赴瑞典的海船上观船中机器，记道“船行甚不易，先半日火炭于坑，火盛，匵中水满沸，铜管气渐充，渐动箱中机扇，机扇急气转达于铁管，亦渐充管中，水银始热，气遂贯，枢遂动。诸机器乃灵，轮乃转，船乃行……”，对蒸汽机及舵轮的运转作了近千字的介绍，在旧笔记中亦属少见。

又如记欧陆所坐火车，对车厢、铁轨的构造及火车的便利均有介绍：“火轮车行铁路，光滑坦直，约五十马力即可行车百辆……轮与铁路凹凸相配。铁路以铁条为之……每路三尺则钉于木板……复以巨石层土镇压之……车一时行可百迈……欧罗巴大小诸国无不日有事于此，急急营营，视为治国先务……无事则商贾通行易于贩运，有事则军粮征调不致稽迟。”

在海船上他第一次使用天文望远镜，看到太阳“四周金芒焰焰，片上朱光如炎，光中常有黑子如斑，多寡无定数，时长时消，消亦无尽”；月球则“凹凸不平，中有物如云如山，亦有黑子斑，然不能消长，常视皆如故”。只是他“素性燥拙”，“不欲精视而详究”。

因不精视详究，他的描述也不免出错。如赴阿特科观电报：“炼铜铁为长丝……丝头扭曲如蚓，拨其枢则画沙成字，译而书之，万里消息俄顷可通。盖东头作书，西头枢亦动，亦画字于沙如东也”，把电报机的纸带记录点画理解如中国的扶乩一样。

王芝是少年心性，看见新鲜东西自然好奇。但他为了显示自己的高明，将西方科技视为“奇技淫巧”，常常发一些莫明其妙的议论：“古先圣王……以忠孝弟友为管，以仁义为轮……机变之巧之甚邪慝之甚也，无耻之甚也，败无日矣，胡利乎尔!”在洋务运动已经兴起的年代，远离政治中心的小文人王芝，其见识又迂腐得有些滑稽了。

王芝这种不合时宜的“文化优越感”，在书中常有流露。他参观勿都书院，“阅其书帙，则钩纠虫篆也。使之读，则格磔鸟音也。详视其徒，则虬须狮发、鹰准鹭睛，而略具衣裳者也。因益动鹅湖鹿洞之思焉”。用虫、兽、鸟来比拟英国人。

再如离开欧洲时，多次招待过他的洋人请他题诗留念，他写下《赠洋鬼子及诸眷属》，“诸人顾嘉赞之，同报以酒”，他却“私念谚言‘瞽目赞花光’，正此之谓，不禁大笑”，未免不够厚道。

王芝年纪不大，受孔孟之道熏陶却不浅，加上阅世不深，于时事及经世致用亦不甚关心（这一点从他对时事的议论可以看出。他认为俄罗斯在外兴安岭“不过暂时偶然之衅”，全然不知1858年的瑷珲条约、天津条约与1860年的北京条约；他主张“朝廷既使大官帅重兵镇星加坡，然后布泊兵船于海三面……且以兵驻满剌加”，似丝毫不知世界形势与中国国力）。因此他虽然到欧洲转了一圈，却对西方的政治制度了解甚少。在这一方面，《海客日谈》还远不如当时未出国门而编就的《海国图志》（林则徐）与《瀛环志略》（徐继畬）。

倒是他对异域占有极高地位的宗教更为关心，多有批评。他批评缅王佞佛：“绝吾胞吾与之生路，以供养素不亲识之死佛，未识其何心也！”过锡兰见佛“足迹”，指出“佛弟子类好狂诞，每言佛迹，皆傅会或妄造”。他多次批评欧洲的洋教（天主教）与西教（耶稣教），“究之天主即耶稣也，顾二教各立党，不相善如水火，欧罗巴诸国相倾相残，莫非二教之故”，“教党盗权乱人国同也”，而教院皆是盗薮，教王则为逋逃主，西教实为罗马帝国火亡之阶。

王芝返途经过香港，见“入目多中华景物”，感慨“魑末网两竭力易技，固不得尽变”，乃“心至乐焉”。在他的思想深处，西方仍是“鬼域”，因“蛮夷猾夏”而产生的排斥情绪，使他的渔瀛之行虽有所见闻，却不愿“精视而详究”，对所见的诸多先进事物终难以产生共鸣。

他自称欲以此书“贡于中国之经世者”，但其可贡献者，比起同时代那些想要“师夷长技以制夷”的人的海外游记，就逊色不少（如与他年龄相仿的张德彝的《航海述奇》等篇）。

王芝（1853—?），字子石，四川人，生平不详。据钱锺书《中文笔记》第1册第374页注：“吴虞《秋水集》‘怀人绝句十二首’之九云：‘四海敖游倦眼空，相逢容吐气如虹。笑将千万家财散，名士终推庾子嵩’，自注：‘华阳王子石丈芝。’”《吴虞日记》1915年3月14日及16日提及“王子石遗诗”，则王芝此前已去世。

王芝海客日谈□

同治十年十月朔日戊午（1871.11.13）　发云南腾越

同治十年十月甲申（1871.12.9）　至缅甸都城曼德勒

同治十年十二月庚申（1872.1.14）　辞仰光入印度洋

同治十年十二月癸未（1872.2.6）　至英国伦敦

同治十一年正月戊戌（1872.2.21）　至瑞典斯德哥尔摩

同治十一年正月辛亥（1872.3.5）　辞巴黎东返

同治十一年四月乙卯（1872.5.8）　至北京

□据光绪丙子杪冬石城刻本

□鄢琨校点

王芝海客日谈目录

渔瀛胪志叙

《渔瀛胪志》，华阳子石子著也。子石子淡泊名利，而服膺君子，有爱己之心，救物之能，之言既谢，定冲戎马，将取道野人山，度铁壁关，越南徼，绕西海，复遵南海，而东而北，以朝于阙廷，举凡所睹、所闻、所感、所遇，事无巨细，必胪志之。有韵，有不韵；有文，有不文。既借以祛羁旅之愁，又可贡实于我中国之经世者，非有意渔名若利也。虽然，子石子，蜀人也，胡渔于瀛？渔瀛矣，亦曷足志？志矣，何必胪？是恶可不叙以昭之。且夫古今如斯其久也，寰宇如斯其辽，渔人不计若干辈也。渔之地不计若干，所渔之术亦不计若干。名居无恒产，以渔替布粟有之，心厌华朊，以渔适性情者有之，有称海上钓鳌客者，有曰网碧海珊瑚者。要之术或不舍乎缗竹，地或不逾乎江湖，人则更不能忘怀乎名利，子石子悉无当焉。子石子窃愿学君子久矣，虽未逮其能，心或与同，亦岂忍

事无巨细必胪志之

轻试逾越海关之厚罚，昧怀刑戒耶？盖今法弗昔似矣。昔者关讥而不征，今国家仁威四被，广天下一家之心，宏开海禁。关山边徼，南北无讥；五洲百国，竞来交市。中国渔毫末者，亦朝夏而夕夷。而包藏祸心之徒，因而重啖之，使益憧憧往来，即禁之不胜其禁。益假交市名，周行中国膏腴要害之地，悉志而献诸酋，欲伺间乘隙以谬逞其奸。虽彼妄贪速败，我顾何可不豫为之备耶！彼能志中国，我独不能志海表耶？然而洋商海贾，类不达文，日惟渔利为务，安望其志也？间有二三达文之士，又欲矜奇夸谲以渔名，安望其志之胪也？前之志者，率皆陈陈相因，虚讹传袭，鲜有裨于实事。今子石子幸承国家之福，不陨越于定冲戎马间，得善辞厥事，驾一舸以渔。天风潮汐之中，非子石子渔瀛地欤！良笔也，精墨也，方甗长札也，非子石子渔瀛术欤！人情之尚讳，山水之险易，风俗之诚浇，庶务之得失，或目有睹，或耳有闻，而遇诸身而感于心，并渔而志之，以贡于中国之经世者。事惟求实，疑者略焉。诚虑海辽而事实难详，渔海表久，而事实多逸，斯渔瀛志所为著欤？其间每有抒怀状景之言，凡所以祛羁旅之愁，使无损于渔人，此躬乃能且渔且志也。胪之者，欲渔丛而弗紊耳。嗟乎，子石子之渔瀛也，夫岂所愿哉，是亦不得已耳。非所愿，自非渔乎名；不得已，自不渔乎利。不渔利，故得暇而志；不渔名，故无意衔陈文章而为胪志也。要本君子爱己救物之言而已，庸有意渔名利乎哉！

前之志者虚讹传袭

事惟求实疑者略焉

圣清同治十年九月廿八日，子石子倚装书于腾越军中。

海说叙

子石子既由西海，济于海东，渔瀛之事于是毕，《胪志》书亦于是乎成，颇出以示诸人。爱我者，咸慊然于是书之名，以为近于不谦也。而阿所好者，竟面誉《渔瀛胪志》为测海之针，不计子石子之受与否，亦不计是书之名当不当也。间有拘陋之士见之，竟大惊怪叹，以谓大而无当，不近人情之言。子石子于是幡然自悔，不复敢以示人，惟慎藏行箧，或忆旧游，则一检之。继思此书既在人间，五百年后必不能终藏不令人见，因易其名曰《海说》，将归藏诸家椟焉。而后乃今不谦之让，吾知免矣，爱我者之慊然可满矣。虽偶一不慎，而为拘陋之士所窥顾，见《海说》名，必且大惊却走，亦省却开卷几许怪叹矣。嗟乎，嗟乎！大而无当者莫若海，子石子自知是书必不免于不近人情之议，又以书原游海而成，故以《海说》名。说也者，言之不必其当之也。后之阿所好

易名海说 言不必当

者，或欲以是书广示诸人，而不以《海说》名，而仍曰《渔瀛胪志》，子石子必为厉以褫其魄。盖子石子已重叙其易《渔瀛胪志》名为《海说》之故矣。且为之显缀观海说之法。孟子曰："观海有术，必观其澜。"观《海说》亦有术，必观其不着墨痕处。苟孜孜于字里行间，漫作无谓评骘，爱我者必从而笑之曰："此拘陋之士之伯仲耳。"去大惊怪叹者，不过跬步。请关卷疾走，幸甚。

圣清同治十一年九月九日，书于京师宣武门南孙公园后槐花榭。子石子。

海客日谈叙

好谈瀛洲

含生有二癖，好兵法，好谈瀛洲。自入大学以还，广求二者之书读之。三十馀年，癖日滋甚。冀周游海内，或得兼长二者之人为师，卒亦不果。乙亥秋，客吴门，遇黄君岱生，与谈甚洽，杯酒过从，频密朝夕，颇憾相见之晚。岱生亦同含二癖者也。岱生之言曰，世之自诩能兵者，颇得而见之矣。拙者每陋守成法，不敢失毫发于行阵之间；巧者则空疏自骋，每藉运用存乎一心之言以饰非。不能兵而妄诩能兵，皆忍人也。惟子石王先生，洵能兵者，洵能以灵心运用成法者，洵仁人也。先生深恶妄诩能兵之人，人或以能兵推先生，必怒曰：是何可轻言能学焉？备我国家万一之用耳！窃闻先生之论，要在因时因地因人因事以制宜，非精灵于此，能有是论乎？先生年才十八，即参戎滇西，小试其经青纬黄之略。未几去而航海，略舒其说山赋水之才。与枯坐一室，而肆谈九洲者，有天

航海所著书

渊之异焉。言间以一帙授含，题曰“海说”，即先生航海所著书也。洵瀛洲之奇谈，而能兵之略亦隐露崖略于其间。岱生之言，信不相诬也。含喜二癖之占勿药，因索酒与岱生共读。帙长不可骤竟，殷勤乞归，督诸书胥，即夜就烛下分钞之。钞成，焚香展读。觉含亦浮槎汪洋，天风神潮，仿佛相值。盖先生笔阵之深灵宏肆，亦如天风神潮，乍起乍落，其踪迹莫可端倪。使易笔阵为兵阵，为我国家用，夫岂有敌哉？岱生之言，信不相诬也。转憾岱生授我此书，何迟迟也。既稔读先生之书，思见先生，又日滋成癖，亟欲巾车北游。而岱生为言，先生已于癸酉归蜀中矣。丙子春，岱生以病卒。含伤同癖之无人，遂去吴门。夏初旋石城，山居枯寂，惟日读先生之书，而思见之癖日甚。既苦不可骤疗，因念海内同含癖者，必不止岱生。先生此书，惟岱生藏有钞帙。岱生客死，其藏帙已并归含。岱生尝言，先生自谢年轻学贱，必不肯自镌其书以问世。若含私秘此书，同癖者将藉何药以疗？忍不怜同病耶？于是以所钞付梨枣，将遍疗海内之同癖者焉。是书初名《渔瀛胪志》，继名《海说》。“海说”二字，似近于谐。而先生自叙，又云爱是书者，必不得仍以《渔瀛胪志》名。含遂不揣浅近，就含之癖谈瀛洲也，暂名以《海客日谈》。异日幸得以师礼谒先生，始商请定名焉。惜不及于吴门，一商于岱生也。惜岱生不及见此书之镌成也。岱生盖尝欲镌此书，而艰于资。含今幸得此书镌之，而附以名。含固未见先生者，较岱生尝与先生见，乃不得镌此书，抑何幸也！岱生以壬申夏秋间见先生于都门，先生时年十九，今计二十三岁。先生自能益深于学，则其来之日，为国家筹海治兵之用，方永独是。含开岁已五十四岁矣，恐不得入蜀中，执弟子礼于先生左右，遂先犬马、填沟壑，则此癖终不可疗。故于叙是书也，伤岱生，复自感焉。或者天怜含癖，是书成，使先生先见之，亦怜含癖，文旌惠然指石城，则含幸亿兆矣。会筑礼石楼，酿旨酒以待。

时光绪二年嘉平月中，浣心香弟子王含百拜谨叙。

凡例

是书因游以成。是游以京师为归，以英吉利为极。英吉利在海西北，京师在海东北，自西北济于东北，游南海自遍。故是书初名《渔瀛胪志》，易名《海说》。顾其名思其义，则知成书之故矣。一

缅事访实
莫不详书

是书纪缅事将三分之一。盖以缅中滇商最多，语言既同，事实易访，缅又为国家南徼亲藩，是游留缅中独久，琐事访实，莫不详书，将以补职方风土所未备。顾缅终为是游过道，虽事居是书软半，而纪名则仍不敢使缅字阑入，恐或溷是书之旨也。二

欧印诸国
缀以史籍

是游意在欧罗巴诸国，故虽未履其域，亦必访其实而传之。至五印度及南洋诸国，达耳给士丹诸国，古之史籍，今之传记，其说綦详。是游所经，亦略缀以说。凡所未履，概不复臆为传。三

欧罗巴诸国与中国交涉已久，兴衰沿革，乘查之使传

之必详。兹所立传，惟就所闻敷衍拉杂以成篇，而一归重于近事。既求传实，复便藏拙，且明自居小传，不敢僭拟大传之意。四

欧罗巴诸国虽与中国交涉，而相距太遥，中国人来游匪众。偶遇一二闽粤人，语言苦不习辨，所用通译之士，易地非良。诸国语言虽自能解，犹不能半。游国虽多，留日实少。非至大至要之事，未屑数数重译咨询，故书诸国服食嗜好较略。五

诸国服食嗜好本不尽同。今惟撮合书其日常习见而不甚悬异者，亦一爱惜翰札之法。六

诸国语音繁简各不相同。或此国一二字之地名人名，彼国七八字不能了。故言人人殊，通译之士不能尽解诸国语音，即一国语音亦不能尽解。诸国间有能通译中国之言者，又皆闽粤土语，非中国官音。每酣谈之际，忽有出奇言者，则譀譀相诘，或瞠目相觑，合座为之兴遏。斯诚说海一大憾事也。兹书所书地名人名，皆就谈言所闻，凑合中国之字，肖其语音而已，绝不可循文考义，妄求通译也。七 地名人名肖其语音

所书地名人名，有闻之俄罗斯、瑞典者，有闻之西班牙、荷兰、法郎西者，而闻之英吉利为多。所闻甚杂，不复细注。八

欧罗巴文字自与中国繁简不同，语音尤迥焉相异，不独在轻重迟疾间也。是书地名人名，皆以中国文字凑就欧罗巴语音，观者必须亦作欧罗巴语音，而精审其轻重迟疾之异，读之乃能相肖。若直作中国语音读之，绝无影响合

矣。盖欧罗巴文字虽繁简不同于中国，译其义犹或有合；至于语音，则每有三四字合一字，或五六字合一字，为中国所无者，故曰迥焉相异也。九

海国地名，古今译者百人百殊，古史所志益难同乎今之世。惟《海国图志》作于近人，或无甚倍，惜未携在行箧，又不甚记忆。既至上海，始得《瀛环志略》，即拟更正是书诸地名，而月渔先生以为宜各存所译，不宜故从同，因悉仍厥初。博雅之士必有沈通海国文字语言者，幸能教我以正。十

游履未及存之弗论

地如圜球之说，理势都近。如云自大西洋挂帆直向西行，越亚美利加益西，可抵大东洋，则蒙不能竟信。为其道，既不由夫南洋，又不由俄罗斯。俄罗斯北已抵北冰洋，北冰洋北未闻有道，则是由地下行矣。蒙游履未及，故亦未敢竟饬其诬。第存之弗论，不敢臆逞小慧，作想当然语，以自欺欺人也。十一

画勒圈点，自非著书体例。然海国语音既无文义可译，地名人名末由辨别，数名连书，益难断认，是书胥为钩明。凡地名罩以方画凵，人名加以旁勒丨，而句读亦悉与圈点。虽违体例，自成是书体例，庶几观者易于辨别断认，亦自明不欲公然滥厕著书家也。十二

向来游记纪日纪地，必纪阴晴雨雪。是书日则纪以验游之行止，地则纪地道有常，游原以地也。而阴晴雨雪，关于游亦纪，不关于游概不纪。以天道本无常，或前甲子阴，后甲子晴，前甲子雨雪，后甲子或不雨雪。天道本无

印板阴晴雨雪也。又或此地阴且雨雪，彼地或晴，一日之间亦或阴晴雨雪不同。津津并日与地纪之，甚无谓也。且天道远，游而纪之，游虽远，岂欲至天乎！十三

月渔先生有《欧罗巴竹枝》百二十首，具载《海天信笔》中，刻划极致，故蒙不复缀作。十四

《缅甸竹枝》本一百首，《野人山竹枝》本四十四首。初以辞多游戏删之，继思辞皆纪实，颇悔删之之失，而稿已不可觅矣。今所存《缅甸竹枝》才十首，《野人山竹枝》才七首，仍未免游戏，恐继此复悔其失，竟不忍删，并他辞之游戏者亦不忍删，陋拙者亦不忍删。十五

著书家向未有以诗文合为一书者，是书诗文间列，非有意创奇。以是书著于游，或游纵著于文不足，而补著于诗，或不便著于文，而隐著于诗。分之则游纵无从寻处，故断断不可分，非创诗文合书例也。然谓诗文合书奇例，著自是书亦无不可。十六

诗文间列互为补充

月渔先生为子石子仲父。是书奉先生命，惟称月渔子。然以诸父之故，终不敢竟称月渔子，以与子石子混。因称先生，以区尊幼。观是书者谅之。十七

同治壬申九月望夜，槐花榭主子石子自识。

《海国图志》一书，虽可佐筹海，然征引太杂，又多属远闻转语，实虚相半。惟《瀛环志略》十九有征，所书又甚得要领，所谓贤者识其大者。留心洋务之士，是宜必观而审之者也。饯秋之夜，复得《海国图志》，考较其略，附记于此。

增凡例

此书意旨微远，苟徒以肤近求之，必不得其旨，失作者意矣。故作者重序读此书之法，谓当于不着墨痕处求之。一

用笔之变
五花八门

是书极用笔之变，五花八门，何止数十种笔法。今略举其法之彰明共见者：有庄言说理法，有诙谐代谳法，有假事喻意法，有论物明情法，有宛讽徐引法，有长歌当哭法，有当头快喝法，有大声疾呼法。读者须一一如其笔法读之，乃能知其不着墨痕在何处。二

此书可歌可泣，可喜可愕，真至文也。我读之每为倾倒下拜。然书中每有眩骇读者耳目之佳文，而非至文也。读者务细读其可歌可泣、可喜可愕之至文，无使耳目为佳文眩骇，取笑作者也。三

此书中国之士读之，益兴尊周之志气。海外之士读之，足资自善之谋。诚天下之至文，而岂游记云哉！四

此书地名人名，原有方画直勒，句读原有圈点。作者成书时，自为《凡例》已言之矣。然余得此书，距成书时已三年馀，书中批评积夥，圈点固尽混淆，即方画直勒亦为所墨蔽。余学识疏陋，不能悬辨此书画勒圈点之旧，故概略之。异日幸遇作者，始以套版补焉。五

此书批评不乏佳当者，今限于边幅，概不镌入，使读者自去寻味，且使庐山面目一清。六

此书原本自首迄尾，通为一卷。今暂区为六卷，以便装载。七

校雠助资完刻之人

是书得于黄氏，书胥抄录不能略无错脱。暂以意稍排次之，又为订其一二字之可疑者。俟遇作者，自能正其是否。八

是书校雠之役，门人陈麟、高志景、志行兄弟之力为多。助资完刻，三生亦与有力焉。善不可攘，劳不可没，故于书凡例附表之。九

石城王含光叔氏识

古今游记充栋汗牛，而可读者甚少。以其笔墨之间多未能免俗。此书则脱尽俗气，字字可读也。其传记诸大篇，固如风如潮，极古文之能事。即诸小段，亦具古文章法，非层叠呼应，则联绾经营，过于古今诸记不可以十里百里计也。然其过人也，惟不肯使一平笔庸墨而已。乃余得此书而读之，而学其笔墨者，年馀于兹，犹不能貌似也，未能免俗故也。古文一道，岂非天下古今第一难事哉！

后来能古文者，多在中年。以往惟侯朝宗年未三十，即以古文称雄于时。然其二十以前，亦惟能骈文耳，当时已盛称之。夫能文甚难，非含之私言也。古文骈文，皆非多读书不能。而能古文尤难，既须多读书，又须去其糟粕，运其精英，又须深明于天地人物之情理，乃能发溢而为古文。古文之例甚严峻，既须协洽于例，又须不囿于例，且绝无依傍模拟。故能古文者，其数每不及能骈文者之什一。然诚能之，虽不见称于当时，终必单行天下。如先生之古文，所谓必单行天下者也。况当国家右文之时，不过数年，称先生古文者，必甚于称侯朝宗。含何以必之以此书溢于至情，发乎正理，有用之文也，即耆年能之已难。先生乃未二十，已能之，后此之作，又当何如？含故饴然称弟子，犹惧不及也。深于文者，倘不谓含阿其所好乎？

年未二十古文称雄

珠崖渔子王含又书

缅甸语略（音重，多张口弹舌而出，如中华阔舌人语，又稍近秦音）

缅语音重稍近秦音

日曰暾。月曰腊。风曰勒，一曰力。雨曰抹鸭。云曰机。雷曰摩臼必德。电曰挟滔。早曰木冷。夜曰霾。热曰布。冷曰强（强上声）。火曰米。自来洋火曰米记。水曰牙。江曰敏。波曰合海（合海二字合读）。山曰刀，一曰洞。省会曰缪（缪字缅语皆读如矛字，上声。以下地名人名，凡在缅者并同）。村寨曰鱼翕同砚（翕，上声，胡孔切。以下同）。屋宇曰挨木稿。寺观曰种，一曰菩雅纪（种，上声）。楼曰歹。浮图曰菩雅。宫殿曰午阴，一曰武荫。税司曰纲。国王曰捧柁纪菩雅。王妃曰览木柁菩雅，一曰老木柁扁（扁，上声，片马切，如竹击肉声）。王子曰纪菩雅（王兄弟同）。王女曰素菩雅。官最大者曰文幸柁。相国曰们纪（们，上声，读如猛。以下官名、地名、人名、物名，在缅甸者皆同）。相国一曰蕴岛纪（蕴音稳）。尚书曰等温（等，等冷切。下同）。侍郎曰蕴岛，一曰蕴岛柁（外部大酋一曰蕴岛）。将军曰姐助纪。副将军曰姐改。裨将曰波。宿卫曰三多幸。书吏曰稿支耶。和尚王曰菩雅纪。大和尚曰绷纪。诸僧曰绷。老先生曰慈雅纪，一曰慈雅柁。尊者曰客菩雅（菩雅二字合读）。父曰披。母曰昧（昧，平声，读如昧威切）。兄曰哥引。弟曰呢。妇人曰美马。女子曰阿彪。女婿曰咱们。男子曰幺家。小儿曰奴啯勒。我曰九。尔曰们雅。人曰路。中国人曰德由。首曰拱，一曰稿，额曰纳普。发曰色奔，一曰次本。眉曰密孔。髭曰纳坎美。须曰美。髯曰木泽美。目曰密息，一曰密搂（搂，上声）。鼻曰纳考。口曰博节。唇曰纳坎，一曰纳康。舌曰虾，一曰煞。牙曰爪。齿曰毒蛙。耳曰那（那，上声）。文身曰猛幺（幺读如咬字，平声，幺焦切）。腹曰摆。心曰醒（醒，上声）。颈项曰翕（翕，上声）。肩曰博孔。臂曰勒边。手曰勒。拇指曰勒麻。食指曰勒络。中指曰勒勒。无名指曰勒卑（卑，上声）。禁指曰勒酿。脚曰气。骸曰色。肾曰狸。睡曰丙叠，一曰悔。饮食曰咱（咱，皆读上声）。吃饭曰特们咱。请饭曰特们子毒科。请酒曰耶于独科。饮酒曰耶咱。饮茶曰勒拍叶咱。吃烟草曰且咱。未饮食曰莫咱有补。已饮食曰必必（必，平声）。视曰们纳纪。是曰吼格（格，上声，恪也切。也如蜀人读也字音。下同）。非曰不吼补。无曰不洗补。不知曰那不力补（力，林也切）。遵命曰殿罢殿罢。遵上命曰殿罢菩雅。到谢曰起祖顿。奏白曰垫。好曰德稿。写字曰也德。唱咏曰德映除。接火曰美多米牙西。行舟曰经。打桨曰撒。速曰绵绵。数：一曰蝶。二曰醒（醒，上声）。三曰董。四曰勒。五曰那。六曰巧。七曰库冷。八曰倖（倖，上声）。九曰果。十曰得采。百曰得雅。千曰得滔。万曰得岛。亿曰得等。金曰蕤。银曰葳。钱曰多，一曰采摆，一曰顶加（按：顶加满剌加，谓洋钱也。缅钱大略如洋钱，故袭其称，非其本也）。火轮船曰米定波。船曰嫩（嫩，平声，仑恩切）。小船曰时勒（勒，平声）。篙曰土蛙。橹曰得。桡曰撒。车曰啬。衣曰鲠纪。短衣曰矮纪。缠头巾曰稿宝。裤曰色必（必，平声）。围裙曰捌嗾（嗾，音叟。捌嗾，俗所谓钞子也）。靴曰气祖气领。袜曰气祖。履曰气领，一曰气脸，一曰板那。笠曰考卯。约指曰勒搜。枕曰稿蓊。帐曰琴滔。羊毛毯曰得个那。花洋毯曰登波葛左。桌案曰便扁（扁，片马切）。条凳曰扁弓。椅曰格绿胎。纸曰色姑。书籍曰撒。墨曰孟岛。砚曰孟拐。笔曰叟。眼镜曰窅茫。扇曰鸭。笛曰博雷。鼓曰弓。钲曰卯。刀剑曰打。枪铳曰精老。伞盖曰体。洋伞曰拍体。箱箧曰得达（德上声）。锁曰朵，一曰左。灯曰米硬，一曰莽影（莽，茫江切）。碗曰博竿。箸曰都。茶壶曰勒拍叶武。瓶曰叶得高。盆曰勒且缸。缸曰纳底。唾盂曰退缸。酒当曰耶某。茶当曰勒拍叶某。瓢曰冗。竹筒曰蛙纪岛。锅曰得阿梗。钳曰们雅。杵臼曰喝。绳曰绺。玉石曰缴怎。树曰节本，一曰萨（萨，平声）。花曰巴美本。谷曰石把。米曰苍。树酒曰拱纪。楮叶曰塔补。甘蔗曰姜。芭蕉果曰厄标纪。红果曰莽古鸡（如谏果而酸）。小红果曰叶鸡（酸甚，可替酢）。槟榔曰哄底。包谷曰彪模（模，模鸟切）。番薯曰法幸武。瓜曰缴补用纪。瓠芦曰布底。菜蔬曰外，一曰狼。茄曰大洋底。蒜头曰简宗缪。葱头曰简宗李。烟草曰且补，一曰且有，一曰且李。茶曰勒拍叶。酒曰耶。饭曰特们。盐曰咱。饧曰得嘉。肉曰妻。面条曰抹炸。柴曰舐。马曰敏。牛曰瓦。牯牛曰朴。羊曰采。豕曰蕴。犬曰悔。象曰青。鼠曰隼。鸟曰苗。鸡曰解。鸭曰乌梦伯（乌梦二字合读）。鱼曰牙。虾曰白松蚪。蛾曰西。蚊蠓曰寝麈。

英吉利语略（音在舌尖，咂唇而吐，既轻且锐，鸩音也）

英语轻锐
咂唇而吐

灰（该开切）弥（眉迂切）西哩（离梯切，读如利字。下平声。下同）伊，阿夫（夫字音在平入之间）臬（读如臬尼合音）阿池爱遮（车差切，又拉车切）格（格盖切，又街格切）阿耳（耳如俗读耳尔字，平声。以下同）阿吾温（如门亨二字合读音。以下英语并同）阿（乌戎切）必（比字平声）鸠阿（武蜗切）阿时低呦威（非微切）那不留（那平声。不近裒字音。留，刘幽切。以下英语并同）阿慈歪直（兼平入声读）

右英吉利二十六字母。

息工，天也。格审，日也。阿囫囵，月也。慈到，星辰也。贝鼓，风也。歌老，云也。袜达，雨也，水也。毛吾定，山也。得哩，树也。挨，我也。呦，尔也。呦钱，说尔去也。呦梗，尔来也。们那，兄也。阿妫，女弟也。弥色司，妇人也。弥司，女子也。公班衙，总商也。戈温洛，专部大酋也。宛角，刑官也。息角敦拉，亲民官也。包立司，地方有司也，又巡弁也。加墨索，钱粮官也。巴里，教士也。威里姑图，人豪也。诺梗，不良人也（梗如忍很二字合读音）。爱，眼也。爱不鲁，眉也（鲁平声，鲁乌切）。必耳图，须也（必，比字平声。凡英语皆同）。黑，发也（黑读如海字，平声）。卯夫，口也。伊牙，耳也。罕耳，手也。夫图，脚也。搂时，鼻也（搂，搂欧切）。绿海，视也（海，读近爱字）。得可，相视也。个耳，叫也。那夫，笑也。姑图摩领，接手礼也。博哩，拜也。听九，咏诗也。色哩夫，睡也。息刀吾，坐也。厄雅，行也。哥归克，疾走也（克，客渴切，少近平声）。的令，饮也（令，里音切。下同）。伊铁，吃也。威有塔尔，何事也（有，兼呦字读）东图裸，不知也（东兼多字读）。博那丹，相好也。阿乃图，写字也。奔司耳，笔也。必巴，纸也。布克，书籍也（克字少近平声。凡英语率同）。乃夫，刀剑也（乃，平声，如北京人读来字音。以下同）。德哩慈姑蒲，远镜也。哥老克，自鸣钟也。袜池，时辰表也。览博，灯也（博，平声，近哀字音。馀并同）。干图，烛也。毛阿慈，箱笥也。琅，锁也。堵，钥也。海图，帽也。哥图，衣也。嗽慈，履也。叟，亦履也。得搂呕咱，裤也（搂、呕，皆上声。咱，平声）。加奔特，花毯也（加，果瓜切，如粤人读加字音，一作干瓜切。凡英语并同）。低稿，茶碗也。低保图，茶壶也（图，头图切。英语并同）。的令低，饮茶也。的令袜达，饮水也。乃时保图，饭铛也。伊铁乃时，吃饭也。非哩乃时，已吃饭也。乃慈，米也。罕蒙，菜蔬也。加非，香豆也。科可，诃子也。毛乌时，红果也。拜蒲，烟草也（拜，平声，普街切）。息摩西加，吸烟草也。公班，鸦片烟也。巴的姑纳，亦鸦片烟也。汪汤得耳胎，饧也。歪，油也。法牙，火也。恰阿耳，桴炭也。引仁，葱头也。阿刀，鸭也。凤吾，鸡也。尕，犬也。墨洗姑卖慈，蚊蠓也。格哩，车也。息定马，船也（马字兼平声读）。阿冗，船屋也。加必旦，船主也（旦兼平声读。以下同）。巴士，小铜钱也（一曰板鸦司。板鸦二字合读）。哈番，铜钱也（一曰令夫安。夫安二字合读）。法朗，小银钱也（一曰夫朗）。路比，银钱也（路，劳漏切。比，卑低切。一曰缘必）。敦路比，数也；又物重千七百斤也。蒿门，哩数几何也（蒿，好阿切。门，如门温合读音）。都都，同也。等也。温，一数也（温读如温歪切，以下同）。都，二也（都，东汪切）。得哩，三也。夫，四也。帅夫，五也（帅，府爱切。又分歪切）。息格慈，六也（格，成个切。又兼盖字音读）。息温，七也。爱图，八也（爱，海霭切。凡英语皆同）。乃，九也（乃，兼歪、来二音读）。敦，十也（敦音在敦等之间）。温亨等，百也（等兼敦字音读）。温全审，千也（审兼申字音读）。迈里也，度数也。

马来亚语近于缅人

满剌加语略

（满剌加，即麻六甲。缅人谓之白鼠国，在息立西。语音近缅人，而繁重急竞）

啖饭，曰马更纳戏。洋钱，曰顶加。小洋钱，曰绿累。数一，曰煞堵。二，曰裸。三，曰得牙。四，曰按板。五，曰立马。六，曰阿朗。七，曰属堵。八，曰剌般。九，曰息密览。十，曰布鲁。十一，曰煞堵木览。十二，曰裸木览。十三，曰得牙木览。十四，曰按板木览。十五，曰立马木览。十六，曰阿朗木览。十七，曰属堵木览。十八，曰纳般木览。十九，曰息密览木览。二十，曰裸布鲁。百，曰煞纳等。千，曰煞堵煞。万，曰煞立煞。

海客日谈卷一

圣清同治十年，太岁次辛未十月建己亥朔日戊午初辰，了石子有渔瀛之行。辞定冲军，遂发腾越绮罗乡。定冲军送之，安赕军亦自南甸来，逆会于大寨。 辞定冲军发腾越

大寨，空营也，备腾越、南甸两营军马中屯而筑。缭寨以短垣，垣介木栅重关。寨中有室数十椽，结构草朴，盖营屯而有野致者。室前除曲引泉流，澄涵宛委如明镜环带。当除延立，回岚黛光如扑裾袖，已去烦尘五斗。又有古树六七章，独逸兵燹，临风妖娜，争贡秀色于室前。夜分，黄叶时下，清响萧萧然，尤能使人敛息溢洋之气。故虽两营迎送之军马遝屯寨垣关栅间，而夜处室中者，仍觉大寨为空营也。山水林樾，乃能移人入清静域如是哉！

别军中诸友

月维己亥岁重光，言别腾冲道鬼方。一曲旗亭歌折

柳，百层戈幄壮行装。才辞巨旅欢初动，却恃修途苦惯尝。所愿诸君同健饭，凌朝奋鼓扫贪狼。

别腾越士民

孤军三月驻腾阳，一战难名只自伤。黎庶多情劳饯祖，主臣生受此炉香。

夜军大寨闻落叶

兵卫烦送迓，相将屯荒营。夜室得暂静，渐入山水情。杓斗警栖鸟，绕树寒无鸣。误羽翦冻叶，急下疑雨声。珍重感寒籁，盛气职以平。孙吴坐兹夜，应亦饴休兵。

己未辰，出曩宋关，亭午至南甸。

至南甸 南甸宣抚土司地也。前明为三宣之首，今为七司领袖。所属夷民多赡足，属地亦多平腆，惟瘴疠毒甚。西隔大盈江数百里即化外诸野夷界矣。行将越此，翘望层峦，云霭纭缦，极目无际。

日昳还宿左营。营在南甸歆北五里，有都司守备屯

马贼窥营被诛 驻。初，腾越贼李玖知子石子去定冲军，阴檄北山贼马伽要于南道不及，因夜窥左营，为我军禽诛之。

至南甸

西风吹客识南蛮，宣抚牙旗落照间。更望大盈江外路，瘴云缪缭野人山。

禽贼志喜

虎豹屯南甸，豺貙据北山。警风扬大纛，毒雾锁严关（是夕大风重雾，我军豫有戒心）。紫柏空心久，苍苔战血殷（马伽为伏兵所败，独以身匿山阿古柏中，为蒋钊搜得斩之）。喜闻宵鼓竞，报斩马伽还。

庚申辰，谒诸葛祠。祠塐蜀汉丞相武乡侯像，手剑指南，相传祠即侯遗垒也。

午，宣抚司刀守忠即诸葛祠宴子石子。同坐为月渔先生（名尧增，前黔江教谕，候选同知。子石子仲父）。龙陵参将李珍国、云骑尉何金鉴、缅酋猛古、猛玖、猛普高。近夕宴阑，约三缅酋至都司署谈缅事竟夕。时何金鉴权都司，为人甚和易，亦略能解缅言。 与刀守忠李珍国宴

与缅酋闲话

西南徼外路三千，缅国书筒驿使传（缅甸去南甸约三千里，其王尝遣使赍棉玉资李珍国军，已数年不衰。使名猛古，官曰际理亚撒乐耳他。古能通华言，古弟玖，婿普高，亦略通华言。普高最工缅书，出其国文牒相示。书如虫籀，盛以竹筒，长近尺二寸，非缣非楮，盖树洒叶而火篆者也）。彩盖数酋风马到，素纱双丱髻螺旋（缅人皆挽螺髻于顶，以白纱裹条，阔寸许。抹首额，交双角于髻后。其酋交角特异，而中华人不能辨也，惟识张盖者为酋耳。盖缅甸尝苦烈日，故仪仗以盖为最。非王赐不得擅张 缅王遣使资李珍国

也)。头衔际理心明佛(缅俗佞佛)，语学中华诩欲仙(猛古作华言三四句，必拊膝自夸曰神仙。神仙殆矜其弟、婿之弗己若也)。话到西邻蚕食处，跽求长策定寥天。

渡大盈江

辛酉辰，别刀守忠，遂与月渔先生南发。适猛古等亦将归国，因约俱行。李珍国、何金鉴帅安赕军卫送之。定冲军牙将蒋钊等九十八人不忍别子石子，亦随行焉。二鼓已下，始至干崖。夜黑策马渡大盈江，甚险，幸军卫列炬拥之以行。干崖迎者亦爇炬待于江干，乃仅不灭顶。既及岸，庆既济，复睹繁火照江，风浪回漾，如汰星月，如惊龙虬，如赤壁夜战。又勒马迟回，不忍舍去也。迨三鼓，始入宣抚署(李珍国字聘三，何金鉴字时载，刀守忠字亮卿)。

干崖所司夷类最繁

干崖宣抚土司地在大盈江之西，富庶甲诸土司。其地山水清朗，多竹木草卉，产稻谷尤美。四时不寒，夏秋瘴毒颇杀人，与中夏气候敻异，较南甸亦特不同。所司夷类最繁，所常识者，如僰夷、爨蛮、蒲人、倮倮、花倮倮、妙猡猡、羯些子、遮些、地鬼羊、卜师鬼之类皆属之，诸夷自愧弗如也，诸土司亦自愧弗如也。

僰夷喜以漆藤条缠骸，女之美者悉媵于土司。

爨蛮喜诵经，知天象，占验雨旸颇不谬。其占也，以鸡骨替龟策。妇女能以口功禁魇人。僰夷妇女亦多能之。

蒲人喜缠头作百结妆，似西域回人。有绕黑藤条于骸膝，如僰夷者，则蒲人之贱者也。

僳僳喜用藤条染红绿色，贯黄珠作项圈。

花僳僳所喜同僳僳，其衣裳尤喜用花。

妙猡猡喜戴花，胸背衣裳皆花妆，甚于花僳僳。常吹芦笙，赤足踏歌，亦可听。

羯些子之攸喜特与诸夷异。喜俭衣裳，每歉其体。盖诸夷率侈奢，服必文，饰必珠。羯些子反之以俭，诚足多哉。然而鸡鸣狗盗之徒，亦多出于羯些子。故羯些子不为诸夷齿，则又俭之过也。

遮些喜豪侈又甚于诸夷。行则骏骑，居则精室，衣食佩玩俨然亚中夏。妇人尤甚。王尧衢诗有云："种人丛里五侯家。"纪实也。

地鬼羊喜邪术，类湖南北祝由科，能以木石移人脏腑。诸夷胥畏之。

卜师鬼喜邪术，类地鬼羊，尤能数变形为鸟兽。所不快者，辄入其家祟之。然非其种类，虽不快不祟也。其术也，具种类皆能之，先发者制胜耳。

诸夷所居竹楼曰掌子房，惟宣抚司署略如我中夏之制。

宣抚司刀盈廷，夷中秀杰者也。动止庄雅，僰气胥除。性喜文，闻子石子至，率其族眷来迎，致礼甚恭。其族有能以僰书译华文者，为子石子书杜子美《秋兴诗》八首，笔亦苍逸。其书中为华文，旁注僰书，尤识礼也。闻盈廷妻亦通华文，能脱香奁习气。盖土司孟掌孟甘之言，不知其信否也（刀盈廷字朝卿）。

刀盈廷率族来迎

夜至干崖

烛龙铙鼓竞纷纭，宣抚旗旄驻水渍。更有干崖诸士女，深宵来看故将军。

壬戌午，宴宣抚署中。语及野人山要塞，盈廷夫妇皆奋激，指天自矢愿为国家效功滇边。然后知以秀桀目盈廷，失之远矣，盖忠义人也。向使非盈廷忠义，飚轮之轨达野人山久矣，滇边尚有要塞耶？然而，李珍国实与有功焉。盈廷之妻赞成之功，亦二之。

赠刀盈廷

宣抚丰仪秀，文书好尚同。此心常向日，吐气自如虹。况俪秦侯室，能追冼氏风。所期休艳乐，戒武御西戎。

干崖竹枝词

大盈江广不容刀（江阔处欲里许，水亦非汹汹者，而夷人未尝有事舟楫），江上严冬花碧桃。掌子房中莺语脆，丕骚临水唤龙骚（僰夷呼姊曰丕骚，妹曰龙骚）。

癸亥辰，与月渔先生及猛古等南发。李珍国、何金鉴、刀盈廷帅安赕军与诸土目送之。蛮掌别焉，夜始至盏达。盖别李珍国等，盘旋过时也。

盏达土目跋扈争雄

盏达，宣抚土司地也。风俗略同干崖，而所属土目则跋扈争雄，无复似干崖之循循听治矣。有弑其所谓祖太而纳嫂及姨者，有争立为目而互兵者。蛮朽港与太平街尤不相能，斗争积五六年不息。盖种类繁杂，已不易治，为之土司者复不务于正，故所属族目得侵其权，而竞雄焉。近有支目曰刀思能有者，一身维正其间，其治率取则干崖，且与干崖宣抚司勤修夙好。盏达之复正，其在刀思能有乎！然而亦几矣（刀思，土司姓也，亦作姓苏）。

摆芽，僰夷上蔬也。叶似常棣，而无刺，生有粪臭，一经烹调，则鲜矣。土司以之供贵宾。

酸笋、臭笋，亦土司供贵宾者。臭笋尤在酸笋上。然不烹调，则臭不可暂入鼻。烹之调之，犹不能尽其臭。土司顾甚贵之，寻常不可得食。盖食之固甚香。酸笋虽香，弗若也。 臭笋酸笋供饷贵宾

僰夷喜以山树上花蜘蛛亚酒馔，颇类川中蚕蛹，或烧或炙皆美。迤西人亦有食之者。

至盏达

瑟瑟梅风拂翠旌，宝刀单褐此身轻。马蹄昨渡干崖水，鸿爪新留盏达城。僰寨疑生争问姓，蛮山虽好不知名。碉楼入夜芦笙起，悲和岩头怪鸟声。

盏达即事

盏达斜阳外，山城势若莲。花开楼子异，稗刈稻孙贤（土司署中池莲，九月盛花，大异常莲。折视之，花中出花，若层楼状。未十日，刀思能有遂诛弑祖太自立者于莲

池畔）。风急筝无韵，峰凹镜上弦。僰人尊汉客，重榻下陈悬（刀思能有以家难新平，尊修其祖之政，特以高榻款汉客，尊之至也）。

盏达道中望腾越有怀军中故人

群山如画拥槟榔，云里干戈国用光。嗟我已为西去客，停鞭犹数顾腾阳。

甲子辰后，刀思能有帅诸土目南送三十里，及太平街，遂别。夕至蛮允，宿关汉寿祠中（刀思能有字子馀）。

蛮允，南甸宣抚司辖也。而土人谓其属遮道，不得其详而辨也。西南出铁壁、虎踞等关，即野人界外矣。蛮允市中，尝有野人来交易，衣服言语皆效蛮允土夷，特肉色深黑耳，蛮允人甚狎之。

俗贵为僧

自干崖至蛮允，俗皆贵为僧，以僧为事佛者。盖夷俗之惑于佛深矣。僧有黄和尚、红和尚之目。为僧亦甚匪易，必富裕者然后乃能僧。服御悉黄曰黄和尚，至贵者也。次曰红和尚，服御悉红。僧所居室，诸夷实成之，极整极美。僧日三饭，父母亲跽进之，僧以袂障面而受。僧既壮，或欲蓄发，亦听之；欲授室，则夷目竞妻之。或生子，仍袭为僧焉。或叩以佛，茫然也，无少异于诸夷也，而诸夷实贵之。僧每出，道路争指羡曰："是黄和尚也，是红和尚也。"犹华俗之贵甲乙科，而又甚焉。噫！是洵惫俗也已，夷而已。

乙丑丙寅，驻蛮允，待保头野人。偶游市中，见有猎者，持黑猿皮来市者，白眉长二寸馀，云得之户撒山中。 待保头野人

户撒黑猿叹

户撒山，何岿崿，山中旧有猿公在。吐气纳息不计年，能令三十六万元毫生精彩。云车风马随往还，朝游扶桑暮西海。偶贪凤尾果，因下巉崖采。讵知巉崖阿，先有虞人待。毒弩乘风来，飕然洞其颜。将剥其皮充表裾，且截其肉作腌醢。啖醢亦果腹，持皮入夷汇。未屑标识俨奇货，意将藉此邀重贿。僰夷老子争问值，值方元狐昂十倍。夷尽重猿皮，我独重猿罪。尔亦数千百岁通灵物，一朝不慎等朽骀。死亦无知则已矣，有知当亦增惭悔。吁嗟哉，不得仍匿山中吐气纳息囊解而注灵，而为衰夷卫寒骸。

丁卯辰，遣定冲军亲校七十四人还腾越。午，野目雪列大官来谒，约给过山保头银九十亢（每亢四两，共华银三百六十两）。定期明辰西发。 过山保头银九十亢

戊辰，上野人山。山纡绕滇边，如衣裳之缘。阴峡穷崖，幽谷丛莽，最为啸聚之区。山向设八关九隘，置抚夷千户十七员，帅土兵分防关隘，以控驭缅野诸夷。东北曰滇滩隘、明光隘，通怒俅道也。北曰神护关、猛豹隘、只那隘、古永隘、麻塞隘，通茶山、麻里道也。西北曰铜壁关、巨石关、万仞关，通宝井、猛拱道也。西曰霸竹隘、猛本隘，通野人山麓道也。西南曰铁壁关、虎踞关、天马 上野人山

关，通缅甸贡道也。南曰汉龙关、邦掌隘，通木邦道也。凡由滇西南通徼外者，莫能舍野人山而他道。诚滇边要害，天设中国之险也。然近时往还野人山者，类不知有关隘之设。盖以缅甸无政，昔为强寇，今作穷邻。又自滇中寇兴以来，迤西南绝官吏之迹者，十有馀年，故致边备废弛，关隘沦没。日者滇中渐就肃清，西来侦道之使络绎于缅甸，则知野人山中为中国要害，非我一人之私言。不待二十年，有边责者必能加意重筹于此，抚控缅甸，驯驭诸野夷，上为朝廷固藩圉，下安行旅之扰。九隘八关之复设，必且严整，倍乎曩向也。

滇边要害天设之险

野人山有上、中、下三道。上曰火焰山，中曰石梯，下曰河边。上道由铜壁关转行，下道由霸竹隘，中道即铁壁关，缅甸贡象故道也。上道较迂远，而行李多由之，盖中、下二道虽径捷，得粟草则甚艰，颇不便于人马，故皆舍之，而趋迂远者。子石子所由，则石梯道，缅甸故昔贡象所由者也。

野人山夷，种名也。种有熟野人、生野人、大野人、小野人之别。贵者曰大野人，贱者曰小野人。居山荒僻处，不与世通。衣被木叶，不火食，而食虎、豹、熊、鹿，且食人者，曰生野人。稍习土司语言，效土司衣服，而出山交市诸物者，曰熟野人。诸野人率刀耕火种，以红黑藤条缠腰骸，烟草矿灰不离于口，齿如漆，唇如血，粗犷无伦，近于兽类。不隶于中夏，不隶于夷。相善者聚而寨居，或数十寨，或数寨，立一头人，或一大官，共尊其

野人山夷

约束。过野人山者，必于蛮允俟大官、头人来与议。大官、头人曰可过，则每人输银三亢，谓之保头钱。大官、头人集其众，卫之以行。至蛮莫，始与之银。中间有失，惟大官、头人是偿，如北道保标者然。苟大官、头人曰不可过，则生野人出山矣。盖生野人不甚知耕种，每饥甚，即出山攫人以果腹。或生野人出山者众，所攫不足充其饥，则熟野人亦间为攫取以供食，无问大小也。熟野人仅能敌虎、豹、熊、鹿，而虎、豹、熊、鹿，固生野人所常食者，故熟野人无大小，皆畏生野人特甚。生野人出山，虽倍输之银，大官、头人不敢保也。且恐其出山是众，而不能自保也。

野人之种，又有大阿猖、小阿猖者，亦火种刀耕，腰骸亦喜缠红黑藤条，亦喜食矿灰烟草，作漆齿血唇，以助其野状。其粗犷方熟野人倍蓰，而亚于生野人。

野人山行，遇有短竹竿横要道者，必他寨之大官、头人，欲分保头钱。苟不知而径过，必忿而斗，不至死不止。知之，则使保头者与为调停。俟其持竹竿去，然后行乃无恙。若越竹竿而致斗，虽与之多钱弗受矣。其忿也，则欲尽胠其箧矣。

野人山行人，有觅甚拱大官保头者，至山中，甚拱之子忽自他寨来，挤甚拱于深谷，尽劫其所保。人皆以为甚拱诈。非诈也，实野也。故行野人山者，虽觅保头者，亦必集多人然后敢行。不然，在蛮允约保我头者，入山中则反而劫我矣。故行野人山者，既集多人，又必整厉器械以

野人劫保

张武，然后敢行，防其野也。保头者不可徒恃也，甚拱之野可鉴也。

野人山峭岩飞瀑，古箐沉林，有画不如者。

野山苍怪而多树，树皆横蟠当径。野水汹激而多石，石皆岌岦乱流，野性然也。

野人山寨及冢墓皆掘深濠围绕之，相传蜀汉武乡侯教也。濠绕寨绕冢墓，多入出。

野人寨

野人寨有如船者，有如仓囷者。戊辰夜宿卢四头人寨，如船者也。己巳夜宿雪列大官寨，如仓囷者也。雪列卢四，虽粗犷，颇识礼，野而习于汉者也。行酒进馔，必以妻女者，礼客之至也。其妻女衣裳不周蔽，而碎玉缀体，插花盈头，有似风狂者，亟欲使客知其野而非野，而知礼也。盛酒以菰芦大瓠，炊馔以竹筒芭蕉者，不谋遽变其俗也。虽礼也，实野人之礼也。

野人岁一赛天，赛必以太牢。赛而食，则馀首以榜门。赛有等，不可僭。等视太牢数多寡。故大野人之门，牛之首尝累累如也。

野人畏鬼

野人俗畏鬼。寨之两端濠畔，各竖木桩，上榜木版一具。版上以朱墨缋鬼脸，杂以符篆。过山者望见版，必下马伛偻以行。否则野人哗骇，谓获罪于鬼，相惊几欲死。赔之以财，乃少罢。既畏鬼，复爱财也。然犹惴惴焉惧鬼罪，盖畏鬼甚爱财也。竖木桩处，谓之寨门，距其寨两端犹各里许也。每寨居数十家，惟前门通出入。寨后虽有门，则鬼门也，不可以或践履。苟践履，一寨哗骇，真不欲生矣，较获罪木桩尤甚也。赔之以巨财，不可罢矣。盖其爱财也，终不若畏鬼也。

野人畏鬼殊甚。日将晡，争先闭门深匿。尘飞箨走，相惊鬼至。瘯蠡晦明，亦谓鬼怒。谓鬼至必以怒鬼，怒而至，不可活矣。野人也，何如其知也！

庚午，道出莽（本董切，下同）西。晚至红莽河。野人缅甸交界处也。河干杳敻无村寨，拣平坦地休焉。倚崖为幄，藉草为茵，辇石伐木为营栅。人马杂遝，露处其中。仰观青天，侧听鸣泉，沉箐郁苍，而恋烟层峦，环碧而错绣。素月流辉，无妙不烛，疑列身洞天福地，不复知与木石俱、禽兽侣也。夜既深，清露沾衣，马嘶搅梦，不复能成寐。因与月渔先生拥衾，联吟山水。宵籁和声清越，而峦头栖鸟、箐里悲猿，亦皆惊飞群鸣，如解佐韵者。遂乐而忘旦。日晓，将行。倚马志此于河畔崖间，欲后之来者，或亦露宿此地，而拨草见之，知我辈于南徼荒山野水间，犹能加倍赏此明月；而明月亦远随愈亲，为我倍照光景，庶几两不相负者也。 红莽河入缅甸

野人山水石林壑，苍古有别趣，是脱尽烟火气者，大佳大佳。乃行此山者，多有凄苦可怜之色。宿红莽河者，凄苦可怜尤甚，以露处故也。人生何处不露处，不露处则不生矣。红莽河为野人山最佳处，何幸露处其间。惜其远在荒徼，不得常来宿耳，何凄苦可怜之有！凄苦可怜者，孤负野人山矣。惟子石子打破愁例，与野人山水石林壑多结翰墨缘。既杂留题咏于红莽河崖壁，又特书此数语。后

之行此山、宿此河者，读之当必幡然而喜，亦以翰墨赏野人山水石林壑之佳，不徒欲使知子石子，能不孤负野人山行红蕃河露处也。

过红蕃河二十馀里，槟榔大盈江出缅处，层滩回峡，险中险也。

长尾猴

野人山有兽似猕猴，而尾修半丈，滇人谓之长尾猴。按：《山海经》鬲山“其兽多犀象熊罴，多猿蜼”。注：蜼（以醉切，又音垒。）似猴，鼻向上，尾长四五尺，头有岐，苍黄色。雨则自悬于树，以尾塞鼻孔，或以两指塞之。又司马相如《上林赋》：“蜼玃飞蠝。”又《侯鲭录》：“宗彝类猴，出贵州思南，有山曰甑峰，盘亘数百里，人不能到。宗彝巢于树，老者居上，子孙以次居下。老者不多出，子孙得果，即传递至上。上者食，传递而下，下者始食。先儒谓先王用以绘衮衣，取其孝也。”注疏以宗彝为虎、蜼二物。说本《周官·司尊彝》，虎取其义，蜼取其智。以宗彝为虎、蜼二物，似不合六彝之数。《书·蔡传》：“宗彝虎蜼，取其孝。”直以二物为一物。且虎蜼取孝，不知更何所据？岂蜼一名虎蜼耶？《周礼·春官》：“祼用虎彝、蜼彝。”是各有取义，非一物明矣。甚矣考据者之聚讼，什伯于议礼者也。自今断之，虎自虎也，蜼自蜼也，不可强合而一也。子石子见此兽于雪列寨北十里许崖际，详视之，实与《山海经》所谓蜼者无异。滇人行野人山者，类皆贸迁鲜学之徒，徒见其长尾而类猴也，故臆名之。而野人竟以为其山之神，每见之，必群相惊喜，相率而膜拜，尤可笑也。

野人山有黑猓、白猓二种，皆多寿，一百八九十岁乃死。如不死，而至二百岁，则子孙不敢与居，舁之深山置之，遗与数年粮。此猓渐不知人，日惟食卧，久之尻生尾，体生毛。又久之，变形如夜叉。又久之，钩牙锯爪，朱发而金睛。迨粮尽，则毛盈尺如绿苔，而尾长于身矣。越岩缘壁，来往疾捷如鸟飞，不复知身之初为猓也。饥则攫虎豹麂鹿为粮，象亦畏之，生野人亦畏之。其名绿瓢。子石子于蓥西一见之。 绿瓢

肇庆有兽状类木猴，头正方，类人。发长尺馀，常覆其面。欲有视，则摇头以手披之。产腾豣岭，名曰腾豣。野人山有之。佛书所谓野干，是也。

《博物记》云：南郡有荼首，其音蔡茂，是两头鹿名也。野人山亦有之。

野人山行

野人山居屋如船，前房后闼纷钩连。门楹错落榜牛首，此中野人能专权。唇若丹朱身若漆，黑藤缭髲发髻髻。号召徒众卫行李，人输三亢保头钱。各持蛮刀蹑马后，西行且及山之巅。竹竿矬矬横要路，别有野人要马前。距踊咆哮怒不释，其意将欲分花铅。马后野人亦怒作，突出相与挥老拳。要者北奔乃复进，白版绘鬼竿头悬。相戒下骑伛以步，不尔哗骇干鬼愆。我亦笑颔如所戒，缓步足愈筋拘挛。俯瞰万仞绝壁下，云光绮烂殊无

埏。意谓云底必西海，不禁狂气凌青天。行复数里日西偃，幽岩黑箐蒸苍烟。以树作幕草作箪，怀抱壁月成清眠。梦魂先飞至蛮莫，摩挲身首欣完全（野人多用铅片，上作花纹，以替钱）。

野人山露宿即事二首

火种刀耕地，阴岩蕴瘴氛。树根蟠磴道，藤刺罥溪云。径陡无停辔，濛空内绕坟。夜来荒箐侧，啸月杂麋群。

露宿荒山里，拳栖老树根。夷惊风外影，客警月中魂。制胜思文毅（明王衮谥文毅，征野人缅甸有功），安边属马援。枕流心与远，谁解饭王孙。

野人山杂诗五首

一线初开铁壁关，出关班马竟闲闲。洄波赤濑槟榔峡，毒雾青罗橄榄山。日落野夷惊鬼至，风腥猛虎啮人还。矗然绘木当前寨，引辔逡巡绕八弯。

大梯万级接云霓，策骑西行圻苇西。觱篥乱鸣严晚寨，芙蕖披艳出寒溪（野人山溪隰中多白莲，严冬盛花，香甚烈）。斜阳作意留鸦背，小草多情惜马蹄。试驻吟鞍更南望，江头城外瘴烟迷。

铁壁撑云狭径幽，苍峦赤浪巩皇猷。江吞僰骠槟榔口，山界华夷橄榄头。独住长年徵白猓，群游嬉月羡元猴。书生今有凌虚意，雪列峰巅夜倚楼。

峯西西去路弯环，黑箐蒸云黯午天。野寨记神惟画木，竹竿要客劫花铅。断崖板续窄丁线，老树瘢生圆似钱。二百里间无舍馆，宵来常抱月光眠。

野山苍翠郁佳哉，野水喧豗搅梦回。霜气镂空槐眼细，月光偷上枕头来。炊烟袅竹留馀火，荒洞飞泉漱古苔。清露满衾浑不觉，沉宵犹自重敲推。

野人山马上瞰缅甸有作

雄峰野水限俅夷，蜀岫滇山未足奇。峡绕槟榔通海珀，骠云重锁缅江湄。

野人山露宿次韵月渔先生二首

招来老树与连床，道假南柯向华阳。怪说诗清清入梦，野人山月照流黄（是夜置簟月中老槐树下。流黄簟，名见《乐府》注）。

卧看阁道转天心，月逐飞泉入箐深。贪恋宵光不成睡，惹来冷露渍重衾。

野人山竹枝词七首

萧瑟阴风扶白蜗，野人山上俯烟霞。蓬门密榜毛牛首，知是头人卢四家。

雪列峰头雪列村，蓊林丛薄野乌喧。山光西落月东上，村里人家竞闭门。

野草山花乱插头，夫君尊重野人酋。竹筒软饭葫芦酒，短袖当筵解献酬。

阿昌多住萚西峰，门外青光万树松。我爱山情无冷暖，白莲花日正寒冬。

刀耕软米竹筒炊，不佐羹肴最适脾。笑尔老饕徒肉食，如何真味转相遗。

红萚花蛇近尺长，亦宜干胏亦宜汤。有人续撰山馐谱，此味须书第一行。

野山神兽类猱狝，飞雨啼晴倒挂枝。传果结巢明有叙（《书》彝伦攸叙，盖取诸此），古王因孝列常彝。

江南曲（与月渔先生露宿红萚河，夜不成寐，因拥衾坐月中联句）

山突兀，水潺湲（月渔子）。明蟾清野色，啼狖惨诗魂。跐离已逐乡心远，独竦吟肩倚树根（子石子）。

十六字令（同前）

圆（月渔子），小笠遮头月压肩（子石子）。无情绪（月渔子），抱个影儿眠（子石子）。

寒，（月渔子）明月清人玉一团（子石子）。罗衾薄（月渔子），照澈寸心丹（子石子）。

明，（子石子）不动闺情动野情（月渔子）。荒山夜（子石子），有梦也应清（月渔子）。

清（月渔子），月照空山酒易醒（子石子）。疏林下（月渔子），定有好诗成（子石子）。

愁（月渔子），欲唤姮娥下玉楼（子石子）。溪山箐

（月渔子），何处挂帘钩（子石子）。

通（月渔子），月下相思几处同（子石子）。嫦娥说（月渔子）滇蜀野山中（子石子）。

寒（月渔子），月渐西沉斗渐南（子石子）。夜深也（月渔子），睡去莫盘桓（子石子）。

辛未午后，至蛮莫，旧土司地也，在槟榔江干。明万历三十三年，巡抚陈用宾遣副将陈寅禽缅目多罕，得蛮莫界，旋复没于缅，即此地也。 至蛮莫

自蛮允陟野人山而南百数十里，岩峦逼压，山途诘曲，一骑才通，较秦蜀栈道，险仄何止百倍！殆天限西南徼，而设此山欤？铁壁关尤岸然雄隘，一夫当之，万军束手。铁壁之名，夫岂诬哉？然铁壁关犹野人山中道，贡象所由者，其险仄已如此。上下二道，可类知矣。惜自滇乱以来，边防不饬，竟使往还如官道，固不征，亦不讥矣。鞭长莫及，可胜叹哉！既至蛮莫，犹数顾野人山，而太息不置。因复书此，将归我中国，为筹边者言之，重饬关防，以仰副天设西南徼之限之意。

出野人山西南谷口，至蛮莫，约四十里，皆行江干芦苇间。江阔三四里许。夏潦至，则所行芦苇处俱在洪波巨浪中。盖江涨则阔八九里，盛涨或十馀里，而行人绝迹矣。江干路既没，毒瘴亦与夏潦并盛也。

由腾越至蛮莫约五百馀里，循槟榔、大盈江西南行。大盈江源发于腾越迤北之清海宛，转西南流至腾越，迤西益西流至小河底，合二河水，流乃大。乃南流至曩宋关，

复西流至南甸，又西至干崖，合槟榔江。盖大盈江未至小河底，流甚小，至南甸、干崖，其流遂淤漫，及合于槟榔江，又析十数支而小焉。槟榔江源发于藏卫之薄宗城东南，流合十馀河水，至貉貐野人地，乃南流至茶山、麻里、古永隘、止那隘，乃宛转东南，流至腾越，转西南流至展西，益西南至干崖，合大盈江。其自发源以宛转至干崖，盖已数千里而遥。以其长流于人迹，罕履之地，故罔得而考其详。然其流于腾越也，则当倚为天险焉。其沿江设练卡七十有二所，可谓知所当重矣。大盈江虽发源腾越，而腾越人视之转轻，以其宛转止三四百里耳。然而二江既合而西南流三百馀里，经野人山以至于蛮莫，又西流百馀里至新开营，则同重矣。以其与大金沙江合也。与大金沙江合，胡以重？以其可通轮船也，故宜重也。今轮船通于新开营，新开营至蛮莫不通，水限之也。蛮莫至腾越不通，山限之也。要皆天限之也，故曰天险也。惟腾越人来往缅甸者多其行，又皆经蛮莫，颇熟于槟榔、大盈二江暨野人山、大金沙江之势，故知天之设险之意，而甚重之。不由腾越至蛮莫者，未必知也。故子石子不敢惮烦于笔墨，于腾越之至蛮莫，频数书之，不过欲筹边者因山水之限，而益重之，以勿负天险焉耳。

槟榔江 大盈江

山水之限 天设之险

蛮莫天气甚热，况干崖尤甚。谷稻岁数熟，自插秧以至收获，不过六十日。多旱种，四时皆可种获。米粒修腴如碧玉，味尤软美，且甚甘。每十斤，值银钱二母纪（小银钱一圆，重不及五分，谓之一母绿）。值中华铜钱，才十二文一斤。柴薪尤不值钱，遍满江干，恣民拣拾。盖野人山多木，无以斤斧入者，及自枯，则随山潦流下，涨退则取，每岁不竭。以视米珠薪桂者，其难易为何如！顾缅甸民仍皆窘乏者，则以利权尽操于王，官无廉俸，惟朘削民脂膏以自腴。故缅民之家，惟瓦缶数器，是其故物。居室则竹篷粗构，徙死无常所。间有富者，又尽其资造菩雅（中国之塔也）。以谀佛。窥其意，以为不以谀佛，终以腴官耳。故虽米薪便易，而缅甸之民仍窘乏。

米薪便宜民仍窘乏

壬申，放棹槟榔江中。望明阿诸公遗垒，临风洒涕，极目斜阳。遂至新街。新街即新开营，当槟榔、大金沙二江之冲，故古名江头城，旧属蛮莫土司，后并蛮莫入于缅甸。乾隆三十四年，大学士忠勇公傅恒、副将军阿桂、阿里衮再征缅甸，屯营于此，故名新开营。今为滇缅商贾所聚，率称新街。江头城之名，不过一二知者，新开营之名亦废。营垒固犹俨然可考也，而拱洞堪伤矣。先是乾隆三十二年，总督明瑞征缅甸，战于蛮结，大破之。将进军阿瓦，而道远粮绝。参赞额尔登额不赴援，遂为缅人所困。明瑞及参赞观音保珠鲁纳、总兵李全皆死之。缅人好夸诈，妄效京观之义，封我军首于山，谓之拱洞。缅人谓头拱，谓山洞，拱洞言者，头山也。呜呼，缅人之骄而无礼甚矣！国其不终乎？臧孙纥之言曰：“小国幸于大国，而昭所获焉以怒之，亡之道也。”矧夷翟之于我中国乎？其犹得纳贡献物而与藩属之列，亦幸矣。然臣于此，益颂我圣清之德溥而能容矣。

拱洞堪伤

新街四时多瘴，夏秋尤毒。初冬中旬，如四川六七月天气。风与俗与地移也。

入夜下榻关汉寿行台左廊楼上。二鼓，腾越士民以酒来。宴饮间，闻香气甚烈。时已近大寒，廊西丛桂初作花云。

汉人街

新街有汉人街，屋制略如中国。瓦屋亦间有之。滇人居此者约千馀，腾越人居其九。以关汉寿行台为会馆，楼台廊阁，壮丽如中国制。其馀缅人之居，则皆竹寮板屋，似楼非楼，空其下三尺许，殊草草不成观也。

诸葛祠

新街有诸葛祠，壮丽少亚关汉寿行台。祠像露冕，仗剑指南而立。相传武乡侯欲取阿瓦，而阻于野人山，是以遗恨。露冕仗剑者，营中南顾像也。自永昌以南，像武乡侯皆如是。关汉寿行台后堂祀武乡侯亦如是。相传者或亦有征欤？

癸酉，宴猛普高家。其妻具鱼肴百二十器，烹煮燔炙，各极精美。信乎近江者识鱼性也。食不用箸，攫鱼抟饭，俱以指爪。见中国人用箸，颇羡之。试效之，僵不灵也。用匙则同。鱼有汤也。其食牲惟鱼，豕亦间食之，而禁食牛者甚厉，至与杀人等罪。盖其媚佛之俗使然。视人畜同等也。故鸡卵亦必刺孔者始敢食。惟鱼虽日杀数百十，不谓之伤生，以其生于江者多，而得之甚易耳。猛普高云。又云其国禁洋烟与酒亦甚厉。中国人在其国者不禁，但禁不得私售与缅人。苟犯之，则絷以归于腾越之有司，不敢擅加刑于中国人也。而缅人有犯烟酒禁者，则刑

缅甸禁烟禁酒甚厉

之至死。其縶中国犯禁人归腾越也，每于中道私释之。缅王知之，亦不究也。盖自嘉庆以来，缅甸于中国修臣礼甚谨恪。近十馀年，滇寇阻象道，贡不得源源入，其王尝以为憾。猛古猛玖亦云，在腾越时李珍国亦尝言之，珍国之母，缅人也，故于缅事甚详。

甲戌辰，李珍国母来谒，年七十五矣。虽短衣顶髻，无异缅人，而举动殊大方，以其习处于中国人久，祛涤其夷气者过半矣。相随缅妇女二十九人，云来瞻仰中国长衣人。盖滇人商于缅者，皆短衣跣足，且有顶髻，作缅甸装束者矣。

午游洋歹（缅之谓楼为歹）。歹夫新街里许，息毕名居之。息毕名英吉利使臣也，年三十二，为人深险无极。天文地理，算法奇器，皆略能之，而于世情尤狡滑。故其王使居新街，假乐善好施以愚诸夷。举凡缅僰野人阿猖之类，争受其笼络。子石子尝访其术，则一语可备之曰，利而已。夫英吉利既以力胁缅人，数使使侦野人山道，欲通轮船火车于滇。而其使死于虎者一，死于道者二，死于野人阿猖者则无虑十数矣。是天限也。野人山之捍卫吾滇也，利亦大矣。英吉利知野人山之限彼而利我也，亟欲以利易利，故建歹于新街，为久远谋。而使狡滑之臣居之，以巧行其用利之术。岁以数十百万金钱，愚野人阿猖而不惜。不知野人阿猖种族繁众，恃山以自豪，各不相属，不若缅僰诸夷，弱而有统。盖既未可以力制，而利亦猝难尽笼络也。岂非天哉，岂非天哉！然而亦重足虑已。

英使数侦野人山道

马金龙
杜文秀

息毕名所居歹三层。最上层滇僧马金龙居焉。识者曰：马金龙，伪僧也，实蒙化人回逆杜文秀之姊之子。杜逆势日蹙，潜使金龙度野人山，航海求援于天方禄母(即意大里亚之罗马)。不应，又求援于英吉利，亦以阻海故辞。金龙不得已，乃归新街，依息毕名，为画通野人山之策。滇人有尝见金龙于大理者，来新街见其为僧，大诧曰："是固伪封平东大将军者也，安得秃顶至此?"金龙坚不承，谓已故天方僧，且作天方语惑之。滇人甚疑，数见诘之，卒不承，惟以银钱五百圆赠之，令勿再见。滇人固商也，既获钱，果不复见。顾新街人皆知其事，金龙犹不承也。金龙为人，狡滑不让息毕名。而与之同居，息毕名款之复厚，尤可虑也。

自蛮莫至新街即目

野山回望淡朝烟，路入蛮乡别有天。树酒醺黄斜照外，秧针抽绿大寒前。川原沃地皆菩雅，竹屋临江似钓船。海珀西流应有恨，峨峨拱洞暮云边。

谒关汉寿行台

正气昭千古，英风凛九垓。龟城隆上祀，螭阙重新开。夷夏威同詟，春秋志所该。拈香频祷祝，鬼域愿怀来。

谒诸葛忠武侯像

恪瞻遗貌心香日，犹是当年步斗时。手把太阿频指顾，神存边徼活须眉。欲吞吴魏偏安蜀，取法咎夔实亚伊。已服南人常不反，岂犹馀憾在南陲。

新街即事二首

西南徼外更西南，铁壁铜关镇险巉。江锁葫芦通鬼舶，山撑菩雅媚优昙。云连毒瘴晴来久，寒至炎荒气不严。却笑孔方无所用，雀银酤酒美如柑（至是皆以孔雀钱与米粟市易诸物）。

缅人佞佛尽皈依，菩雅玲珑想入非。民学善鱼常北拜，我随阳鸟向南飞。初游裸国惊长袖，小住僧楼卸短衣（自入滇营以来，数百日皆乘马衣短后衣。蛮莫登舟，始衣长袍。缅人皆惊为异，妇女相率来看。见偃月袖，盖尤惊异叫绝）。嘱付趾离佐风马，骠云滇月梦中归。

新街竹枝词

海珀江头是妾家，等闲不喜把桡划。小阳月尾香风里，约尔同船赏桂花。

乙亥辰，遣定冲军亲校十人归腾越。十人者相随日久，不忍去。子石子欲更随与俱西，顾海行费甚巨，势不能携以行。反复解慰，始掩泣辞去，以为子石子忍，不知子石子之心犹十倍不忍也。噫，虽客中作别，而地当荒徼，人与久亲，心匪木石，恶能忍乎？ 定冲军人遣归腾越

缅船刳大木为之，亦有桡有帆，每风顺，则以两船骈联而行。帆跨两船张之。船无桅樯，帆张于竹竿。竹竿插

于船之舷。前无桨，后无柁，以桡代。桡前后凡三。船中亦有篷舱，顾窄矮，才可坐二人，眠不敢放脚。子石子同行二十人，用船凡四只。夜来露宿者犹十人，船之无便可知矣。行尤钝，日不过百二十里，风顺亦难及二百里。风太顺，又不敢张帆矣。竹竿不敌大风力，船舷亦不能牢插也。以视轮船之行，灵钝迥别。幸江水阔而平，船行虽钝，而覆溺撞折者，岁不一见。故缅人亦不复思所以灵其钝。

乙亥辰后，发新街，西南行，过拱洞。越丙子丁丑，午后至瓠芦口，顺风二日半程也。中间经缅村二十馀，大者四，曰木义，曰水沽，曰木打，曰音凯。

瓠芦口距新街约三百里而遥。前明汉缅分界处。两山轩立，一水环流，竹树藤萝，葱茏缭护，雄秀要区也。一名瓠芦峡，前明郭登自贡章顺流下缅甸，蒋雄追思几法，为缅人厌杀于江，皆在此三百里间。

戊寅，小泊格萨（萨字音在平入之间）。距瓠芦日约百里。龙川江合流于大金沙江处也。大金沙江自入缅甸，漫衍西南，流至此，势极蜿蜒，若与龙川争胜。龙川发源曲宗城东南，流将千里入云南，乃西南流经龙陵之西，益西南经芒市、遮放诸土司，约七百馀里始入于缅甸，复西流三百馀里，合大金沙江。自其源至此，其间合十数河，屡曲屡折，几二千里，是一西南徼巨流也。以源出曲宗城，故《一统志》误以薄藏布河为其上流。薄藏布河实槟榔江上流也。河源出薄宗城，因与曲宗城混耳。既误以

龙川江合大金沙江

薄藏布河为龙川江上流，因益误以雅鲁藏布法为槟榔江上流，而大金沙江上流遂无定说。考诸地志，雅鲁藏布江流最远大，当是大金沙江上流。顾未亲溯其源，未敢臆定，姑书之以俟能澈江源者质焉。

龙川江发源桑昂曲宗城。潞江发源布喀，流二千馀里而至桑昂曲宗城，与龙川隔一山，才数十百里，而不合，而皆东南流入于滇。子石子游滇，一渡龙川，再渡潞。潞一名怒，以经怒夷境入滇也。潞水最浑浊，龙川水最清，至格萨与大金沙江合流处，尤澄碧可鉴。中多鲜鱼游泳，乙乙可数。龙川江自遮放西南流，至是合大金沙江，南入海。潞江亦自遮放南流入缅甸，至抹尔缅入于海。二江自桑昂曲宗城，并流二千馀里。近或仅隔一山，顾终不相合。岂清浊固不同流耶？所隔山曰雪山。山常凝雪不消，故名。山尾间南斜，属缅甸，产软瓒、宝石、珌玺、翡翠之属。又多老松巨竹，冒雪以生，且多珍禽奇兽。景物既佳，岩谷尤峭逼，亦中边天险也。

大金沙江广欲五六里，以极于十馀里，西南徼外第一巨流也。其源尤荒远，志地者皆不能确指所从来。综其首尾，约万数千里。自发源至新街，已七八千里，始与大盈、槟榔二江合。又四百里，合龙川江又七百馀里。经蒲甘（缅甸都城）又三十馀里。至跋散入南海。其源流之远且巨，略与中国长江相等。新街以上数千里，皆流于荒野之区。舟向不能通，故未尝有溯其流向穷其源者。地志所纪西南徼外之江，源远流巨者，莫如雅鲁藏布。宜即大 误认雅鲁藏布源流金沙江上游，虽未敢遽指为确以示人，固已自信之。舍雅鲁藏布江，实无可当大金沙江上游者。志地诸家，类未亲经其地，徒据尺幅而议广宇，因图为图，因误益误。以古志无大金沙江名，遂指潞江为大金沙江，而以雅鲁藏布法属于印度之恒河。盖雅鲁藏布江自西来，转东南流入貉貐野番荒野之区，委折数千里，乃入缅甸。貉貐野番即藏卫图志所称戳猓乌尔鲁兔族，类人而禽兽者也。从未尝与世通，野山荒陬，周围数千里，而多人迹稀履。志地者何自而详，固无怪其误也。况雅鲁藏布江未入缅甸，向无大金沙之名。大金沙者，滇人称之也。以其江面广莫，故对丽江之金沙江名之。自大盈、槟榔及龙川合大金沙江处，以至入海，滇人又称海珀江，而缅甸人则称伊拉袜底，方言各异也。如必执一名，以穷江之首尾，则雅鲁藏布江无下游，大金沙江无上游矣。大金沙江自发源至海万数千里，即不流经貉貐野番缅甸之地，亦不能一其名称。不观中国长江乎？自金沙江与岷江合，以入东海，何尝不数易其名。徼外方言尤无从同，顾能一其名乎？知名之不可执一，则知雅鲁藏布江为大金沙江上游矣。雅鲁藏布江源发于藏极西之卓舒特部之西太木朱克巴薄山，东流合数十河水，始转东南流入貉貐野番地，益东南入缅甸，乃西南流至新街，又委折或南流、或西南流，以入于南海。子石子自大盈、槟榔合大金沙江处登舟，至新街，复至大金沙江合龙川处，且将溯此江而南，经蒲甘、跋散以入海，以穷其流，故详书之。然而仍未能溯雅鲁藏布江以穷其上游，

伊诺瓦底江

故虽自信雅鲁藏布江与大金沙江同源流，仍未敢确指以示人也。惟自正所携地志之图之误焉耳。辛未十月二十一日，书于格萨舟中。

雪山自乌鲁木齐迤北发脉，委蛇曲折，经万馀里而南至北印度之克什米尔，始转而东至卓舒特，益东至布鲁克巴，乃东南入貉貐野番境，复少南入缅甸。自卓舒特西数百里，雅鲁藏布江即附山北以流，与东南俱入缅甸貉貐野番之境。人不能到，志地者惟以度量法臆测之，谓其间约数百里，不过得其十一耳。冈峦盘叠，其间何止数千里。故英吉利潜探穷搜，而卒不可通也。夫英吉利于西徼通中国之境，每不惮险远，极意经营，既据有印度，即注意貉貐野番，尝使人往来山间，经数十年未能通。岂有通数百里之境如是难者？盖其间既数千里而广，山复荒野，貉貐野番亦猝难以势利动。虽远在西徼，不可谓非中国天塞也。因记雅鲁藏布江附书之。二十一日二鼓。

格萨在伊拉袜底之右，一名准柁，中国所谓桂王洲也（缅人谓王曰柁）。顺治丁亥，洪承畴督师取云南。李定国拒战曲靖。吴三桂由广西、四川分捣其虚，入云南省城。桂王走阿瓦至格萨，三桂重购得之，缢于贵阳。格萨人思桂王不置，因名其洲曰准柁，为衣冠墓于洲旁。每岁二月，作会礼佛以衷之，竟成故事。夷亦多情哉！ 明桂王衣冠墓

永历故宫在云南省五华山上。三桂既缢桂王，封平西王，遂据其故宫，用陈圆圆计，增修廿馀年，备极宏侈。子石子游云南省，尝登五华山观其陈迹。

己卯至德稿（一作达稿）。伊董水自北来合，势蜿蜒如格萨，流亦甚清，游鱼尤多。格萨至此约百里，中经缅刀、蠢刀二村，一日程也。

晚经很杂摹（一作亨则木）、加牙（一作加雅）。夜半明月东上，趁之南行。经杂白鲁钩（一作早捌阿那钩）。浪皱靴纹，林开岸迴，猿声凄楚，山影模糊。一帆风稳，卧游快事也。

庚辰，将晓，经会札多。辰市声哗，搅人清兴。缅江皆产鱼，而曾札多江，鱼尤无朋无伦。故其市较他江村独盛。缅人亦呼是村曰怎札沱。

辛巳，小泊格白。两岸冈巘回盘，江面如镜。沿江皆长林，树色红黄可爱。南望平远，江天一色。飞鹜落霞，开人心目。

午泊纪标。买果赏山猿。自新街南来，沿江皆产细猿，纪标尤多，故特著。每夕阳明月，群啼呼偶，其清韵不减巫山，惜未常为能文善感之士所闻，不得与于凄情雅典耳。猿最大不逾尺五寸，百十群游，绝可人意。纪标尤不可以数计。其饮水也，有如松龙渡江。江行者贪看其多，至纪标争买果引之。他山猿不蒙买果之赏，虽多而未极，而不著也（标字音如标留二字合读，标音重而留音少轻）。

山猿饮水如龙渡江

纪标猿以多著，曾札多鱼以大著。物固不可以不著也，况于人乎？

壬午辰，经叶椗，缅北要地也，亦富区也。产盐绝佳。距新街约八百里，南去蒲甘约三百馀里。越癸未甲申午后始至焉。

绞番、瑞歹、勒稿、假木考、木那沁、古凯净、杀衮挝、德纪、必捌、巧叶、立木、新木港、沁街、们果、懒柁种，以上十五地，皆沿江。凡江干村屋，悉如新街。缅人之居，之制似楼非楼，蓬壁竹寮，无所用于陶瓦。置之临江之地，俨是浮家泛宅。村屋四周多树芭蕉、槟榔、椰子、拱纪（即桸木，俗所谓树酒也）。林间鱼网，门外鸭阑，雅宜图画。而平沙象戏，苍箐猿啼，亦足增人诗思。惟菩雅林林金灿螌目，无地无之，殊厌见不鲜耳。

将晓经曾札多二首

白荻平沙外，扁舟夜色微。月随帆影转，星带笛声飞。瘴重山如罩，宵沉雾湿衣。渐闻人语细，星火下渔矶。

曙色长林辨，南经曾札多。鲜鱼争集市，驯象近听歌。止水天容鉴，遥山瘴气罗。远游当此景，珍重慰诗魔。

大金沙江行杂诗八首

布帆风逆水行迂，江势如龙赴水沽。偃日窥林惊翡翠，馀霞横峡障葫芦。崖垂红影猿偷果，波溅青光鹭惊蒲。木打村南宜夜泊，半规明月艳蓬舻。

笑古悲今二阮狂，朝来放荡白云乡。半江鱼影清流水，两桨猿声下夕阳。帝子空馀亡国恨，将军艰得救兵粮。南风萧瑟情何极，痛哭明侯奠桂王（明侯谓总督明瑞，征缅绝粮，事见前）。

拱纪香和德稿鱼，扁舟醉饱似游湖。半轮月合波中镜，数点灯嵌岭上珠。乡思早随猿啸断，诗魂飞逐鹭声孤。和歌未遇吹箫客，独叩空舷忆大苏。

白战常嗤獭祭腥，诗怀不共暮云停。霞从啼鹭声中碧，天在平沙远处青。愁见银蟾光正子，遥怜金马势零丁。招来猿鸟同歌笑，谁识人间有岁星（蒋钊言定冲军欲散去，故六句云云）。

夜景空濛雾一蓑，晴开卓午渐温和。满林黄叶猿声脆，两岸青山象迹多。少岁清狂夸北海，遐方落拓愧东坡。凌辰白舫沽春处，笑指鱼村怎札沱。

江村日落晚风腥，南去双桡撇不停。曲水奇山围格白，成诗缮草属樵青。乌头作宦无馀子，素羽游仙旧姓丁。一段壮愁随浪逝，横矾渔火散零星。

椰黄蕉绿正霜天，独向南荒棹画船。马灯辛叩投剑去，乌篷觳觫抱书眠。横江叠嶂疑无路，障树轻云欲化烟。瓠大如尊容五石，逍遥任我小游仙。

南极初通亘古奇，江霞山霭澈灵犀。更谙缅甸三冬日，却似成都六月时。玉色红黄霜里果，岚光青翠画中诗。遥知今日槐堂宴，花底家人尽我思（十月廿六日，子石子祖母诞辰也）。

大金沙江行口号十四首

星河不动水平铺，江色江声入梦无。烟树断崖船泊处，舟人笑道出葫芦。

鹤唳猿啼曙色开，江天如画重徘徊。满身烟霭疑仙去，才向葫芦口里来。

村树归鸦噪夕阳，崚嶒菩雅压波光。无人知我停桡意，准柁江头吊桂王。

桂王洲上集昏鸦，欲访前朝问故家。天意难回空饮恨，孤坟开遍白茄花（桂王衣冠坟上，白茄最多。坟侧多椰树，每黄昏，鸦鸣喔喔，如相吊泣）。

格萨江干春水香，芭蕉椰树荫蛮庄。年年二月茄花发，士女临波哭桂王。

报道龙江水合流，蜿蜒送我出中州。停舟试向阿龙问，颔下明珠探得不。

绝好诗情很杂摩，扁舟晚泊景如何。落霞红入芦花港，无数鱼儿吹白波。

三日江程九日行，轮船路熟小船生。天教饱看奇山水，故遣风帆缓缓经（缅人谓舟行日经）。

峨峨菩雅挂斜晖，帆带钟声度翠微。独俯船头照江水，须眉故我是耶非。

猿啼哑哑水萧萧，船驶风轻过纪标。月色波光留不住，饱收诗料到明朝。

纹番无浪好行船，青嶂红林夜色妍。沁古江村宜醉月，招呼美马撖绵绵（美马，踏桡娘也。撖打，桨也。绵绵，快快也）。

酤榷綦严汉制存，难消臣渴断人魂。笑他阿瓦无全瓦，白竹黄茅盖酒村（缅甸酒禁严，而酒税亦甚重）。

前途喜近缅王城，一笛长风吹月行。明日醉郎上封事，天狼昨夜客星明（醉郎种，人名，善观星，缅王用以司天。醉，邦东切。郎，郎当切。以下醉字同）。

寄语成都故旧知，布帆安善落江湄。梅花初度前三日，正是王孙入缅时。

甲申午后，至缅甸都城，泊舟西纲关东，距故都洞缪（凡缅甸地名，缪字皆上声，读若矛有切）五里，东南距新都杳缪二十里。近晚，腾越人黄柱臣等以车来迎。遂舍舟遵江干行，约四里，至金多眼财神祠，憩行李焉（缅甸谓税曰纲）。

乙酉，腾越人士公宴观音寺，观孔雀。

丙戌，缅甸王宴月渔先生、子石子杳午阴（缅王大花园也）观醉奢。醉奢，缅甸女乐也。王妃、臣妇女多能之。歌与舞相间作，乱鸣乐器以佐。其声态乐器，制颇异。有木琴，镂木为槽，高阔皆尺许，骈嵌二十四木版于槽，槽长约三尺。用竹版击之，鸣甚清越。有围铙，镂檀为架，架圆径可四尺，空其中，周架镂围槽，镶以花饰，沿槽累贯小铜铙百具，一人执竹版立架中，回旋击作声。盖醉奢之主乐也。醉奢中，必有笛管数人极吹和歌舞。亦有数人挝羯鼓，以和铙琴笛管。调益谐，乐女益喜，尽意

缅王宴会女乐之尤

作声态，亦殊可耳目。既观摆。摆，傀儡也。靠奢则缅甸歌舞之尤也。王之靠奢，又靠奢之尤也。乐器既精，乐女亦异也。王之妃、诸臣之妇女也，虽然其尤也，亦缅甸之乐之尤而已。

海客日谈卷二

和尚王可干缅国政

十一月建庚子朔日丁亥，缅王同母弟铁殿辣宴子石子小名山，缅王意也。山在杳缪北，山上有种，其制极奢靡。自种至山麓，近四里，历级数百。每级皆覆以楼，每楼悬灯数十盏，然以酥，日夜常明，不使暂时灭。入晚，楼头灯益灿，漾以微风，自杳缪望之，如火龙蜿蜒山际。岁费颇不赀。种中有绷千馀尊者，曰菩雅纪，中国人谓之和尚王，能可否缅国政权，较西藏大剌麻尤大。喜持曲柄槟榔叶扇，与缅王谈僧家法，王尝匍匐敬听。虽有大政待王，菩雅纪谈未终，王不敢及也。究之犹缅人耳，无他异。缅国菩雅纪甚多，并统于小名山。铁殿辣至小名山，首致礼菩雅纪。及菩雅纪既见子石子，故郑重谓铁殿辣曰："是慈雅纪，精我僧家法，宜尊礼之。"唉，即此可知菩雅纪果无他异也，妄人耳。无论子石子最不喜僧家法，末由精，且初见菩雅纪，犹未及谈，乃铁殿辣竟信其谓。谓小名山菩雅纪无诳铁殿辣，乃异哉！

戊子辰后，自金多眼财神祠，移行李于谙拉菩那城和顺玉行，从玉行主人李德方请也。德方为李珍国从兄，玉行即珍国所置。珍国归滇练团，以德方优于为守，故使为玉行主，又使从孙修道为副，以常运玉及棉花归资团练。和顺玉行关系腾越甚重（德方，字士行。修道，字思正）。

谙拉菩那城在金多眼东三十里。滇人居此者四千馀家，闽广人百馀家，川人才五家。 滇人居此四千馀家

金多眼距杳缪不及二十里，西临大金沙江。商船丛泊处也。沿江多芭蕉、椰棕，翠鸟、鹦鹉，鸣翔其中。晚晴风景尤绝。

观音寺附近金多眼，去洞缪甚近。寺制宏丽壮雅逾他种，循汉制也。

金多眼财神祠，亦中华人建造者。祠中有朴鸡一树，翠云常荫。伯赵巢其上，每天欲曙，雌和雄鸣，坐被中听之胜丝管百倍。和顺玉行前亦有朴鸡一株，荫亦可周屋。惜辰无伯赵双鸣，殊孤负翠云也。

己丑，缅王使伯坎们纪、德由蕴岛（理中国商民事者。缅人称中国人曰德由）陪月渔先生、子石子观火机火铸。晚宴小名山，观白石佛像。

庚寅、辛卯、壬辰、癸巳、甲午五日，缅王使德由蕴岛导月渔先生、子石子遍观宫禁及诸异物。

乙未，腾越士民公宴观音寺。月渔先生为书楹联二，

刻以檀木。

丙申午，中华人士公宴金多眼财神祠，赏菊花。是日冬至矣。

丁酉，缅王宴月渔先生、子石子德由午荫（汉人所建花园也）。铁殿辣、们纪以下匍匐侍。馔果二百馀味，以百姬进食。极夸其汰也。

戊戌、己亥、庚子、辛丑，连日伯坎们纪、德由蕴岛诸酋以次招饮。四日饮十八酋家。着手皆鱼，五脏神颇不胜其腥腻。

壬寅辰，复饮伯坎们纪家。午宴铁殿辣竹轩，进食以妻女，示知礼也。宴阑，遂宿轩中。越癸卯甲辰，午后召广人李广波入竹轩，照子石子及其眷属小相。乙巳辰，始得归。

乙巳、丙午二日，诸酋复来招饮，皆不赴。惟坐玉行朴鸡树下，焚大食香，侍月渔先生啜茶论画，一涤日来鱼肉腥。夜来强蒋钊等说定冲军杀贼事，肝脾爽健，为食香杭饭五碗。奴辈私谓故园梅花当已盛开，乡思又为之怦怦动。

丁未，饮腾越人王朝典楼上，挥麈闲谈。一觞二篮间杂列瓶花水石，觉与日来宴饮有市浊林清之别。朝典故隐者，携家避寇来此，自教其孙读书，雏声清朗，每听一过，为心痒久之。朝典尽出所藏山水帧册与观，景趣清妙，又为情移久之。回思日来腥酽填肠，使人欲呕。而所处之人之地，尤不可一朝俱也（朝典名逸）。

腾越移民教孙读书

近夕，伯坎们纪来言，缅王使庚文（庚文二字皆平上音兼读）们纪、博等缊岛、潘遮蕴岛航海去必辣，定以壬子日西发，约月渔先生、子石子偕行。必辣，缅人谓英吉利也。缅受制于英吉利，故使三酋往为质。

戊申、己酉、庚戌、辛亥，连日赴中华人士及诸缅酋家辞行，兼词询缅国近事，及庚文们纪三酋质英吉利故。诸缅酋皆有不平色。中华人士在缅久者，亦多为之不平。噫，缅国其将欲作乎？

缅甸在伊拉袜底（即大金沙江）之东，一名阿瓦。在昔，缅王好夸大，不知海宇之洪辽，其自尊有如夜郎王。尝使其臣航海，潜至中国，归见王于德由午阴。王问缅国于天下孰似？其臣指屋上瓦对曰："天下有缅甸，犹德由午阴一瓦耳。"缅王夸大之心为之少戢，国亦因以阿瓦名。有曰岸瓦者，相传之讹也（缅甸国城屋宇率无瓦，德由阴为汉人建造，故独用瓦）。

缅甸古朱波，汉谓之掸（《后汉书·西南夷传》：掸国西南通大秦。掸音檀），唐谓之骠（音票无，平音），宋以来皆谓之缅，谓其去中国山川邈远。然其国固多平原，漫衍相属，弥望千里，故又曰缅甸。昔悍，今弱国也。自乾隆末年，修藩职供贡物恪谨，至今弗敢懈。国北界野人山，东界暹罗，西界阿拉干（昔界东印度），南界毕博（昔界印度海），横纵各约二千里。昔纵三千馀里，横四千馀里。国都曰蒲甘，新城曰杳缪，故城曰洞缪，距大金沙江千五里，距杳缪十五里。杳缪城门八，东曰雅喜 缅甸古史德札，南曰刀德札，西曰老德札，北曰苗德札，西北曰大文西，南曰有多标（标留合音），东南曰德札利，东北曰瑞毕木庚（庚字音兼平上声读）。八门共围七里馀，周以阔濠。濠上架木梁，通车马。梁之数亦同门之数，梁皆临门架也。

孟德利城（利字兼平上音读）周杳缪之半。城排木为之，深筑入于地，涂用朱色。缅王所居禁城也。负城设卫校十馀所。正门面东门，甚敞豁。南门北门亚之。三门陈卫校尤盛，又益以炮戟，兵仗亦明整过他卫。入正门，钟鼓楼峙其北。其南白石台数级，绕以花木，供佛所也。东向一长寮七楹，朱柱金檐，缅臣都议所也。钟鼓楼又北，粉垣修缭垣内，金声迭作，铸孔雀钱所也。循都议所而北转西，有与白石台遥并崚嶒，而锐矗于孟德利城之内层者，缅王正殿也。

王宫楹顶皆饰金箔

王殿面东，高七级，欲近十丈。殿顶锐削如塔，铸铅为瓦。楹凡二十有四，悉饰以金箔。光争烈日，目不可注观。殿脊鸱尾亦镂锼玲珑，涂以金。殿内制类中华兰若殿。三进白楹金铺，中悬白伞，周缀璎珞，王正座也。西望层门，隐闻香风，王内宫也。北偏小阁，王宗庙也。自殿前极于内宫之后，历门十馀层。每进辄眯，以涂饰皆金箔，日西光烈，适相射也。

殿西北一所七楹，中列巨柜十数。内弆黑册，国之典籍也。掌之者曰文幸柁。

殿阶下踞大铜炮二门，上铸乾隆年月，总督明瑞殉难时遗物也。

殿南偏象庐二所，饲驯象数头，赐诸酋以代步者。归则仍饲于庐。庐制圆如仓，四敞如亭。

殿前有未成窗棂轩槛诸物，其质皆铁。德由蕴岛云：王使英吉利工匠造铁殿于城南，未及竖一檐柱，费已十万馀路比矣（路比，洋钱也。比字读平声，路字读若劳路合音，亦读近漏劳合音。以下路比二字音皆同）。

铸炮织造所在小名山西。机器皆购之英吉利，费路比二十四万。

德由午阴置电报，通漾贡市货消息。亦购之英吉利，费路比十万有奇。

德由午阴，缅王花园也。制自汉人工匠。在殿之南，屋宇花木少不及杳午阴。

杳午阴，殿北新花园也。槟榔、朴鸡、拱纪、芭蕉、素花、香草，分蹊交荫。方池数亩，止水涟漪。鲂鲤群游，鳞鬣豁露。池中编竹为筏，载屋筏上，屋角系四缆，牵之以游，比舟犹如意。缅王乘凉所也。园制既雅洁，花木亦清芳宜人。子石子观缅王宫禁，留连于此独久。惜与金辉厌目之正殿、朱彩燔心之都议所共建孟德利城，污辱杳午阴殊甚矣。

西月摩有行宫，缅王避暑多居于此。宫临大江，制度之侈不亚孟德利城。环宫亦有朱木城，而十馀年王履绝不至，朱城色已不鲜。

缅甸王及国人胥猛氏，自古无二姓。《后汉书》《唐书》作雍，《明史》作莽，皆猛字转音之讹。夷言夏译，辗转益失其本音。执笔者未尝与缅人处，末由审其音之宜也。国既一姓，虽王族屡易，氏仍不易为猛。纪年以次自唐初国缅，迄今一千二百三十四年。《唐书》屡书“骠国来朝”。骠即立国初名。宋、元以来，始有缅甸名。其时缅甸犹未大。前明中，国乃日强。至我朝乾隆初，并秘古、阿拉干二国，缅甸遂称强西南徼外，为我国家大藩。当始并二国时，贪心妄念甚炽，崛强内犯，颇劳王师。然旋即宾服，敬供藩职，至于今不贰。今国势已渐弱，其王猛董猛尝言，安得常通贡于中国，敬言泰西逼处之势，于大皇帝顾而怜之，使得永备藩西南徼也。盖缅并二国后数十年，秘古全没于英吉利，阿拉干以西亦为英吉利所侵。《后汉书》谓其国通大秦，今大秦西邻已久逼伺其旁矣。故猛董猛深忧之。蒙详审缅甸始末，知缅甸之势，固与中国西南为唇齿而相依以安者。中国依缅以固边徼，缅依中国以自强。故自唐历宋、元、明，来朝中国甚数，入我朝朝贡尤勤。盖自立国之初，已知缅甸之势，不依中国不能强，且不能安也。唐以前未立国，故通中国甚稀。或曰后汉时已谓缅为掸国，似国始于汉。不知掸实种夷之名，故《后汉书》仅略附书于《西南夷传》，亦立国于唐之显征也。顾由唐至今，王已屡易族，而年则仍以次纪，亦犹王易族不变姓氏也。不知者且以为一族王缅至一千二百三十四年，瞢哉！缅顾能若是远哉？今王本阿罗班部酋猛柁纪族。先是，乾隆初，秘古国王引泰西人灭缅甸。猛柁纪奋

英国势力入侵缅甸

起义旅，灭秘古，并其地，复王缅，又并阿拉干。国传五世，至猛董猛，即今缅甸王也。为人佞佛喜功，好货好色，惟能识安国自强之势，在敬依中国，汲汲以修贡职为先务。故虽无政，而逼处泰西强国间，亦未致遽亡也。好色尤甚，妃数百，有子女百二十馀人。子不外娶，女不外尚。兄弟姊妹自相为耦，自缅之前王，已多无伦纪。每王薨，国必大乱。兄弟争王相贼，无定储故也。猛董猛亦大杀兄若弟得立者。其臣称之曰捧柁纪菩雅。尊我大皇帝曰五帝门（门字上声）。

缅甸官制，大略仿则中华。丞相曰们纪，尚书曰等温，侍郎曰蕴岛。蕴岛外任如巡抚，仍称蕴岛。史官最大者曰文幸柁，九卿曰蕴。九卿以下，字愈多者官愈尊。如际理亚撒乐耳他（亚撒二字兼上声，他字上声）是也。大将军曰姐助纪，侍卫曰三多幸，副将曰姐改。副将以下曰波。仪仗以金伞盖为贵，非王赐不得擅张，惟张油纸盖。象亦出王赐始得骑。王子车座与轮，皆饰金，贵之至也。们纪以至波，称王子曰纪菩雅，王女曰素菩雅，王妃曰懒木柁扁，一曰老木菩雅。称们纪一曰大蕴岛。

缅甸官制略仿中华

缅官迁转以三途，曰吏，曰兵，曰会计。迁转以渐，官无大小，皆得见其王。

缅官无俸禄，而有额银，禁不得受民财。官死，则计其家，核其入官月日，苟银浮于额，则尽罚之。顾官颇多贪者，盖朘削民脂膏，以竞巧于菩雅也。

缅俗佞佛，诸种之菩雅纪及绷纪（大和尚也）、绷

(寻常和尚),皆坐致衣食。官民竞罄家施与,惟恐或后。缅王月以斋米六百石,给诸菩雅纪。

菩雅者,即中国之塔也。言菩雅者,缅甸则然。缅之王不务于政,徒佛是媚。举国效王之行,逢王意,皇皇然日以造菩雅为当务之急。厥制小异中国,而精丽过之。自五级以至十馀级,顶锐如笔,上嵌软瓒珌玺,宝石珠金,象牙琉璃之属,金碧光绚,与两曜争丽辉。建造之费动万计,极而至于数十百万。而菩雅之多,至浮于居之室。盖缅甸自唐以来,其王类皆惑于佛,至今王媚之尤甚。国人亦效王,媚佛造菩雅。缅之臣工益不敢惜费,以违王意,遂各斗精角丽,无巧不竭。十万之家,必以五万造菩雅,甚有尽十万而不能已者。虽云舍私资以媚佛,似无所妨,顾问其资之自求,实民脂耳,民膏耳。鬻妇卖儿者相属于途,而无所告也。偶有一二爱国爱民敢谏之臣,亦司空见惯,漠不为怪。其乱之始基乎?吾恐被发成谶不百年而戎矣。不禁望菩雅而为缅悲也。

菩雅遍地民脂民膏

缅甸兵制颇不饬,较乾隆时不翅霄壤。师行无远近,皆各裹糗粮,尤累赘可笑。

猛董猛之立,颇德龙陵参将李珍国之力之资,故腾越军兴,珍国归里练团,猛董猛数以棉花、玉石饷军,先后约计二十万。腾越,珍国桑梓地也。猛董猛饷之,既云报德,亦为将来图戎计也。

缅人状貌类中华而色黑。男子刺身股,作山川宫室、虫鱼花草之文。衣箭袖短衣,或右衽或左衽。富贵者用白绫、白绒，贫者贱者用白洋布。制略如中华汗衫式，谓之海纪。下体不着裤，围以匹帛，或以布。布帛皆有文，如阑干方胜锦，谓之捌叟，中华人谓之抄子。妇女抄子略似裙式而窄小。履曰起脸，中华人谓之撒子，以红绿泥或明镜为底，上系二绊作人字形，两足指夹以曳之行。男女皆跣也。男或履高齿屐。首不冠。有用白纱裹条束首，又两角于脑后，而着白纱衫，如中华套褂者，则将拜佛朝王或谒见尊贵者也。否则常裸体，虽短衣亦少衣。妇女亦衣箭袖短衣，亦裸体。女子裸则以抄子蔽其乳。而于发特洁，日必数栉之。有髻有不髻。男子皆髻于项，微与妇女异。妇女髻必于脑后也。然男子亦有不髻者，夷哉。然而被发文身，夷俗固尔。乃赫赫中华人，亦竟有被其发，文其身，衣海纪，围捌叟，履起脸，甘混同于缅人者，是又夷之弗若矣。 华人亦有着缅装者

缅人文身涂色有贵贱。贱者文涂黑与靛，贵者涂朱。涂金者，贵之至也。有不文身者，父母国人争贱之，谓之阿彪美马（缅妇女也）。盖妇女不文身。男子文身之年在初壮，刺以长铁针，旋刺旋涂色，甚痛苦。刺工且不廉。

缅人无拜跪仪，惟有伛偻匿履为礼。以手合十，伛偻以趋者，大礼也。蹲于地亦大礼。拜佛朝王亦若是已矣。其朝王也，有卧与王言者，有旋与王言。旋以白石管书黑册者，皆任繁责巨者也。

缅甸文字固不同于中国，与泰西亦迥异。远望之如钩圈，连环不断。进上文字，以针刺于金叶；次以铅笔画精

碧纸；次以火烙树酒叶，中国所谓贝叶书也；次以白石管书黑册。其国女子多通书，文字不繁也。男子多从绷纪学书，或为绷，以求精其书。以文本出于释典也。字母才二十六。

缅女最喜浴，日必数浴于江。遇男子来浴，不避也。既出浴，则以巨罂盛江水，顶以归。加至四五罂，顶弥劲，归途数里，顶终不挠。

缅人配合悦则共居

缅人配合不以媒。男女相悦，则男去父母起竹楼，迎女共居，而养女父母。故缅俗尚生女。呜呼，诚缅俗矣！苟男女共居不相悦则离。若一人不悦，则以孔雀银钱十圆，与不为所悦者，为别配合之资。缅女虽赤贫，必有小金粒如豆者数十，作串圈颈上，为不悦男子储也。

缅人尚宝玉。男子喜于无名指约金箍，上嵌软瓒，次珌玺宝石，次翡翠。软瓒以光能远射为贵，值数倍珌玺宝石。女子亦喜以软瓒、珌玺宝石、翡翠为镰，充两耳，或充象牙镰。镰即瑁玩耳珰也，状如班指而长。

铁殿辣，缅王同母弟也，慷慨多能。王既立，大杀其兄弟，惟一弟与无牾，独免，仍以铁殿辣山封之。缅人遂称铁殿辣，因山名也。山在大海中，距漾贡约二百里，产燕窝甚富。今丧于英吉利矣。铁殿辣多能，或将谋复乎？

泰西如英吉利、法郎西诸国人，皆有在缅者。而英吉利最横骜，出入缅禁，强与缅政，国人侧目，然卒未敢遏挠其所为。

缅人岁输例银二百馀万于英吉利。问所谓例者于诸缅酋，举面赪不敢对。

天方、林育、格萨罗、车婆提、孟加拉诸国人，皆有商于缅甸者。

阿萨密俗喜食鸦片烟矣。小儿初生，即和水哺之。辭郎俗喜言天文，其言亦有当者。缅王用以司星象。初，辭郎与阿萨密、阿拉干、马缅皆缅附庸。马缅即潞江入海处，通商巨步也。阿拉干亦有通商海步二，北曰彻的杠，南曰挨加，今悉割隶英吉利。阿拉干一名阿剌杠。阿萨密一名未塞利。马缅一名抹尔棉，一名摩而般缅。阿萨密与俅怒诸夷接壤，去藏卫甚近。

猛拱，产翠玉山也，与雪山相连，去蒲甘西北四千馀里，瘴毒最恶。中华人入其中，尝十不一出。缅人稍习其瘴，顾不善识山口，惟拾中华人弃馀。故翠玉山口之佳者时值绝昂。山口佳者有三：曰马撒，曰雾路，曰难得拢。难得拢玉尤佳，质亦春花，翠而坚洁，有白文一线如瑕，擦之不格手，与瑕特异耳。马撒玉，即天青地白是也。雾路玉如明水，其翠蕴漾于，中世所谓藻玉也。又有绮罗玉者，其色深黛，其质脆薄。乾隆时，缅王得此玉，制为六方宫灯，嘉庆初以贡于朝。至腾越绮罗乡自裂，遂改制为耳环，名绮罗玉，即照绿也，亦猛拱产，惜年远不能详其山口矣。 缅甸产玉猛拱最佳

猛拱西北数十里山中有村，曰黑儿木，居人百馀家。无男女，尻处皆生尾二寸馀，能就地作符篆，卧其上，顷刻化为虎豹形，扑人以食，既果腹，复形为人，名曰绿木

尔。华缅玉商入猛拱者皆忌之，猛拱人亦忌之。有识者乱其地上符篆，则终为虎豹，不复。故绿木尔非饥甚，不轻化其形。

怒猫，不详其种裔，通体皆生白毛，覆面亦数寸。用胶抿眼上一绺以便视，亦知修饰，畏人憎也。子石子见于缅殿暖阁中。阁南置玻璃镜，高盈丈。怒猫对之，自惭形秽，乃欲以丑骇人，笑挨月渔先生腋。德由蕴岛叱之，屈一足，咽咽怪叫，跳而去。盖缅王弄人也。蕴岛云："缅王初立时，怒阿萨密附英吉利，伐之。师还，于道获怒猫四，携以归，使蒲甘人轮养之，户日给采摆（铅钱也）一枚。怒猫亲往取，聒叫无休。蒲甘人颇苦之。怒猫亦能作缅语。初与父母一妹同来，缅王以其妹给小臣，其父母旋毙，今惟怒猫独存。顾扰蒲甘人犹是也。怒猫日积采摆，居然巨富，常居缅殿中。蒲甘人虽苦其扰，以王故，不敢害，诅之咒之，常有人矣。按《南康记》有云："山都形似昆仑奴，通身生毛，见人辄闭目，张口如笑。好在深涧中翻石觅蟹啖之。"又虢公梦蓐收，人面白毛，盖天之刑神，怒猫岂其种裔欤？乃知造物所生人而兽者，正不止猩狌、猓狒、木猴、野干也。

缅王弄人 通体白毛

象，即《说文》所谓"长鼻牙，三年一乳，象耳牙四足之形"者。《尔雅疏》谓"象之皮牙，材之美者"也。怒、俅、僰三夷地皆有之。子石子经过僰地千馀里，未闻有象。问之僰夷之尝入俅、怒二夷地者，亦未之见。及至缅甸，乃数见之。大略如中华图画，牙鼻戟张可玩，而皮毛多乌，类牯牛色，绝少白者。惟德拱洞柁（德山名拱洞。柁，大山顶上也）有白象。缅王异之，屡捕不可得。王饲以妇人乳，象驯来就乳。捕者猝合围，象忽不见。遂诧为神祈福者武。相接虽密室之内，不敢乱言迕白象，而乌象则仍畜视之。象畏鼠，地有鼠迹，终日不敢动。又畏豚声。《海语·物产篇》云："象嗜田禾，经旬十亩皆尽。岛夷缚孤豚于深树中，喔喔不绝。象闻而怖，引类而遁。昔王威宁平两广夷人，畏象战，因觅小豚千百纵之。象果披靡，以为豚类鼠，不知豚声固象所畏也。"象性贞一而力猛，捕必设阱。既入阱，必问愿为我畜否。愿则颔诺，如否，虽阱困至死不出。难捕固不独白象也。象皮牙缅人不甚贵，惟贵其力能服耕，任骑乘。象之灵，在鼻能拾针、掬水、拣草，尤可玩。 象能服耕 象鼻最灵

缅降山中多木棉树。树皆高二丈有奇，围可六七拱。岁产棉花值数十万。缅王赖以抵重耗。缅甸木棉皆良，终不逮缅降产。树既高且大故也。缅降去蒲甘约三百馀里。

槟榔树似棕，节长无皮，花淡红色，叶广圆径尺，嫩者可作扇。

椰树亦似棕，无皮而节密。实熟时大于倭瓜，中有汁可煮为饧。古人多误以为椰，为其汁亦可酿酒也。

树酒，佛书谓之贝多，缅人谓之拱纪，即椰树也。亦似棕无皮，高四五丈，大略类椰树。实尤大而坚，悬树上如人头，故有拱纪名。拱，头也；纪，大也。安南人亦谓之越王头。树无枝条，实结于树梢，外有粗皮，内有壳，

缅甸树酒香烈醉人

既坚大且圆，剖之可为瓢当。壳内有白瓤如雪，厚半寸，味如胡桃，极肥美。瓤内盛汁升计，澄清如露，饮之殊淡，细味之才稍稍有酒气。酿以为酒，则香烈醉人。按《南史·刘杳传》："杳在任昉坐，有人馈椰酒，字作榐。昉问：此字是否？杳曰：非也。葛洪《字苑》作木旁肴。"椰音如谂。椰叶类槟榔，缅人拣其厚洁者，以火烙书，盛于竹筒通公事。缅僧尤喜烙佛言语于上，故曰贝多经。叶亦生树梢，缅人谓曰塔补。

木纪纪树，一名酸绞。叶如槐，实如豆角。实与叶，缅人皆以为上品蔬。

有木似檀，而香稍不及。檀，樟类也，其质细腻如玉。缅女磨其浆，以替脂粉，色殊黄，不足观。

苦嗟（嗟，加牙切），叶似茶，味微苦，花小而白，淡香可嗅。缅人烹其叶，以款上宾。

朴鸡，树如樟，叶如冬青，结实如酸枣，花如桂，香犹过之。每以七月，花香闻数里。杳午阴有五树，金多眼有四树，和顺玉行前一树。子石子游蒲甘内外殆遍，而见朴鸡仅Ｉ树，诚希物哉！柳子厚谓楚南少人而多石，子石子亦谓蒲甘之秀，钟树不钟人。

栌，叶精碧色，味香而辛。每饭后以二三叶裹白石灰少许，和槟榔食之，吐涩水，色赤如血，味益美，祛瘴毒良物也。其值颇不廉。栌有子似荆芥穗而坚。滇人不能得栌叶，惟食干栌子，和石灰槟榔，祛瘴毒，味亦辛香，顾终不如叶味美，值亦较廉。按《广韵本草》所谓扶榴藤缘木而生者，即栌也。

芭蕉，果大于中华产，色黄，味甚甘，如蒟酱。滇僰芭蕉所生亦可食。

凤尾果，大如香橼，皮外有鳞，色赤，瓤色鲜碧，味香永如美酒，多食致瘴。

缅谷长大倍中国粳米，色莹翠可爱，多食能致瘴，软腻太过也。岁再获，有四获者，获无定时，种亦无定时，皆早种也。 缅谷莹翠一年四获

缅烟草略异中国，制作五寸筒，如吕宋烟，而色青纯。以草叶作筒者曰且李，味香烈。以叶作衣，屑草茎实筒中者，曰且酉，味香而甘。有叶白而筒较长者，则富贵者所用，惟味重殊无香也，名曰且补。

缅有白石，质精细。缅人多用琢佛像，甚可观。铁殿辣尝琢观音一、象一赠子石子，值孔雀钱二十八圆。

《中山诗话》载："王介甫喜谐谑。一日，论沙门道，因曰：'投老欲依僧。'客遽对曰：'急则抱佛脚。'介甫曰：'投老欲依僧是古诗。'客曰：'急则抱佛脚是谚语。上去投，下去脚，岂非的对？'介甫大笑。"是抱佛脚之语，自宋已有之，而未知所本。及阅张世南《宦游纪闻》云："云南之南有番国，俗尚佛教。人犯罪应诛者，捕之，急趋往佛寺中抱佛脚悔罪，愿髡发为僧，以赎前罪，即贳之。谚云：闲时不烧香，急则抱佛脚。"子石子游缅甸，目击其事者再，因记白石佛像并书之，以见昔人之言多有所本也。

缅人每日朝夕必礼佛，而八月必大礼佛，亦以八月为中秋节也。月亦有大小建，上六月建大，下六月建小，每岁皆然。二月为岁首，亦大礼佛，少不如八月。八月既礼佛，又家家洒水为喜。缅女见男子过其门，无问夷夏，着新衣者皆洒之。

缅甸四时皆歊暑，夏秋之间或偶雨，则暑少退。若冬与春，方中华三伏日尤倍热。屋舍几榻莫不炙人手。子石子居缅月馀，无日不见日，无夕不见月，其时正冬也。闻久居缅者云，夏秋偶雨，则缅人喜若岁，遇十日雨，皆叹淫潦矣。

宴沓午阴观辟奢

风中舟楫来禅国，天上衣冠谒缅王。跣足科头浑不似，蛮肴江错勉相尝。礼修鄯善尊司马（见《班超传》），乐号辟奢逼舞凰。东望神州征战息，同雠遮莫在重洋。

游缅王宫禁二首

中涓传语浛游行，藩禁周遭敞木城。龛座金铺垂白伞，觚棱铅瓦列朱楹。桧园无暑宜浮蚁，椒阁藏春漫转莺。一段异香神欲醉，午阴西畔近蓬瀛。

缅王宫类梵王宫，莲座花幢次第同。璎珞低笼云影白，檐梧争射日光红。七台百宝飞金色，六婴群妃扫翠空。隐约朱门通内寝，珮环声和朴鸡风。

腾越人士公宴观音寺即席赋诗

三巴六诏旧同乡，徼外相逢喜欲狂。麈尾清谈多贝叶，龙文新草密蒙香（月渔先生以密蒙香纸为楹联二副。纸出意大里）。莲花瓣嚼西施舌（即鳇子肉），椊树膏醺公子肠（醉蟹以树酒）。我自主臣重饱德（主臣，惭愧也，见《史记》陈平语），腾冲会未靖欃枪。

宴德由午阴

未谙礼乐在南夷，中外崇卑自等差。争美头衔来大夏，重随跣履上虒祁（晋平公置蒺藜于虒祁，师旷跣履以登）。卫军有序环椰径，佞佛从权设酒卮（见《汉书》楚王事）。故召群酋长伏地，欲将威重示人知。

观象

一群香象浴江湄，却笑韩非未见之（见《韩非子·解老篇》）。自昔埋牙供上赆，近尝燧尾逐强师（缅王以象战得国，又与暹罗战，亦以象制胜）。驯能拜起羞安舞（朝象不为禄山舞，见天宝事），勤佐耕耘著宋诗（王禹偁诗：民种山田见象耕）。异日神京严御仗，午门交鼻肃朝仪。

观孔雀（子石子居缅月馀见孔雀数十只）

摩由逻自梵僧夸（佛书谓孔雀为摩由逻），都护从来属孔家。昔向鹤亭开翠羽（子石子七岁时曾于青羊宫侧来鹤亭见之，今十一年矣），远游骠国识金花。画屏有目愁惟中（缅王有相赘意，恐不获辞，故云云），岸帻披翎喜太华。惊我冠裳偏不妒，舞翻朱尾彻青霞。

缅王有相赘之意

缅中长至次韵月渔先生

蒲甘留滞久，节候暗中侵。芦管初吹气，兰言共此心。南荒同落拓，西澳待披寻。缅线添闺绣，思乡动苦吟。

缅甸竹枝词十首

菩雅森森高入天，谬云高极始通禅。怜他君相争谀佛，费尽民间帖妇钱。

缅宫歌舞号辟奢，竹拍铙琴杂管笳。舞似天魔歌似谑，鼓声和笑落灯花。

午阴方沼绿云封，椰桰芭蕉醉午风。天与华夷重区别，花光不向缅人红。

宫宴初阑口已昏，三多幸尚侍王门。醉归不喜亲鞍马，直打牛车出紫垣（车前有独木，以两牛骈驾）。

短白绒衣方锦钞，江头浴罢坐无聊。闲烧且李香清绝，更嚼槟榔瘴毒消。

辰昏如鹄踞楼头，梵诵喃喃不暂休。今我方知迦叶意，拈花微笑为钩辀。

胸股黥文花鸟鲜，分明越俗缅中传。更教黛和成都墨，好绣行诗白乐天（见《酉阳杂俎·黥》语）。

抄子巾披髻一窠，浑身点漆面如茄。却嫌颜色污脂粉，虢国夫人缅国多。

秫米香甜细火烘，不知甑釜总蛮风。缅人更比野人巧，不用芭蕉用竹筒。

怒猫舞向镜中看，半似山都半野干。莫怪摇头张口笑，世人多少沐猴冠。

辛亥夜，赴铁殿辣饯。筵饮间，言别后见期难再，皆掩泣不可仰视。要子石子留洋照小相十纸，铁殿辣及其眷属亦各以小相相赠，以为不见之见。筵散归玉行，已四鼓。

壬子辰，入辞缅王，留宴德由午阴。席前列金盘四，盛孔雀银钱六百圆，红宝石暖手一，红蓝珌玺暖手各一，皆缅王以资子石子行者。既罢宴，又以金座象车乘子石子与月渔先生，赐庚文们纪乘象，博等、潘遮二蕴岛各乘凤翼双牛车，姐助纪、三多幸等率卤簿兵卫，张金伞盖，列金刀戈戟乐部前导。铁殿辣及诸纪菩雅、伯坎们纪、等温以次皆后，送至西月摩江干，复宴于行宫。夜遂宿焉。 辞别缅王

辞缅王留宴并承惠赆赋诗代谢二首

午阴鼗鼓伐渊渊，蕴岛旋将楛简宣。伛偻趋过椰树径，趺跏团坐碧花毡。骠王重别慈鸦纪，狗监呈来孔雀钱。强识夷言乌顺辣（乌顺辣，缅官名，滇人许宽商于缅甸久，因任此官），殷勤垫我是张骞（缅人谓与王言日

垫)。

宴饯天臣礼未疏,碧霞朱石共盘居。赆仪数适符汤祚,受馈才应愧子舆。消渴不须裘贯酒,报投何止果酬琚。呵王欲别频烦属,北阙陈情为上书。

癸丑辰,腾越人士公宴西月摩江干,祖别也。午,中华人士亦设饯金多眼财神祠朴鸡树下。午后,铁殿辣复饯于行宫,以孔雀钱千圆赠行。临别执手洒涕,又解软瓒约指以赠。闻轮船气管再鸣,始掩涕登车去。定冲军亲校蒋钊等十四人知必不可与俱西,皆来叩别。又以后期不可必,遂哭失声。子石子虽强用壮言慰藉,而其心况新街别十人时尤难堪。重以日来别中华人士及腾越故人、铁殿辣诸相知,离怀惨郁,至此并发,不禁亦为之失声一哭。气管三鸣,乃忍泪登轮船。时日已西,视蒋钊等踯躅江干,若有所失,心益凄断欲绝。幸腾越人士与铁殿辣皆视子石子厚,竞诺为护送钊等归定冲军营,始稍藉以自安。

中华人士洒泪惜别

别缅中诸友

星聚霞交意自和,梅花风里唱骊歌。柳枝画壁期重会,记取江干西月摩。

金多眼朴鸡树下口号留别诸友

中夏多奇士,相逢即弟兄。同游阿瓦国,独去冷宫城(冷宫即漾贡,古秘古国也)。海珀三千里,风涛十万程。朴鸡花发后,计我入瑶京。

癸丑申初，子石子与月渔先生、庚文们纪、博等、潘遮—缊岛，乘孔雀轮船发西月摩里许。们纪指江干谓子石子曰：“昔者缅王尝豢二龙于此，后龙屡为居民患，乃屠之，前十五年事也。”按史传夏孔甲时，有刘累学扰龙于豢龙氏。又高辛火正祝融之后八姓，有董姓鬷夷，亦豢龙。又《庄子》朱泙漫学屠龙于支离益，单千金之家，三年技成，而无所用其巧。以为屠龙固《庄子》寄言，豢龙二事虽见之史传，终疑其诞。今闻们纪言，疑乃释。益知天下事何奇无之，甚有梦想所不及者。陋儒小生之见，诚拘囿可笑。

屠龙之事何奇无之

西月摩缅王豢龙处

象王欲夺睡龙珠，曾使番巫祝累符。却笑朱生新得技，如何应角到今无。

发西月摩留别铁殿辣并柬缅甸国王

大金沙水泛深蓝，判袂何当春欲酣。未免有情思殿辣，不堪回首望蒲甘。禽轮得气翻花浪，龙瘴如云障晚岚。寄语缅王休忆我，小桃生日到江南。

甲寅辰，经月种，午至泊杠。二村皆临江。月种距西月摩约五十里，南距泊杠亦约五十里。百里中，江原朗旷，遥山郁奇，长林萧条，风日晴美，村落静谧无嚣音，幽趣宜人，足招隐也。

乙卯辰，小泊闷辣，缅南重镇也。在大江之东，自西月摩至此约三百里。两岸山皆平远，临江多椰桸林，翡翠唠晴，天无云翳，颇足观听。惟船中蒸热非常，语言相訯(訯音诧，异言也)，则诚闷辣矣。

英吉利国蚕食缅甸

闷辣蕴岛及姐助纪、姐改、波等，率兵卫数百众，金伞盖、金刀棹兵船，迎子石子、月渔先生、庚文们纪、博等、潘遮二蕴岛，上岸修地主之谊。仪节馔肴，虽夷而雅意拳拳，与中华无异。饮间言及英吉利蚕食缅甸，皆发奋欲作。盖缅南界旧及于海，海中犹有燕窠山数处。今则自闷辣南二百馀里之毕博始以至海，悉没于英吉利矣。缅兵弛弱，迥非初比，猝莫能复也。当乾隆时，西南徼外缅甸最强，百年来竟弛弱难作，伊何故哉？子石子自新街至此，阅缅镇数处，惟闷辣为武较蒲甘尤整饬。毕竟边防重镇，自然矜贵。而闷辣蕴岛与姐助、纪固善兵者，姐改、诸波亦赳赳趪趪，如罴如虎，闷辣当能倚以暂安。及归舟，闷辣人百馀，皆以榼盛肴馔，纷集于岸，以飨庚文们纪。们纪邀子石子与月渔先生、博等、潘遮二蕴岛共食。问之，二蕴岛云："们纪旧为闷辣蕴岛，有惠政，故闷辣人不能忘。"遗爱格人，华夷固同尔也。

缅王何心供佛殃民

闷辣江干，菩雅林林倍他处。嗟乎！缅王绝吾胞吾与之生路，以供养素不亲识之死佛，未识其何心也！《记》云："有功德于民则祀。"有功德云者，利民耳。今乃削剥其脂膏，是殃民也。利民者忍受其供养乎？忍受其供养，是死佛而已。若云佛虽死，灵能祸福人。夫既能祸福人，岂不能自栖其灵，尚须数十百万菩雅，始能翼蔽风日耶？呜呼，缅王是诚何心，而不能已于菩雅？

辣捌闷去闷辣百馀里，在大江之东。其南小屿横江，约长十馀里。长林无叶，萧疏若画。屿外一港，人家总总，帆樯如林，亦一市泊也。去江之西界约二十里，有大山童然逐江而下，迤逦甚远，不能计其里矣。山不知何名，山之西即阿拉干界也。

辣捌闷江中

暝色横江市语哗，轻风无恙布帆斜。未携琴鹤为清友，只对莼鲈忆故家。僧磬冷敲黄叶堕，渔舟争向白云划。西山绝似峨眉秀，却使人疑泊汉嘉。

毕博一曰必绿木，去剌捌闷百馀里。缅甸、英吉利交界处也。又南数十里，曰密歹，山水苍远，林木郁环江介，居民如在画中，亦大市泊也。密歹南数里曰德稿，毗连德稿者曰吉通，皆在江东干。江西干与吉通相对峙者，曰多工，一曰多杠，皆英吉利市泊也。自毕博而南，无尺寸壤属缅甸矣。吉通陂陀间有大白象，高欲三丈，轩然立久不移徙。以远镜观之，则精致白石镂琢而成，犹缅甸工匠制也。们纪与二蕴岛对之，殊有惨容。子石子亦为扼腕久之。

多工即事

轮船傍暝泊多工，江介江南大略同。境好惜为边幅限，山奇疑在画图中。疏林石象悲苍藓，近水崖鹰掠晚风。我意难平谁与问，徒搔华发向长空。

海客日谈卷三

十二月建辛丑朔日丙辰，经野缪，毕博至此约百里。两岸钧山林，多缅人菩雅，而风日剥蚀，黯淡无彩色矣。自其地沦于英吉利十馀年，缅人不得而新饰之也。江左傍山际，电报一丝，高标林表。洋楼栉比，烂日捎云，胜他处菩雅。鬼子憧憧其间，虬颜鴂音，广人闻见不少。

电报一丝
高标林表

毕博至野缪伤缅甸作

伊昔缅西南，大秦遥可通。汉史虽有纪，海荒译眞重。以况英吉利，大秦犹近东。乃越七万里，驾海收奇功。缅国继印度，阴堕沉术中。马缅（即抹尔棉）撤其藩，毕博踞其冲。飚轮肆阿瓦，电线达冷宫。缅帑虽充牣，贪壑殊无穷。缅军昔桀悍，听命今维恭。有国无政教，媚佛福罔从。嗟哉尔诸佛，谁非饫缅供。胡弗佑其国，祠尔长始终。胡纵卷发者，震旦张强雄。不见江干楼，菩雅争辉隆。

逼缪（逼，平声，必日切，日读如蜀人俗读曰字音）去野缪百里许。江干皆长林，山亦宛逸有致。临江渔舟层泊处，竹垣粉屋，疏落有势，绝类子久《富春图》。

晚经格蓊（蓊上声），疏林罣日，飞霞渲波，天然诗画也。格蓊北溯百里许，有石壁甚苍峭，横亘江右，其长万丈而歉。凿壁作洞龛，中卧佛像。壁上竹树藤萝，阴森交偃。江左皆槟榔林，翡翠万兆，群飞日中，或藏石壁洞莽中长鸣。耳目早为怡旷，矧又观格蓊晚景乎？ 江边石壁凿作佛窟

格蓊平原万顷，田尽膏厚，稻岁数获，岂美迈缅甸诸处。洋商海估常以巨艘来运，汇于漾贡，分粜于星加坡、香港诸步头。

石壁即景二首

槟榔林外落霞低，斜日光中悲翠啼。蘚嶂如屏江若镜，棹船疑在若耶溪。

石壁螽然嚥落晖，縠纹波上火轮归。翠禽欲倩人传照，故向船窗反侧飞（时月渔先生为三缅使画《晴林鸣翠图》）。

格蓊晚行

暮云收拾去，一色水空明。帆饱风添力，轮圆浪有声。野分星象异，地沃海蛮争。不与兴亡计，予怀自不平。

夜经德禄彪于繁星纤月光中。四望平原无际，惟迤东一抹淡碧痕，似是云中山色，然已在百里外矣。近村长林，犹隐隐有绿意。栖鸟夜啼，大似眉州彭山风景。江色清莹，静不可唾，亦有似青衣玻璃也。

夜经德禄彪

德禄彪江接旷原，绿林啼鸟警离魂。星光映水清如许，云縠遮山淡有痕。怪说鱼惊跳浪去，知将蟾影作钩吞。夜船应胜青衣棹，自在中流倒玉樽。

丁巳辰，大雾障江，小泊漾东。庚文们纪、博等、潘遮二蕴岛各书缅字扇相赠。月渔先生、子石子亦各书扇答之。时雾已散，轮船已过密马冷撒。水色清黄不定，去海近，潮汐时侵至也。毕博至此约八百里。

同行缅人书扇相赠

们纪与二蕴岛所书扇，文如钩圈，匀细可玩。译其意，盖志相遇之奇，及其地名年月，并约同舟至允伦（即英吉利国都英伦也，缅人又谓之毕辣）。们纪衔名曰文幸柁庚文们纪猛纪麻哈喜稣。二蕴岛衔名一曰蕴岛柁博等瓮麻哈猛辣嚼亅，是能通英吉利文字语言者；一曰蕴岛柁潘遮瓮麻哈猛咋牙撒。

在蒲甘时闻伯坎们纪言，庚文们纪其初菩雅纪也。缅王猛董猛未立时有难，尝匿其种中得免。既立，德之，遂骤以为们纪。顾们纪固尝为闷辣蕴岛者，非自菩雅纪为们纪明矣。伯坎们纪，年老而执政者也，岂犹妄言耶？庚文们纪之衔首曰文幸柁，是掌缅典籍者也，岂菩雅纪贵如文

们纪之尊尚不得解

幸柁耶？亦如蛮允诸土司俗耶？抑通缅文者则曰文幸柁耶？二蕴岛亦通缅文，其衔何不曰文幸柁耶？抑们纪之衔例曰文幸柁耶？惜不能尽解庚文们纪之言，以参详伯坎们纪之言也。惜又不便以此询通事也。

题缅酋书扇

墨凝鹅管作蚕声（以鹅翎破其半，注墨于尖，疾书作声），叙注头衔译始明。持向中华人玩赏，定疑蝌蚪尾初生。

戊午，经端底祙，再南二百里，羲辔已沉，火轮不驭。轻风折浪，新月钩云，野烧飞红，江村鉴碧。绿天深处，白板数家，帘影低垂，灯光远射。雅宜画意，赏以新声，快弄铁箫，渴斟瓯茗，涤除烦恼，勾引吟情。夜色茫茫，予怀渺渺，招呼老鹤，来和狂歌。

端底祙

海珀行行尽，洋楼渐渐多。市名端底祙，江似皱文靴。极野通沧澳，馀潮泛浊波。观澜初得路，西向起长歌。

端底祙南距大海才三百馀里，北距毕博千里而遥。过端底祙数十里，水色益黄浊，味益咸，两岸潮痕可玩。又南数十里，登轮船柁楼，望跛散、漾贡二江合流处，江面甚阔，波声甚壮。西南潮影黏天，跛散口也。东南巨流曲锁，漾贡口也。道海者水大则由漾贡，水小则由跛散。漾贡江东南流百馀里即入海，跋散江西南流至跋散口，亦南入海。盖大金沙江自此分流，非漾贡、跋散二江至此合流也。大金沙江自新街、蛮莫南流，经西月摩，又南合十馀小江，凡流三千馀里，至此始有波，然实海之馀潮，非江波也。况之川江重滩诡涡，有鸡鹜之心焉。殆天悯夷之愚，故以险警南条人欤？抑故设险于川以碍轮船也？天信爱我川人哉！

漾贡居然罗刹世界

已未，泊漾贡。早潮初退，市声犹哗。比岸洋楼如鳞，鬼子如毛，梭行楼畔，居然罗刹世界。虽语言不同，其势竟难掉矣。

漾贡，古秘古国也，一名乌土，一名冷宫。中华通商者谓之朗谷，又谓之宴宫城，西南海滨巨步也。故缅属地，咸丰二年割隶英吉利。地纵衡钧约千馀里。山原沃衍，产棉花、大米、嘉木、海错之属甚夥。广东、福建通商者数万人，浙江、云南商人亦间有之，西南洋诸商尤众。土著皆巫来由族，状貌类缅人而黑，衣被亦同，惟不髻不文身耳。漾贡初未著名，诸地志皆略不载，自隶英吉利，遂为海滨巨步，通商者莫不知漾贡名。英吉利视之甚重，以其西连印度诸国，东接麻剌甲诸国，又密迩于中华，既赖以通东西之声息，且便后来之望也。先是，道光间，英吉利久据印度，经营优裕，缅之人阴觊觎之，遽以重兵侵孟加拉，印度之东为之大扰。英吉利御之经年，颇疲奔命，又惧缅之复相扰也，不得已拮据勼兵，先侵缅漾贡，意将使缅不暇复西也。当是时，缅兵犹强，与之持者将三年。英吉利兵苦未习瘴毒，不能支，欲暂退，又虑缅人持不舍，因阳言已征叙跛兵，兼水陆进捣蒲甘，意只在得脱，然且退耳。乃缅人竟大恐，请偿兵费三十万亢以媾。盖缅人性浮浅，虽与英吉利交戈数岁，仍不甚知其强弱，以为能与久相持，必其力犹有羡也。英吉利既大得计，喜逾意表，因益阳不许。缅人果又请益偿漾贡地乃媾。自时厥后，海滨沃衍如阿拉干，如抹尔棉，诸属地之山原之步，次第就割，以至于闷剌之南，缅地五分，英吉利盖得隶其三矣。缅人日益积弱，数十年来略莫能复也。嗟乎，缅人无坐守其藏之能，而妄欲胠人箧笥，卒之引盗入宫，自罄所储，诚愚甚哉！宜漾贡今属英吉利也。然而抹尔棉、阿拉干之失，则以政教不修，赋徭苛急，小民惟利是趋，故英吉利得伺间以逞。嗟乎，吾恐计取不快厥意，必且继以虔刘，千里之地，不待数年而尽。蒲甘其真岌岌矣！吾闻英吉利所在皆号通商，其性实深沉过缅人百倍。近又日益强富，其意益不专在通商矣。其所据多海滨巫来由地，以巫来由易为兵，与利动也。其经营海滨诸步，不惮竭变其计，招徕西南洋诸商。西南洋诸商通，则中华诸商源源自来。通商既久，渐致优裕，遂以兵以利啖胁步地之主而据之。印度、麻剌甲诸国与缅先后受其愚，噬脐之悔已不可及。而英吉利东西声息渐通，得陇之望愈切。然则撤藩之忧，可一朝已耶？敢不补诸地志之略，而详书漾贡耶？书漾贡所以悯缅人之轻兵重利，而卒移属地与人也。且以叹中华之通商而腴人馁我也。

缅地五分英得其三

中华诸商源源自来

漾贡气候蒸热倍蒲甘，腊月拟中华秋夏。稻岁亦数获。闽粤米商最多，番舶总总集于步头，繁庶不亚沙市、汉口。

英吉利使戈温洛镇漾贡，兼斡达威（威读如歪）诸部，其职视缅之蕴岛，故漾贡人仍称蕴岛纪。

和兴烟廊鸦片专卖

漾贡有和兴烟廊，总榷鸦片烟之利。凡吸烟者必沽之廊，否则厚罚之。廊烟以数十种计。又有酒廊榷酒利。二廊皆英吉利设，广东人承领之，而岁归廊纲二十四万。司烟廊则朱蒋、曹俊，子石子尝主焉（朱蒋字箕仑，曹俊字公欢）。

麻嫔（嫔平声，海该切）年二十五，蒲甘辥奢女伶之翘楚也。善惑人，精熟于舞，歌其馀技。身支柔腻而轻捷，似有翼无骨者。乳能左右颤作态，技尤独绝。貌亦白皙，迥不犹诸缅甸人。缅甸王大惑之，又惑王之弟诸们纪、等温之子弟。庚文们纪时为蕴岛，忧之，嗾蒲甘人群噪逐麻嫔。盖其时蒲甘几为所倾，麻嫔既见逐，不得已宵遁至漾贡，居有顷，名况蒲甘倍噪。洋商惑而荡业者，又十馀辈矣。今犹居漾贡。噫，斯洵祸府也。庚文们纪嘱传之，以戒善惑者，亦恐麻嫔复归蒲甘肆惑也（嫔又读如海开合读音）。

漾贡即事

印度东连漾贡洲，港中居处尽洋楼。廊井烟酒利侵髓，窗嵌玻璃光刺眸。蚁酿初酣嘘鸦片，鼠牙增味和虾油。主人款客诚周至，夷政娄苛忍暂留。

庚申辰初，子石子与月渔先生及三缅使，自孔雀轮船买舟至烟廊小饮。辰正，以诗别三缅使。盖三缅使昨于电报得王书使迟行，不能与子石子、月渔先生偕，惟遣猛艮、沙明莫为通译伴行，又谆谆订英伦会焉。既别三缅使，遂登布克轮船，出漾贡江口，入印度海，约行百里，犹见左右远远皆有岸，渐则汪汪然无涯际，水天同光，日轮罣桅。时过午正，始辨船头西南向矣。 与缅使别

漾贡别三缅使

碧海茫茫万里春，未谙共济鲜前因。我行北去君西质，会取同袍在允伦。

海中望天，四围皆圆，诚如笠子覆于水焉。

日将入，大径数丈而无芒。距海咫尺，有青光来迎，日渐入其中。方将入，渐小而色鲜以朱。初入，形如赤玉瓮，继而如瓶，如瓠芦，既而如梳。青光中若隐然有物，吸日而复吐者三，始尽匿其形，而朱芒四射，烛天海如胭脂。方其距海咫尺也，辘轳腾踔，精光奋煌，是非日轮之转之激也，天末之潮也。其迎日之光而青者，殆潮之远影耶？若吐若吸，使日数幻形者，亦潮也。

辛酉辰起观日出，亦如昨将入时。既离海，阳威烜赫，朝霞散彩，彤潮喷光，较日入景又妙也。

鱼不知何名，鳞甲鬐尾乱闪墨金光，千百阵游，长百丈、数十丈、数丈以至丈，洋洋以次行。顷之，率跋跃向 鱼长百丈击水生澜

日如拜，击水生澜，吹沫如雨，乘风北去，后随尺许小鱼不可以数矣。入海以来时见之，不如此阵之多。

西南日光中有岛孤伏于海，石色纯白，上无草木，多禽鸟，平涌巨洋，俨然晶镜渍点粉痕。猛良云：“缅甸燕窝山也，今没于英吉利，名曰百杠。”

壬戌辰兴，登船楼眺望，四面无云，水天同碧。极西有物高尺许，如缅中菩雅状，忽隐忽见。异之，照以远镜，则帆也，亦乘风西行，相去何止百馀里。饭后及之，帆之广欲百幅矣。

火船顺风行两昼夜，去漾贡已三千里而遥。辰遇风船隐约在前百里，未及午，火船且超出其前百里矣。益知火船之快，什伯风船。所遇风船，犹是同得顺风西行者也。盖火船既有轮机之速，仍佐以顺风之帆，固宜倍增其快。使斫山圣叹遇之，必以此为古今天下第一快。子石子无斫山圣叹才，不能文其快，徒当风呼快哉快哉，以和帆轮风火之声，以赏此快。

自入海，西风助顺，双轮驰若飞，船既迅动殊甚每。思静坐摄心机，而火轮澎湎，风与涛砅濮无时平，此心不随转轮，旋即飘飖逐风以荡。机不息，亟摄愈动，摄之不及动之也。机非特人有也，万物蠢然者也。天酝而地茁之机动焉矣。人之机亦受诸天地者，以受于天地之机，斡万物之机，启天地未动之机，上则作君作师，以善天下；下则为鬼为蜮，作奇技淫巧，自惑而惑人，而万物因之，以反机之动，危矣哉！虽然，盈天地皆机也，机息天地闭

奇技淫巧反机之动

矣。摄之动之，神而明之，机固存乎人之心。

火轮船

西洋番子舶，诡制甚精微。有管皆通气，无轮不触机。计程原弗爽，破浪疾于飞。海已平如镜，来航觐帝威。

癸亥日出，望锡兰岛，苍黛满目。因益登船楼西眺。极西天水交际处，金光辉烂。光中有物如柱，上属于天，与水浮沉。老于海者不能辨其为何物。尝闻锡兰海中多龙，此柱将毋是欤？眺望之顷，视岛益近。船荡如簸，几颠于海。急扶楼阑蹲伏。移时，船附岛下碇，始敢从容下楼。时早潮未落，船虽泊，犹簸荡不已。老于海者云：沿海诸岛惟锡兰泊船最险。

锡兰岛，英吉利步头也。距漾贡约四千馀里，在印度东南。古名狮子国，一曰大狼牙修。地多佛氏遗迹。明永乐中，尝遣太监郑和供佛此岛。岛中冈峦云列，阿丹峰独竦凌虚，高可千仞。峰上产狮子，因名狮子国，盖中华人名之也。又多产珍宝。土人庚题族皆居岛中，峰之四周海滨，则皆印度人附居。岛横约七百里，纵约千二百里。明以前为天方所据。明初，葡萄牙逐天方而据之。明季，荷兰据之，尽逐葡萄牙。及我朝嘉庆初，英吉利又夺之。荷兰守以重兵，以其西北迩接印度，欲永据为外府焉。自明以前，庚题人固有土酋长此岛，今则仅存虚号矣。惟赖峰上所产软瓒、宝玉、珌玺、象牙、肉桂之属以自富。中华

锡兰岛国为英所据

及诸国人皆艳其产，争来集其步头。印度人尤多，相去独近故也。盖中华及诸国至此甚匪易易，溸贡来，寻常亦须六日海行。子石子遇顺风，故能三日馀即至。惜止小泊移时，未及登阿丹峰阅珍宝藏，听狮子狂鸣，亦未由从庚题土酋访佛氏遗迹，及郑和所赍供器宝幡所在。徒望连冈层峦而致慕。观英吉利步泊兵船，而笑荷兰诸国之徒劳，而胥莫能终据也。

船泊锡兰，添买炭煤一千八百敦（共重三百有六万斤。每敦重一千七百斤）。少顷即西行。火既足，风仍大，顺帆轮飞驰，瞬息百里。船复平稳，不似锡兰以东之颠荡。

锡兰或谓即天竺本国。山寺中佛涅槃肉身尚存。相传佛自伽蓝来，登锡兰，山上足迹犹可验考。佛教始于印度，锡兰为印度附近大山，佛教亦从盛。佛弟子类好狂

所谓佛迹附会妄造

诞，每言佛迹，皆附会或妄造。佛不过印度种人之一。中国塑佛像，皆短发或髡顶，手足着钏，两耳缀环，裸半体，赤足，裹帛披袈裟，皆从印度俗，非佛装束乃如是也。中国人罕至印度，不知佛弟子之狂诞。而晋之法显，北魏之惠生，唐之元奘，虽至印度，又身为佛弟子，中国好事者且喜证实佛弟子附会妄造之言，遂争谓佛为神。子石子以腊月八日至锡兰，第见山麓炮台雄峙，洋楼丛列，英吉利人虎踞其间，绝未见佛弟子与佛踪迹，不识亦有以腊八香粥供佛，如中国之俗习也。

有鸟万千成群，海鸥也。出没波涛间，飞鸣下上，时

翱云表，时集帆樯，略不畏避人，若喜听人长吟冷啸者。以鱼蚶为糗粮，以岩石坻沙为巢穴。木华所谓群飞侣浴，戏广浮深，翔雾连轩，泄泄淫淫，翻动成雷，扰翰为林，更相叶啸诡色殊音者，于印度海屡见焉。大者逾于雁，小者俪于鹜，皆相善同群，闲暇相得。形殊小大，心无大小之争。每见今世之人，无贤不肖，多不相能，互肆倾轧，得禄则破群奋飞，闻难则离群先匿。海鸥有知，能无喷波涛而齿冷耶?

甲子，风仍顺。张重帆西行，辰经米尼干岛。岛上茂林郁青，林中似无居人，殆荒岛耶?距锡兰约千五百里，逆风二日程也。

夜欲半，有星自玉井下，横渡银汉，至天王星始灭。光芒如炬，与海月争明，听之习习有声。加必旦谓兆中国有边寇。固不之信，因辨以诗："蠢尔夷戎，自慎其圉。亦已甚幸，矧有他乎?"从来妄贪自大者必速败，夷戎岂能有异何瞢瞢也!

流星兆凶固不之信

示言星者

飞星如火渡天河，贼欲窥边似海何。圣主已从韩范略，新除大将是援颇。

梦醒闻潮

侵晓西风恣意吹，月光嵌海半如规。初醒未辨潮声急，犹讶滇军促鼓鼙。

自癸亥辰后发锡兰，船行极平正，而顺风驶帆不息，越甲子乙丑至丙寅辰初，已行近四千里。加必旦云航海半生，惟此行最快且稳，疑有神佐。见月渔先生、子石子伏船槛作细楷，益大笑谓神佐船平正，皆为二子作书故也。

行船平稳可作细楷

锡兰以西海水，君子也，深不测；而外平犹君子，渊渊然而和也。虽潮汐间作，而海无阻碍，得起落自由自若，夐不犹乎江河之崖撞石激也。崖撞石激者，小人也，不由乎道，不能自若而自由也。有道者亦犹海之自由自若，且无所不容焉。海涵海量，微君子孰当之?

海水有五色，所以定浅深也。蓝水深，绿水次之，黄水又次之，最浅者惟白水。而黑水之深，则莫之与京。黑水、蓝水去天近而去地远，黄水、白水去地近而去天远。绿水每居天地之平。水有五色，自海中观耳。若盛之于器，本同色也。使水果五色，又恶乎定浅深?浅则薄，故易见其真。深则厚，惟见其浑浑然，本色不可得见也。岂独海水然哉!

海水五色以定深浅

水又有高污，非关深浅之故，水性之坚弱为之也。弱污而坚高。汲而权之，坚重弱者十之三。五色皆有坚弱，故不以深浅定而以高污定。

丙寅将晓，露坐船楼。水天空洁，绝无纤尘。襟怀清泠自喜。忽有黑云自西飞来，上广如盖，下剡如柄。将逼楼槛，倏化为烟，风荡之缕缕向西飞去，转瞬去船百丈。时西风甚大，云乃逆风东飞，及化烟，仍顺风而西。岂烟固风逐之，行云则逆风行者耶?

夜间，天半有光，闪闪灼灼，自亥至子无定息。西南云际亦有光，闪灼少缓。两相映激，澈海皆金。初以为怪，旋见天北云外，金光若蛇龙，长数十百丈，乱射海波。则知为电光也。雷声亦殷殷然，从海中沸波而起。时已大雪，使中国有此，虽雷电未尝不谓之怪。

丁卯既曙，阴云蔽日，小雨飞来，去船百步，黑云如划。中垂二龙，鳞甲淡墨而光，带卓海面。俄顷雷电交作，雨大注。从雨中东望，一龙蜿蜒入海中，一龙夭矫攫拏，击水作戏有色有声，与雷电相抗。移时，云气弥漫，犹见龙尾半弹云表。久之，渐缩渐细。既雷雨益大，龙尾缩细如线，与雨丝相混。虽电光时明，极目力以视，竟不能辨为雨也龙也（古书有云：龙以二月为昼，八月为夜。今印度海龙见腊月，书诚未足尽信也）。

飓风吸水误认为龙

志异

急风掀海怪云垂，如吼鲸潮雨到时。电掣金蛇飞霹雳，寒龙交舞出天池。

戊辰辰后，倚楼南望，去舟十馀里洪涛澜汗，中有鱼凸焉，色闪金赤，尽瞳子之所至，不能尽其两端，其修不可方量也。海客云：是鲸鱼也。胥戒无声，恐闻而怒，则舟无免者。因窥以远镜，巨鳞田比。木华所谓“突扤孤游，戛岩嶅，偃高涛，茹鳞甲，吞龙舟”者，即是鲸也夫？

鲸鱼之大不可方量

近夕，泊船亚丁（一名丁，亦名阿尔连颠），英吉利步头也。山峙若门，港流纡曲。闻中有英吉利炮台，兵舰下碇。须臾，船仍西向，不及登岸审阅，惟于灯月光中，隐隐见炭煤山积。问之加必旦，知海船急需，皆赖亚丁接济。故岛小且瘠，英吉利亦重视之。东距锡兰可六千里馀。

亚丁小泊

西去云帆忽转东，亚丁如峡步斜通（步，泊船处）。山多墨豹仍蕃草（墨豹，炭名），海有红鱼惯啸风。华国川陵明月外，洋关灯火夜潮中。笑他碇税苛于虎，输我渔人两袖空。

戊辰、己巳之交，船头北向有蛇然东亘者，亚剌伯西界也。岩然西峙者，亚未利亚东界之亚伯喜尔亚东山也。船行其中，波涛静谧，平阔若湖者，勒尔西海口也。勒尔西海，即海客所称红海。亚未利亚，即阿非利加，天下五大洲之一。亚剌伯即中华所谓天方，《汉书》所谓条支，实回回之祖国也。

入红海近非洲

阿非利加虽与亚细亚、欧罗巴南北驾美利加、澳太利亚，并号天下五大洲，其人则皆蒙顽不灵。欧罗巴人奴婢役之。轮船司拙务者，悉其洲人，所谓黑鬼子是也。然较澳太利亚人而兽者，似上一筹。尝随轮船来往亚细亚、南北驾美利亚诸洲，岁一见故土而不能还。同船者皆悯之，而其人殊略无桑梓念，甘终身胁于欧罗巴人之势利。噫，蒙顽哉！子石子所乘布克轮船，有此洲人一百有七。

近天方国

红海潮平夜色低，水云如合碧波黎。不寻戈壁加非子，底事风帆直向西（加非子，天方产最良。西洋人以之代茶，味苦而香，形似扁豆，色青黑）。

己巳，日既入馀霞，瑟瑟迸辉，朱澈天海，碧月默尔敛光。风潮蓦兴，船大晃漾，经半时许始少定。朱霞亦隐，月光精明，海天尽碧矣。夜已分，风乃息。潮乃平，船乃大定。子石子消受海天景色既足，乃就寝。

触礁之舶半浸海中

庚午辰，见有风舶二桅，半者欹浸海中，桅无帆，舶无人物。加必旦云：是舶为礁石所贯，不得脱已三月馀，舶中人皆携物附别舟仅免。以海之泱漭灏涧，而礁石矗立达海面，其高不知几由旬，使高而广厚，则不能凿舶。能凿舶而贯之，经久不得脱，其锐而薄削可知。夫以薄削之石，孤卓无藉，一任劲风奔涛掀撼撞触，晦明弗休，石竟不挫折，其刚结乂当何如！

日晡，潮大至。海浪作桃花色，落日馀光衬之也。月既明，又作鸦青色。鸦青者，宝石之上品。桃花者，珌玺之良也。尝于缅王宝藏见之，光欲醉目。今从海中饱观二色，觉缅藏之色细碎不足辱目矣。月渔先生亦谓缅藏之色不若海潮、日月之光明。

晚潮发时，船行正驶，有碧鸥数万为阵，破潮奋飞，逐船嬉戏，时复贱贱点潮，怪可观也。

海鸥吟

天风习习想非非，安得群鸥共息机。海上晚来矜翠羽，带波齐向夕阳飞。

红海船楼望月同月渔先生

潮平红海夜无哗，轹辘双轮碾浪花。试上船楼凭铁槛，月中相倚望中华（碾，轹也，音若炼，俗讹作碾）。

红海感怀

西去人非温暖谋，嘉平月望暍如秋。青天日丽重棉袄，红海风驯驶铁舟。洴绕秘方希戚氏，乘槎深迹异张侯。一竿好向伦敦拂，管取鲸鲵上钓钩。

红海小岛不知其名

辛未午初，见西南一小岛笔峙海内，草树颇茂密，石色精滋可爱，不能知其名也。飞走鸣嗥者，奇毛怪羽，脆音隆声亦可适观听，亦不能知其名。转西少北，有大船而走风者从天外来，其帆寸许耳。然在大海中，视须弥山亦犹芥子，则百幅之帆广寸许，岂不大哉。

夜月大明，夕汐初定。蝛蛤蜃蝤游泳波中，一一可数。鸡鹊鸥鹳不知为夜，绕船群飞，鸣声下上。时有轻风点缀縠纹，凭铁阑干酌酒相赏，几乐不思睡也。

壬申，天将晓，有黑云如龙踣于船。初，子石子露寝既浓，而念系于月，醒骤起视，月已西没，东顾乃见云，遽捉以手，忽为大风扶旋而去，如故与子石子戏者。因复寝，迨醒，日上半轮矣。

天既晓，海望益佳。云花耀朱，风涛浪碧。日如金镜，从海中新沐以出，奇观哉！所恨羲鞭太促耳。

饭后登楼，放观四围，水天交合，极目力之所及，不逾数百里耳。而水天分介处，有一抹淡碧痕，亦不辨其为天山木云。试度其远近，奚啻数千万里。

幼读《家语》苍童辨日事，颇格于心。近行海中十馀昼夜，于日之远近凉暍之故得豁然焉。凉者，地水气厚，而日之精为所翼也。暍者，地水气薄，不能翼日精也。自入海以来，或日中而暍，朝昃而凉；或朝昃而暍，日中而凉；或自朝至于日中，昃皆凉或皆暍。乃知日行天中与朝昃，去人皆同远近。日固阳精所凝，自朝至中昃，其精常烈。特朝昃时，人自平远观，日精翼于地水之气，故不烈。日中无所翼，故烈。故日中而云翼不烈，日中无云翼而不见，日亦不烈，则亦地水之气翼之也。海中去地远，水气不蒸，故朝昃亦常暍。水气蒸而为雾为雨，故日中亦或凉。非日之精时烈时不烈也，气为之也。日之烈，四时同也。特各处地水之气所翼不同，故中国夏暍而冬凉，印度冬夏皆暍，缅甸冬尤暍，夏偶雨，瘴气蒸郁，故少凉。由此观之，日之周岁周天，其精固常烈，而凉暍之故，则地水之气有厚薄，有翼有不翼也。照临下土，何尝有远近之分哉！伞盖树阴亦可类方，人未深思耳，日何远之有。执是说也，欲为尼父强解苍童之围。 日中朝昃皆同远近

癸酉亥夜，舟出墨洗新河西口。亚丁至是四千七百馀

里，行尽红海矣。入地中海，见茫茫然水在右也，隐隐然岸在左也。以为舟循墨洗国南而西，宜岸右而水左也。行百里而岸尽，盖亚立可色他北岸，非墨洗南岸也。舟向正西行，登楼四顾，波光夜色，一碧无垠。

墨洗新河，通地中海、红海径也。先是，红海与地中海不相属。欧罗巴轮船至亚细亚者，率由大西洋南行，东绕阿非利加之好汪歌山，乃东北行入印度极南之海，既纡且险。乃徙道地中海。然至地中海东南岸之亚立可色他，即须登轮车陆行八百馀里，至苏夷苏，乃登红海轮船。虽较绕好汪歌捷二万馀里，顾船车转运，行旅殊苦劳费。盖墨洗国有属地，斜亘地中海、红海间，使亚细亚、阿非利加一线相连，即《海国闻见录》所谓“恨不用刀割断者”。咸丰八年，法郎西人利士浦始匃工费，凿其地为河，用机器百具，工匠日二万馀人，费法朗一万万有奇（五法朗值路比一）。越春秋十一，至同治七年始竣工。是为墨洗新河。深五六丈不等，阔约二十丈，修约五万三千丈。自是，红海与地中海遂相属。欧罗巴轮船自大西洋东行者皆便之，亚细亚西来亦便甚。既省纡绕阿非利加之好汪歌山与印度极南之海之荒险，又省苏夷苏、亚立可色他车船转运劳。故虽经新河有税，行旅相率乐输无难色，以其视一线未断两海未属时，陆行之费只十一耳。税有额，船容人百，征法朗千，物千敦，征法朗万。河工竣才三年，所征法朗已浮凿费矣。利士浦以咸丰六年倡凿河通两海，谋于墨洗、法郎西二国王，皆可之。又二年，乃能

苏伊士运河

始工。当其时，英吉利颇非笑之，谓其地多沙泥，旋凿旋淤，是天使亚细亚、阿非利加相连属者，必不能通。而利士浦竟能决意孤造，匄巨费，经数年，终底厥成，可不谓之有志者哉！然使其王或少疑，而不专其任，亦卒为英吉利笑矣。英吉利于海道之利无孔弗搜，独新河失其权于墨洗、法郎西，悔何如也。顾其轮船亦可由地中海径趋红海，未尝不与有利焉。惜著《海国闻见录》者，不及见诸工匠以机器替刀割也。同治十年十二月十八日，子石子乘轮船赴欧罗巴，径由此河。同船有法郎西人亚斯尼，能言凿河始末。信笔书之，时夜过半，无暇文饰其言也。

甲戌，舟入地中海。天气乍寒，辰起披狐裘，身乃温。而猛艮、沙明莫则缩颈粟肤，作冻鸦伏矣。子石子与月渔先生各检衣衣之，犹呼寒不已。猛艮生缅甸，沙明莫则印度产。印度、缅甸较此，诚冰炭之别。所携衣笥，自腾越来始一启钥。昨于红海舟中犹衣单纱，辰夕不过袭袷衣，数百里间，寒暖不齐如此（地中海，泰西人谓之眉的剌约）。 数百里间寒暖不齐

天欲近午，风来东南，浪声拔海，云影弥天。欲雨不雨，目色昙昙，竟是成都养花天气。不禁一缕乡绪，御横风而东还。

乙亥，天弥寒，风涛弥急。船轻如叶，与浮与沉，不能作书，亦不能登船楼纵观。惟与月渔先生卧谈酌酒，或拥裘竟日睡。

丙子，大风以雪，身寒如木。船荡欲覆，卧不可安，

言语不可闻。

天初曙，已经希腊国。远望诸峰，如锦翠屏风，环列海北，秀曲多致。素闻希腊为欧罗巴文教滥觞，人物都雅，迥殊他国。前虽丧乱叠逢，而近立新君，颇能勤奋于政，国日就新。宜山灵亦訚訚然窥海若笑也。

泊墨西拉

将晚，泊舟墨西拉，意大理国步头也。东距墨洗国河西北日约二千八百里，西距英吉利国犹六千里馀。舟泊步南，添炭煤八百敦，计可焚轮八九日，乃得抵伦敦也。运炭煤既毕，舟即西发。

西海醉歌

我家芙蓉里，南望芙蓉城。泠泠芙蓉水，绕门纡且清。秋风吹香我心喜，独披芙蓉俯秋水。醉发狂吟帝女惊，随风西谪游沧溟。经滇迈掸七万里，火轮勃怒资遨行。飓母驱雷鼓洸荡，天海鸿洞碧相荡。临潮酌酒增奇情，欲跨神鲸追莽苍。又欲扶鹏凌天阊，排云东瞰扶桑暾。海宫群帝佐我力，为捉蟾蜍归清尊。衔尊长乐继日夜，碧波万顷光如砑。曜灵忽怒海若狂，骇潮竞逑迁人驾。连山玉立争西风，飞鸱噀雪蒙幽空。绝倒罔象痴海童，翼翳怒轮劳诸龙。蓐收祝融冯夷丰隆杂遝集，涛头似来抚惊衷。或驶虬蜺壮卤簿，或肆霞霱张帡幪。交挥天吴平潮峰，适我飞轮乘长风。一尊酹尔英伦东，酩酊相掖回云宫。复以大白酬虞渊，海光疑鉴清心颜。波浩浩兮酿青春，天缥渺兮骄风烟。此行迁谪疑游仙，丈夫生贵周瀛寰。安能郁郁终老芙蓉秋水边，歌罢芙蓉常酣眠。

雪夜月明舟行地中海

都其（即都耳其）东望碧漫漫，雪夜潮光玉一般。天外月明张宝镜，地中风怒走琼山。火轮轹辘机难息，云縠纵横意自闲。宵色撩人寒不睡，与鸥游戏海涛间。

丁丑，雪霁已久，旭日初明。早潮将发，风威犹平。子石子不与月渔先生同观朝景者，于是二日不复可耐，乃强登船楼，坐铁阑上，酌酒御寒。遥见天北数岛，如白玉屏障，浮漾潮外，去船不知几何里也。西北侧横一岛，似北岛微小而峭，亦积雪晶莹，去船略近，而两岛相去又不知几何里也。隐隐约约，于日光中少露头角，不肯骤以真面目示人，又不忍不使月渔先生、子石子见。倘所谓海上神山也耶？月渔先生曰：“与曩者坐吾家青缃楼观青城雪山孰乐？”子石子对曰：“乐甚。”遂各赏以太白，扣铁楼阑作歌，以报海山灵贶。歌初阕，西风声猝猛，潮声激船，砰訇应歌如和。

奇观

日光斜射沧溟开，璀璨鲛宫白玉台。醉后长吟招海若，神风争涌晚潮来。

墨尔特（一曰墨里歌托大，一曰马尔他），地中海扼便岛也，踞意大理西南。岛硗而民丛，耕仅给食，能苦力以自赡。初，强回屡胁之不能下。欧罗巴诸国视其适海道 马耳他岛便，涎之，数胁亦不下。盖亦强自善者。然终以力诎，为法郎西所诈夺。英吉利又从而劫之。而即法郎西为前鉴，镇之以重酋，守之以骁卒，将永保为舣息地中海战船所。惟利岛之便，不嫌岛之硗也。岛之民制于力，忍诎于此者数十年，未尝不跃跃思复也，矫哉！

戊寅日昳，登楼倚阑干望海东北数岛，苍润秀拔，不让希腊诸峰。惜未登临其上，领取逸趣。又北数岛，连绵入云，类蜀中凌云峨眉。山头有如螺髻者，有如芙蓉者。闻皆属法郎西。恨无长房缩地术，致此巍巍者于蜀，与凌云峨眉并峙岷江干，以常仰止也。徒于偃日光中，抚阑干而致慨者久之。

子谷子来附舟

己卯午后，泊舟墨拉牙海口。子谷子来附舟，与言甚洽。因言墨拉牙（一曰马拉尔亚）为西班牙国南滨海第一步头。墨西拉至此三千馀里。闻子石子以三十一时至，讶之，寻常必四十馀时也。舟既发墨拉牙，未晡，出日博禄特海口（一曰也拉禄尔大），经葡萄牙国西南境，入大西洋海。洪波稽天，舟轻不若叶矣。

直布罗陀炮台

经寅达特城（在日博禄特海峡北岸），与子谷子凭槛四顾。水石狭竦，飞台凌舟（英吉利筑炮台于寅达特城大石上。寅达特一曰尔仁尔答德），势甚雄岸。子谷子曰："扼此以守可制全胜耶？"子石子曰："《传》有明言矣，我能至，寇亦能至。"曰："然则若何而全胜？"曰得势者全胜耳。孟子曰："虽有智慧，不如乘势。"子谷子曰："扼飞台以南凌海，非得势耶？"子石子曰："台北奈何？夫所谓势者，善入于民。民之归，由水之就下，举天下莫能御。得而乘之，是故全胜，岂区区水石间耶？夫得水石之势制人者，虽胜不永也，不常也，恶乎全？”

己卯夜分，波浪少平。露坐船楼，东瞩云海一色，斗柄横天，银潢泻影。墨云罅中有物如赤玉莲花瓣，上衔云际，下浸波浪中，云流海扬，韬而复光。细瞩既久，方辨为残月出海东也。顷之，云头如镶金线边，渐则逗白海面，平滑如笏，月亦翛然出匣矣。

庚辰，海风大浪，舟荡非常。同舟皆呕吐。子石子与月渔先生幸无恙，因诗以自嘲。

自嘲

潮腾风怒火喧轮，地转天回颠沛身。自愧胸中无白凤，吐虹何敢与同尘。

大西洋海，天风潮汐不可测，诚宇宙第一大观。地中、印度、红海皆不能及。轮船常贯海行，每一出观，衣服尽濡湿，只于玻璃窗内观之，顾亦足畅双眸子矣。 大西洋海天风潮汐

大西洋海

西海豁眸子，勺水卑江湖。风平祝冯翳，日落见天吴。巨浪乍起伏，远山时有无。碧波一万顷，明月布帆孤。

大西洋海遇风

风力大似海，来往殊无踪。横吹蹴巨浪，直立如连

峰。神佑出险境，人亦舒危容。喜欲弄铁笛，恐复惊蛟龙。

轮船穿海腹中以行，不得畅观。因与子谷子、月渔先生卧谈。子谷子广东广州人氏，王宗坚其名，为小词甚有风态，年四十五矣。商欧罗巴久，交市而退，则咨询诸国利弊，或感而成咏，或约为数言质记之。记必实，惟未斐然成章耳。然子谷子商也，留心海务如是，倘所谓铁中铮铮者非耶，樵夫之笑，雅能免矣。子谷子尤详西班牙、葡萄牙二国事，的的而谈。月渔先生即所谈为竹枝词十八首。蒙因裁制为论海。时渤轮掣船，傎不可暂起坐，伏枕头勉力书之，手笔摇狂，终不能自定。纸上如鸦涂如龙蚓曲，依稀仿佛几不自辨矣。子谷子犹强和月渔先生竹枝词，逼哉！

海外华商留心海务

大西洋海东南，地中海之西北，有故强国焉，曰西班牙，中国所称大吕宋也。国俗悍骜喜斗，尚洋教特甚。教师势力过国王。其国立于隋，隋以前与邻国葡萄牙并为罗马藩服。自隋以后，时分时灭。迄前明成化中，有女王伊色白者立，始大振兴，复所灭合所分，为西班牙国。顾自明迄今，其国又数合而数分，第未几于灭耳。当伊色白时，葡萄牙久已自立国，为西邻，其东邻则法郎西也。国之四周，皆约二千里有奇，疆介弥漫而秀朗，山川田原错综相钩，产悉茂且膏，又多拓外部，故前时欧罗巴称陶顿者，必首屈指于西班牙。先是，伊色白既立于位，有奇慧，能以术驭驯国人。国人听其令如指应臂，臂应身。伊色白谅大海中多沃岛，令国人试侦之。遂次第拓亚美利加之墨西哥诸部，暨亚细亚之吕宋为外部。墨西哥诸部产银矿金矿甚盛，吕宋步市亦畅行，国中所产谷、果、宝石、水晶、诸珠玉与夫五金之矿，岁入亦不赀，嗣又渐得逐葡萄牙后通市于中国，于是国益强。欧罗巴诸国莫或与之京耦者。初，中国人不审西班牙所在，以其商船皆自吕宋转市来，又以其国强越吕宋，故称之曰大吕宋以别焉。其国既强，又甚尚洋教，辄因教之故，与诸国构难结兵。异教则相雠，同教则相角，于东西邻法郎西、葡萄牙尤不相能。二国亦皆尚洋教者也。故西班牙尝与角斗，以聘适其悍鸷，角斗无岁休偃，征赋频急，数及外部。墨西哥诸部不能堪其诛求，先叛去，国遂日弱。教帅又每以势力挠政，王令遂不能应行如意。如伊色白在位时，而国用愈弱，所入产虽膏茂，常不敌其出之什一。吕宋步市不第不能行且畅，且险殆不可久保。以今论西班牙，则仅乎国矣。虽不致卒尔灭，已仍分矣。子石子曰：吾闻诸夫子曰，富而罔厌，勇而无礼，虽尊为天子，大四海，犹不免于亡，理必然也。岂至欧罗巴国独异乎？然则于今之世西班牙，犹得为分弱之国，于大西洋、地中海之间，盖亦几免也夫。然而西班牙故强者也，所以使之弱而就分，谁则职咎，非所谓教耶？欧罗巴诸强国因尚教太甚，而弱而分，而极于灭，而不可复振兴者，众矣。正不止一西班牙也，悲夫（西班牙一名士班亚，一名斯干剌，一名西巴牙，一名以史把尔亚，一名史巴巴亚，一名大吕宋）！

西班牙论

葡萄牙，欧罗巴狭小之国也。粤东谓之大西洋。澳门多有其国人土生子之族是也。前明隆庆中，林富为粤。朝廷多于粤责异物，富仓卒辄无以应。适葡萄牙人有航珍入澳门，请税地立廛者，富便之，为代疏，得请于是立步头，营楼馆，为久居谋。步市渐通，国遂因以日裕。欧罗巴诸国陆续嗣至，俱倚作东道居停。初，诸国仅于欧罗巴附近互市，所以开中西交涉之渐，以泛滥至今，实葡萄牙向导之。其国居欧罗巴西南尽处，纵约千馀里，横约似纵三之一。东北界以西班牙为抱，西南缭以大西洋海。国产谷、果、油、麻、丝、酒、鱼、盐、宝石、水晶、玻璃、金玉，不亚西班牙。市于中国及东南洋，利皆倍。而葡萄酒与盐易欧罗巴之利，弥不可算。又据有国西海中连岛曰阿萨立者，岛所产亦甚富。故虽蕞尔国，敢务远焉。在昔粤人未尝详闻欧罗巴诸国之名，既称西班牙曰大吕宋，以葡萄牙所居所自至为大西洋，因漫谓之。其拓国在北宋之季，国人尚洋教，工测量计会之学，识天星之经度，海道之遐迩险易，知天下岛国未尽于欧罗巴也。故于前明之初，航海试探，果得东南洋诸岛，各营立步头。迨欧罗巴诸国东至日繁，步头先后尽失，国产不能远市通易，国遂大窘。其居澳门之土生子族类蔓滋，一廛楼馆胡能永赡，窘弥不可状。子石子曰：甚哉，贪妄者之必重窘也，自昔已然矣。葡萄牙狭小之国耳，安享物产之丰利，又据阿萨立岛为西府，亦已过矣。使能长保存之，不为欧罗巴诸大国所部，盖亦甚幸。矧西班牙常耽耽虎伺于旁，乃弗自厌

葡占澳门

葡萄牙论

自戢，聊谨其圉，而动谋利于数万里之表，其易裕为窘也固宜。顾吾犹恐后此之患，未必仅于窘也，乌知不易蕞尔者为乌有乎？务营远利而轻视立国之本，其贻忧岂不烈哉！虽有大西洋海以为池，其可卒恃乎？然其国人心一多能，尚洋教能不似西班牙之沉惑，或者倖可保有其窘乎？噫，难矣。虽然，葡萄牙夷而已，胡直深文相议。林富则赫赫疆圻臣也，不知薙蘖于方萌，又膏泽之，徒使一时之责，兆万世之祸之胚胎，善谋国者竟如是耶？然而在尊位而好珍异物者，益宜省矣（葡萄牙一名博都牙，一名卜滔阿亚，一名布耳度格亚，一名波都托士尔亚，一名普敦牙士，一名巴尔尼期，一名大西洋）。

辛巳，立春日也。晓起，倚铁阑干俯瞰碧涛，深处隐隐有淡红光，以为春发海中也。测以远镜，乃知为珊瑚。既日色益浓，红光亦上射，与日争彩艳，惜不得铁网之纲，孤负春红多矣。

日方中，海水时平如墨晶。东南云际，诸岛挺然争出，远翠浮青，如蝉翼联，如虎牙错。徙倚船楼，爱玩不置。于时云帆漾海，日镜窥窗，伽南香爇，玫瑰露浓，葡萄酒香。与月渔先生、子谷子坐海天空明中，对云岛清谈，其乐不可喻。

立春日海平志喜和子谷子

日鉴曈曈启曙，风帆习习生春。波簟溶溶研碧，个中欢醉渔人。

辛巳，自日中至于昃，海不生花，清平可照。得偕月渔先生、子谷子及猛艮、沙明莫二译者，携手登楼，饱看大西洋海光景。盖自漾贡入海数万里，经二十二昼夜，皆行混混漻漻中，非沦即涟，惟今日为大安静境。试一俯临，眉目毕见。闻之古人取鉴于湖，何如以海作镜也。抑又闻之海不扬波，中国有圣人当阳。因与月渔先生、子谷子东向再拜称颂，二译者亦随之拜颂焉。

又见鲸鱼鳞如大田

壬午子初，风涛仍作。辰初，见船西一岛，约长百里，凸亘波中，精光如濯，隐见不时。以远镜窥之，鲸鱼也。鳞井井如大田，亿万亩金色烂焉。凸者其背，耳身之长，不知几许里也。以侣亚丁所见之鲸，诚硕大之朋哉！庄子千里之说何尝诬？

向读《庄子》，以鹏抟九万里为狂，今见天之大，海之大，风之大，虽大鹏九万亦可以齐，抟扶摇羊角而上九万万里矣。信哉，庄子之言，不近人情而有征。

海天沖瀜，大色也。风涛闪潒，大声也。子石子旧有声色癖，小焉者耳。今闻见其大者久，小焉者化于无，而癖遂与声色偕大而无京，而后乃今，其小者尢足疗癖矣。癖恶乎疗哉！

立春后一日大西洋酌酒

华阳子石子，驶舶周西溟。爱酌葡萄酒，将馀酬海灵。蛟龙奋鬐甲，风急波冥冥。春意乘潮来，蓬蓬天海青。醉调碧玉笛，吹与天吴听。

立春后一日暮雨大西洋海行次均月渔先生

百幅风帆百丈舟，逍遥安步老庄游。浪花红喷胭脂泡，水草青萦额耳洲（即额耳西岛，在英伦迤南）。天北寒云饶古意，溟西春雨湿离愁。无聊便饮柠檬酒，醉掷晶瓶诧海鸥（欧罗巴盛酒多用玻璃瓶）。

癸未，午泊舟都得仑海口。乘轮车北行，将晚至伦敦，英吉利国都也，距都得仑海口约三百里。墨拉牙至此四千馀里，去中华已七万里而遥。东望乡关，心随云远。因忆家中，正以是日腊祀祖先。祭馀，家人团坐饮福。祖母上坐，吾母以次列坐，极欢而罢。岁岁常然，今远客天西，适逢腊日，思归之心殷于仲宣十百。晚来与月渔先生对海云痛饮葡萄酒，斯逃愁于醉乡。 至伦敦

腊祀日至英吉利国都

帆逐春风落允伦，辰逢伏腊念亲殷。悬知醉福虚双坐，应使庭欢减二分。

甲申辰，移行李至澈而斯洋楼，从子谷子请也。午，英吉利酋威里加招饮楼中，见其眷属。傍夕，张筵酒肴，僭靡簪舄，杂遝传觞。至夜分始归澈而斯。所经康庄逵衢，皆阜玻璃灯，引煤气自来火为照，彻夜通明，光烛毫发。行人往来无间。交市繁盛，过于日间。俾昼作夜之国闻之自古俾夜作昼之国，乃见于今，反乎恒情甚矣。与子谷子慨叹久之。威里加楼中亦有玻璃灯照、自来煤气，颇 煤气路灯彻夜通明

弛弛自夸。

饮威里加楼中，其女音夫出所绘天下舆图，钩画甚精显。威里加亦出冠服长剑相炫。威里加年四十二，为人颇近息毕名。须发黄白，眼瞳纯碧色，每语，眼动须张，亦英吉利枭鸷也。其官比戈温洛。

赠威里加

一笑相逢语未通，交携露顶此心同（欧罗巴人以脱帽露顶，持手而跃，为致敬尽礼）。倾谈世界三千外，缩画舆图咫尺中。冠缘（去声）金丝秋水白，窗罗纱幔夕阳红。战袍纽扣阿王玺，知是英伦贝锦公。

电报传字万里可通

乙酉辰，赴阿特科观电报。英吉利人以术取电光，炼铜铁为长丝，渡水越山，以替驿传。丝头扭曲如蚓，拨其枢则画沙成字，译而书之，万里消息俄顷可通。盖东头作书，西头枢亦动，亦画字于沙如东也。顾字不可多，多则乱。故中国不可用，中国字多且义亦繁也。英吉利字母只二十六，法郎西字母才二十四，缅甸字母亦二十六，故缅甸亦有电报。电报固能善通万里消息于俄顷，乃子石了自缅甸至英吉利，仍无由一通家报，岂字义繁多乎？岂离踪觑缕乎？抑电报独不能神速于子石子乎？怪哉！

电报

碧腊鬼工诚大奇，隆隆电母给驱驰。金蛇顷刻通千里，铁蚓飞空走一丝。消息自能传内外，译书漫令爽毫厘。追风驿骑差同驶，却使鱼笺滞海涯。

乙酉夜，与月渔先生、子谷子、猛艮、沙明莫、奴子阿元、阿春聚饮，以慰除夕。去中国辽远，海云重隔，各不禁有可怜之色。

英吉利除夕

此夕除今岁，来朝进一龄。远怀何日慰，小睡隔年醒。诗草清波纸，愁斟碧酒瓶。伦敦好花爆，旅客不堪听。

海客日谈卷四

圣清同治十一年，太岁次壬申正月建壬寅朔日丙戌，与月渔先生、子谷子坐澈耳斯洋楼，酌葡萄酒、赏红菊花，清言娱春。

英伦祝春词

太岁在申，月德维寅。九天淑气，海外微臣。东南称祝，乃在英伦。独遵汉俗，冠履迎春。适然自笑，造化弄人。一帆风顺，勃是前身。墨为我舞，笔自有神。渔瀛作赋，实事求真。怀归中夏，恪贡枫宸。

英伦元日

斗杓昨夜已回寅，日暖风和海气新。制宪独违洋国习，衣冠恭迓汉家春。偶谈书史娱元旦，自喜襟怀未染尘。锦水巴云千万里，有人应亦念英伦。

英伦红菊花

花中隐士喜逃禅，为避尘氛栖海边。诸夏久清不归去，春风相对色赪然。

丁亥辰，威里加导观勿都书院，藏帙甚富，肄业者不下数百人，因触锦江芙蓉之想。及阅其书帙，则钩纠虫篆也。使之读，则格磔鸟音也。详视其徒，则虬须狮发、鹰准鹭睛，而略具衣裳者也。因益动鹅湖鹿洞之思焉。午观也掊书院，大略如勿都而小。 参观书院

午后，英吉利酋不立敦（不音读如平声铺乌切）、息格威时、弗里伯、波苏亚、本尼络绎来洋楼小谈。将晚，非的尔洼及其妻妾、子女亲来延饮。逆旅主人哥托可立可（哥托可立可，瑞典人）艳异之，同寄者皆羡，以为礼之非常，得之酋，尤匪易也，夷哉俗。

非的尔洼云，法郎西去年小败于布路士，大败于英吉利，致其王，土赋式微久，无所饮用，典其服饰、玩意，得银八万万。威里加及哥托可立可亦尝言之。噫，汰矣！宜其不克终国也。

法郎西为英吉利所制，惟命是从，不敢少忤。而英吉利在亚细亚，犹阳以法郎西为畏国，便其欲也，亦非的尔洼云。

初，英吉利欲夷法郎西为县，法郎西人重从其欲，乃推大酋权国事。英吉利亦知众欲不可拂，因任法郎西为民主之国，如瑞士、如美利坚。

英吉利国初止英伦一岛，才如弹丸，后并阿尔兰、苏格兰二岛为一国，始大。近又下法郎西，其意益肆顾。俄罗斯尝虎视东北，欲得间而兼吞其三岛，故英吉利虽肆，终不能不重守三岛，以三岛为本根之地也。既重守本根之地，则兵不敢多分于外。兵不敢多分于外，外兵惟印度叙跛兵可恃。而叙跛兵甚有限，故虽肆不敢遽及远也。然肆虽未敢远，而声势尝虚及于远，故诸国皆畏之。并上皆非的尔洼酒酣时云。

英国客人谈英国事

非的尔洼妻女学中华言，偶一语相若必施施自笑。其言“王”字近“汪”，言“月渔子石子谷”六字近“靴微兹直兹姑官”七字，亦影响相若耳。而非的耳洼言之，则舌桥然而音吃吃，绝无影响近者。

夜宴洋楼即事

百尺元龙卧，谈分细乳茶。舆情探外国，仪节贵中华。继烛筵非古，丰肴礼近奢。鸩音争解语，一笑落双花。

与英吉利人闲话

人自区夷汉，天心总一家。弹丸滨海国，投饵毒中华。大树蜉难撼，培风鷃笑差。重轻休问鼎，周旅戒龙蜗。

戊子、己丑、庚寅，连日，非的尔洼、威里加二酋相导游观英吉利王及都海尔生立亚斯、仑的利银乌丁夫诸花园，楼台亭院缦丽矜奇，缛草妖花皆足比艳。王及生立亚斯花园有水法，拨其机，水从管中喷激而上，如晶帘注空、繁星射云，能使人清兴飞发。又有屋囿分豢大小禽兽，凡自狮子、虎兕、熊罴、孔雀、锦鸡、鸾鹤、马爵以降，以迄猩狒狨猱、鹿羚豺鼯、燕雁鹰莺、鹦䴖鸂鶒、鸜鹆鸳鸯之族，莫不毕具。不尝识其名者，犹数十族。禽则织铁线为屋如网，周可百丈，以舒飞骞之力。屋中植树石，以适翔舞之性。兽则以铁柙为囿，性力猛烈者独囿之，力柔性和者共囿之。如狮子威尊而喜搏，则独居一囿囿中，置大铁球使寄其猛烈。而柔而和如羚鹿诸兽，则共居囿中，亦植树石。要令诸禽兽得性适力舒，豢久不困，以供人游观。又有玻璃屋畜虫鱼，中置荇石，尤可爱。每往游观，二酋必以酒馔随，必腆必旨。诸花园偃息之所亦极幽致，楼台亭院、花草树石，亦培养尝鲜新。二酋言，欧罗巴人无贵贱，惟便利口腹、耳目外无馀务，故于饮食、游观务角精巧，未尝少吝也。

伦敦花园豢养动物

禽兽花园，声悦耳、色悦目，餍观听矣。乃复杂养巨蟒无数，殊恶俗煞风景，子谷子最恶此物，见之必趋而哇。月渔先生曰，无此蟒不成英伦花园矣，子石子抚掌称妙，子谷子亦为解颐。

二酋又导观机器三所。

一火机织帛具也，在牙勒阿敦。火机器最繁多，不能名者，举其略：曰枢、曰管、曰轮、曰纽、曰梭，皆精铁为之。机形大略类四川抬盒，纵衡皆近三尺，方三丈之室四，容机可百具。机有盘，盘上有短轴，卷经处也；室有梁，梁间有修干，牵纬处也。别一室置铁匮，其围近数丈。匮中满盛以水，匮侧凿巨坑聚火焉，以蒸匮中水。水得火而热、而气足、而沸，发其枢，达诸管，转以纽，动乎轮，纬干而牵之，经轴而卷之，而梭则往还无停。织机百具，日约得帛二千尺。而司火者四人，司水者四人，司诸器具者亦四人而已。

蒸汽火机驱动织机

一火铸，在要都，铸银钱具也。轮管枢纽犹火机，惟织以梭而铸则以柱，特有异也。柱上下二，其端大如钱，花纹具在。下柱属于地平，上柱通于轮管，枢纽相之以启合。上柱启则以银片置下柱之端，上柱合，银片脱如成钱矣。金钱、铜钱铸皆同。司之者亦十馀人。

铸银币所

一火铸，铸军械具也，在卑米阿干。器具大概类机铸，而人力半焉，特运重人力不能者。枢轮便之，镕铁尤便。以铁筒蓄铁杂炭药其中，鼓火而喷之，虽万斁须臾如液矣。

子石子观英吉利机器诸巧，重怯其不克久昌也。世有四民，各有攸业。一民失业，亡之道也。火机已夺纺织矣，久之必变。火铸代耕耘，变之又巧，必以水法溉田以养花果者，养稼穑，又夺树艺矣。男不农，女不红，业将奚在。英吉利所以为此机巧者，惜人力乎？惜人力是爱人也。爱人而使人失其业，异哉？且天地生物以为人，用人制物以养人，未闻以物废人者。人废国必随废，弊端百起，无靖日矣。故吾中国君子劳其心以治小人，小人劳其

机器之巧以物废人

力以事君子，各正其业，其道大光。

英吉利火机

英伦城外海关东，织室机轮气管通。杼轴如飞真鬼技，经纶虽巧废人功。百梭自掷丝成锦，寸缕因怜女不红。任尔翻新花样子，天然终竟让鲛宫。

英吉利火铸

枢轮鼓火铸花边（中国谓洋钱为花边），鬼母如蚨个个圆（钱上铸女王头）。阿堵于今非俗物，世人休自笑蓝田。

子谷子问于子石子曰：“子之观于诸巧也，亦若犹有不足者，奈何？”子石子愀然曰：“诚哉，吾之不足也。”曰：“为其巧有不足与？抑奈何？”曰：“非不足其巧之不足也，不足其巧也。”曰：“不足其巧，奈何？”曰：“子不征诸古之人耳，古之人之巧者不一二足矣。有一巧者，有多巧者，有有所巧有所不巧者，有无所不巧者。巧愈者殃其身，丧其名，亦愈也。”子谷子曰：“固已然其巧也，亦或不必殃其身而丧其名也，而子不足也，奈何？”曰：“古之人之身之名也，非其巧之殃之丧之也，则亦已矣。其身殃也，其名丧也，尤非巧之殃之丧之也，亦甚哉。子之征诸古之人也，亦多浮矣。”子谷子始恍然以觉，旋悠然以疑，曰：“固已吾知之矣，然而犹未尽也，古之人之巧也，而殃身而丧名也，犹其巧人也。然而不巧也者，亦

巧拙之道莫名其妙

未必不殃身而丧名也，而子不足其巧也，则奈何?”子石子曰：“甚哉，子之不沉于思也！人之不巧也，恶乎殃其身也，恶乎丧其名也，巧丧之巧殃之也。然而殃身而丧名者，巧也，非大巧也。大巧也者，恶乎得而殃身丧名也。”曰：“大巧奈何?”曰：“大巧也者，若拙者也。”子谷子皤然曰：“异哉，若拙而曰大巧也，奈何?”曰：“大巧者巧于道也。巧于道，馀无所辱其巧矣，无所辱其巧若拙也，保其身而光其名也。吾之不足于巧也，则亦不足其巧之不足也。”

辛卯辰，游稣立花园。嘉木异花，新秀宜人，溪流清曲，山石萦奇，况之前游诸花园，殊得自然之致。亭榭窗轩，凡榻帷幕，亦雅朴可喜。为勾留至午。

午游保鲁院。院制特闳丽，正室尤高敞彩焕，如其王居，则供养教师所也。威里加云，初英伦以洋教兴国，教师窃握国权为乱，英伦人杀教师，王惧怒教王，亲为致斋礼墓。教师盖教王使来总教者，故其权足以制王。昔者有王纳妃于宫，教师坐宫中，禁王不得与妃合，王违其禁，教师怒劫妃去，辱杀之，王兀如何也。后英伦改尚西教，教师亦数挠国事如洋教师。嗣有王欲仍尚洋教，教师虑其易教难已，遂逐王，王奔法郎西。夫立教所以利国也，而害国若此其甚，安用教？供养教师之所，虽建造为英伦人，未尝不主于王。教师胁王若此其甚，而保鲁院之制若此其闳丽，若此其高敞、彩焕，疑于王居。威里加之言不信则已，威里加之言信，王何如其智也，英伦人何如其

英国主教数挠国事

智也。

洋教即天主教，西教即耶稣教。究之天主即耶稣也，顾二教各立党，不相善如水火，欧罗巴诸国相倾相残，莫非二教之故。

英吉利纪年称一千八百七十二年，子石子尝闻威里加、非的尔泩言，英吉利王数百年中易姓者凡五，乃纪年若是，颇讶之。问于二酋，始知纪年之数盖以教主降生为始。欧罗巴诸国纪年皆类是，不仅英吉利一国然也。

日昳观马戏，皆少年女子，驰骋极便捷。一骑白马服珍珠缘衣者，戏尤绝。不控辔，屈折其身，周旋马首尾、背腹间。马走如飞，不坠如身胶着于马，又如马系其身，故能游戏如意。又能于马上击球、跃连圈，要人喝采。子石子私谓易戏为马战，当无惭女飞将军。问之威、非二酋，乃知犹中国卖艺者，然戏则诚妙矣，施之行阵则无所用巧焉。 观马戏

入夜观剧，演古时各王创国事。炮铳烟火之声焰，击刺之工胥逼真，俨然置身壁上，不知为演戏场也。观于此，益信欧罗巴诸国皆惟屠戮是尚，不第揖让之风非所梦见，欲求得国而不杀人盈城野者亦鲜矣，岂其好杀成性哉！欧罗巴民何不幸若此？

戏台最阔敞可容五百人，台制迥异中国，与英伦居室之台亦异。观者皆于层台列坐，坐台亦绰绰有馀地，可通人行，坐观甚便。惜戏语多不能解，惟观其日月、水火、山林、楼阁，光辉变幻于台中而已。观者数千人。 英国剧院迥异中国

相片值钱 人以远贵

壬辰辰初，月渔先生、子石子同赴玻璃洋楼照相。始照成，即有人持路比五六圆，或十馀圆来购，洋楼下武相属。非相之贵，人来自远贵也。子石子与月渔先生犹未出洋楼，照相者已得路比盈二百圆矣。谚云“人离故乡贱”，以今观之，殆不信。

题英伦照相，代书将呈慰祖母二大人

我亲实生我，生我宜有为。不行九万里，终为牧猪儿。趣装西南行，抑涕辞重闱。去年客滇缅，今游海西涯。念亲敢少置，每梦容歔唏。欲求远慰计，乐事今可期。英伦有术者，其名东的威。能将臃肿态，缩入小玻璃。眉目无发舛，是诚儿蜕遗。精神方昔王，胑体觉渐肥。容非有愁色，术者属庄持。远慰计良得，将附东鸿归。初以念亲挚，凝想入非非。此法虽不古，用意亦已微。借此玻璃相，必慰我亲思。慈玩谓浑似，慈容当怡怡。

题英伦照相寄诸弟

大瀛海上钓鱼人，天外相逢镜里身。西澳花枝同照影，南华经卷化疑神。梧光绿蚁黄檬酒，扇篆红龙碧腊春（照相中有瓶花及《庄子·内篇》；又有琉璃酒盏中盛柠檬酒；又有折扇，扇上月渔先生以洋红用章，草书所用碧腊春词）。子季喜闻风浪乐，试从阿堵问真真。

题英伦照相寄内子

海西无那慰萧娘，小影传来自鬼方。漫向此中嗤谫劣，半年尝与共糟糠（子石子成昏兰陵正一百六十日，即西南肆游，故云）。

辰自玻璃洋楼照相归，非、威二酋与其妻女乘车来，约同游直斯玻璃士。既至，清宴阁中曲廊连轩，钧以玻璃屏障。阁外藤架曲随廊轩绕荫，翠叶葳蕤，似凌霜雪长青者。架下缛草如茵，新花细朵绮错其间。光映阁上玻璃，愈增鲜亮（泰西人善培养花草果木，故四时皆新秀）。坐阁中酌葡萄酒、品春橘、味橄榄，心境溶溶尔。不复知与彝翟伍游。盖自辰迄午，与玻璃楼阁作缘，移神入光明藏矣。 游玻璃阁

午下玻璃阁观玻璃双塔。塔高数百尺，表里朗达，中肖诸国宫室人物之形，动植飞潜，般般悉具。塔中放观，可见百里，伦敦形势尽呈眼底矣。

直斯玻璃士，译言玻璃宫也。按：中国初无玻璃，大秦出五色玻璃，后入中国，亦沿名曰“玻璃”，二字亦书作“颇黎”，二音皆近西语。大秦即意大理语，音与英伦略同。今观直斯玻璃士，楼阁、浮图皆玻璃为之，其名亦曰直斯玻璃士，益知玻璃二字本西语也。 玻璃二字本为西语

午后观古天主堂。石壁徒高，苔藓剥蚀不堪，不似中华教堂之侈。堂下丛葬其国主臣骸骨，观者皆不胜今昔盛衰之感。归途见大孔雀二，向子石子开翎长唳。适子石子

明辰将东发，因赠以诗。

英吉利孔雀

肉桂香馀正月初，双双孔雀集雷图（见孔雀处地名）。尾屏豆眼张新翠，顶线花翎飘嫩朱。误说青鸾来碧海，每随丹凤入元都。戛然长啸摩云去，岂与凡禽相伍乎。

英吉利论

英吉利新霸国也。三岛倚错大西洋，海中东近欧罗巴洲，极西境四周无与联，惟南与法郎西间海为邻而并雄。国尚西教。其初犹不及法郎西之半，盖立国仅南岛，曰英伦。南宋初始并西岛，曰阿尔兰。元初又并北岛，曰苏格兰。然三岛参差断续，阔狭不齐，尽括而综会之不过方千五百里而止，地既非广。岛中所产铜、铁、麦、炭、牲畜之类，虽优沃，足自用，岂足与法郎西埒雄。法郎西顾畏之如虎者，以英吉利三岛桀峙洪涛广浸中，无邻国侵扰之烦，征调既省，故能日积于强。而岛南海峡又据法郎西之胜。法郎西与之世约姻娅，犹虞其鲸吞横肆也。迨乾隆间，英吉利侵亚细亚洲之印度，胁缅甸阿萨密，劫南洋麻刺甲、息力诸番部。暨新荷兰、新西兰南北、亚墨利加洲、亚非利加洲、澳太利亚洲，所在皆有所据，无有能遏抑其霸机者。遂欲乘势席卷欧罗巴洲，诸国属法郎西雄而与近，故以之首试，锋兵日相寻，果变昏媾为寇仇矣。英吉利忍狯无厌固世所昭见，顾详究其相雠之原，亦法郎西竞教轻兵，实肇此衅，法郎西之日就于困宜矣。法郎西固尚洋教国也，然而英吉利自务远兴军以来，縻帑无算，所得常不敷失。积负商贾岁几百万万，而所入赋才三万万而慊。其表张皇矜霸，其里虚竭，可虞也哉。

子石子曰：同治辛未壬申之交，余游欧罗巴洲，留英吉利十馀日，尝与其酋过从，得审闻英吉利事，吾尝为之计矣。夫天既独畀我以胜地，何莫据大西洋海以为池，固三岛而自善。拥我岛中优沃自然之产，即不必霸亦足常自雄。顾劳劳于数万里之外，使四海五洲同侧目，为天下之怨府。吾恐干天人之怒久，内讧乍起，欧罗巴洲诸国无不知其国已内空，必连环而攻之。亚细亚诸洲之受其侵据胁劫者，将转号咷为笑，必乘诸国环攻之际自复其初，或从诸国而助之攻，复仇者正不仅一法郎西也，噬脐之悔将奚及哉。傎乎哉英吉利之霸（英吉利一名恩吉令丁、一名恩格黎、一名吉立丁不丁、一名英伦、一名允仑、一名蜜蜡、一名毕剌、一名碧腊）。

英伦之强为天下怨

癸巳辰起，告行于哥托可立可，以酒相祖。初辍饮，不立敦、息格威时、波稣亚、本尼、弗里伯钧来叙别。非的尔洼、威里加率眷属相送海口，赠以行资，殷勤订后期，情甚真挚。因以猛艮、沙明莫相属留伦敦。辰后，遂与月渔先生、子谷子同登西米轮船，东北行赴瑞典。

赴瑞典

秋风匹马曾登僰野之山，春月一航正泛沧溟之水。山水虽奇尚容著足，魑魅得势未必饶人。凡人心险于山川，难于知天，孔子之言亮哉。

船中机器殆难名别

甲午辰起，观船中机器，细碎繁遝，殆难名别。大约借水与火之气肇发其机，诸器相因遂行。其造火机铸织汽车诸机器，同用此法，不过从时辰钟表托出，而益扩充之耳，水法亦然。欧罗巴人千怪百巧究一法也，至浅也，至粗也。人第见其机器之细碎繁遝也，不之思以为名而别之，且难造之者，当何如难也。是非至精且深者，无能知其法矣。嘻，人自粗浅耳。欧罗巴人之法何尝精深哉，谓之巧怪，庶几可也。然而其巧怪之法之甚者，亦未尝施之机器也。别有在也，是尤无望粗浅者之知也。至精至深之人，当必知之。顾吾安得尝见至精且深之人，与之密相语议哉，嗟乎！

轮船机舱蒸汽动力

火船之制，枢略同而轮异。枢之发在匱，匱列船之尾，质纯铁，广视乎船，高则船葰之。匱下空，为火坑，高广与匱丑。坑有门，所以出纳火炭也，而匱则盛水者。匱上插数管，管各围近尺，修倍乎丈。伛折以达箱，箱质铁，管质纯铜。箱坐船之底，高广可丈许，中置机扇以转，达水火之气。箱前别插数管，质用铁，中实水银。其围数寸，其修亦倍丈，仰折以达于枢，枢所以斡诸机器者也。机器繁且怪，质多用铁，其状不必强纷名要。惟凸凹递合宛转连环相因，灵动而轮依以转。轮质亦铁，有在外者，有在内者。外轮或二或四，翼于船，罩以木，露其下半如偃月。内轮隐船腹，或一或二，以至五不等，有盘转者，有立转者。轮转与停依因于枢与诸机器，而系乎尺。尺质铜，附于柁楼柱。欲轮进，挽尺前；欲轮退，挽尺后；以尺合柱，则轮停。轮之转水怒百丈；行大海周日夜千馀里，佐以帆二千里可及。帆或一或二三，视船桅之数。风顺悉张之，风逆专恃轮。间有以帆取逆风佐轮者不常也。其船行甚不易，先半日火炭于坑，火盛，匮中水满沸，铜管气渐充，渐动箱中机扇，机扇急气转达于铁管，亦渐充管中，水银始热，气遂贯，枢遂动。诸机器乃灵，轮乃转，船乃行。铁管最扼要处，铁管中绝则船不能行矣。船至大者，修逾八十丈，高广如修七之[illegible]。小者亦修二十馀丈，有丈馀而轮者信船也。船无大小皆以枢为斡，诸机器次第相因，依以行。特其轮制有内外，故曰枢略同而轮异，船行恃火而特畏火。

大船主以大酋职，视戈温洛，有生杀权。船有刑狱，设大炮数门，小炮数十门，以防海盗。铳戟、刀剑之属悉具。一船千命攸系，故为严重。协司船事者八人，司天文经度者四人，司水司器具者各约百馀人，司火者数十人，司饮馔者亦数十人。

子谷子曰："甚哉火船之制，变火机而巧之，子石子亦取之乎？"子石子曰："胡取乎尔？"子谷子訚然曰："巧甚哉火船之制也，有枢、有纽、有轮、有管，犹火机，而帆而柁变火机矣，故能日行数千里，周四海，破危波，逆回风而利之，机变之巧者也，子能独无取乎？"子石子曰："古先圣王之治天下也，举凡轮管、枢纽、帆柁之属，固罔不具有矣。"子谷子骇然曰："嘻，异哉有之，吾独未之前闻。"子石子曰："古先圣王惧天下之无治也，于是以忠孝友悌为管，以仁义为轮，以恭让为纽，以诚信

圣人之道不用机巧

为帆，以廉耻为柁，而以礼为枢。枢所以总发其行也，管所以通其行，轮所以畅其行，帆所以正其行，柁所以准其行，纽所以曲转其行，故其行也达天下，递万世无不利，造次颠沛亦无不利，须臾离之则败。而火船之行犹惧礁之触、浅之滞也。机变之巧之行胡利乎？虽或利之，孟子之言可惩矣。日为机变之巧者，无所用耻焉。人之耻，火船之柁也，火船不柁行无准，人无耻天下不治。是以治天下者，不尚机尚平，不尚变尚常在王道。则曰平常在圣学，则曰中庸。中庸，平常正经也。孟子曰，经正则庶民兴，庶民兴斯无邪慝矣。机变之巧之甚邪慝之甚也，无耻之甚也。败无日矣，胡利乎尔，子胡取乎尔。”子谷子憱然曰：“噫，庄哉！”言既退也，木然如愚者累日。

大西洋月下听潮

海天东望碧迢迢，酾酒临风破寂寥。夜分有声从北至，冯夷驱出月中潮。

乙未日将午，船北有物如人，金鳞被体，骑金色马飞行海面。后一物亦如人，首发手足皆具红鳞如火，奋波而东，如相追逐者。海随之啸，大风雷号，黑浪山涌，船几于覆。船中人有识之者曰鸦利时兜也，致飓者也，小船遇之无片木矣。按：马鱼名水君，形如人骑马，身皆鳞甲，见则大飓。陵鱼人面手足鱼身，二物殆类是耶？

海面怪物能致飓风

海异

海鱼如马复如牛，挟飓掀波恣冰游。更有陵鱼娇若妇，红裳翡翼也风流。

月夜大西洋遇飓

半月重重晕，横风渐渐粗。潮争下坂马，舟似浴波凫。估客心应碎，儒生视若无。只因仗忠信，能不愧天吴。

乙未，三鼓时，有小人自游中突跃入船，不言不笑，转盼间仍没于海。继又卓立海涛汹涌中，向船合掌低头作叩拜状。既复鼓掌大笑，声如鹰鸣，纵步踏涛头，如飞约数十步，没于海。加毕旦云，海中每有稚子破洪涛而出，或扳舷求上，或竟坐船头，默然良久，仍入海去。不敢惊，惊则船多不利，轮船犹不甚畏之。疑即海和尚之类，惜于夜半入船，月光既甚朦胧，增以晚涛峭涍，船漾不定，不能正立谛视也。 海中小人飞步涛头

丙申，天未曙，大雨逐风至，海沸欲覆船簸。身寒胜地中海遇大雪时十倍，幸猛艮、沙明莫留英伦，脱令遭此，当如春蚕僵，不止作冻雅伏矣。子石子与月渔先生、子谷子拥狐裘卧，经时身犹无温，但觉心府皆为冰凝。船中西人习惯者亦呼冻欲死也，烈哉寒！

丁酉晓，风渐息，雨亦霁，曦光鲜浓，海色正宜人，因登柁楼放览，计风雨已连昼夜。加毕旦云，视星度，去瑞典较近，海物岂有意助顺哉。

朝趣

湿云霞里破羲轮，雨后潮生天海春。怪说连宵风浪

恶，水君来访蜀渔人。

晚登船楼，倚铁槛四顾，春日将西沉，馀霞丽海欲醉，南云半碧半紫，笼缦马加诸岛。惟见昉昉胇胇一抹苍绀痕，竟是画图中用赭石靛花拖远山，若不辨为峰为云者。东见瑞典之鸡立颠山，自北龙涌而来，峰峦万千，云钩笋峙于海滨，苍郁如笑，可挹可亲。近水处，数缕青烟从丛林森绿中袅袅而上。又东有浮图，高入天际，白光莹莹，与云霞竞丽。海山渲色，合观之，绝似先子所画海山春霁图。延望又久，脱稿于心，惜手笔拙濡不能肖之。以常卧游，又呼我先子不应，心耿耿而涕汪汪矣。乃启月渔先生来同观。时船益东行，峰峦景色逼视益真，因叹如此好山水使生中华，题咏玩赏当日不乏人，胡久溷此也，不禁为之击铁槛呼屈。继思此山此水溷屈于此，不知凡阅几万亿春。今日犹遇，月渔先生、子石子相与倚船楼铁槛，支颐指画，赞叹之不置。是固二人之幸，亦未始非山水之幸。故山水亦特以真面目亲示之，不似马加诸岛之若隐若露，忍心不情也。月渔先生固宜图之，持归中华，以示好为好山水题咏玩赏者，使如此山水不仅与二人结翰墨因缘，庶不孤海山之灵以云霞相衬之雅意。

好山好水固宜图之

题瑞典海西鸡立颠山（一名西立的斯厄山）

船头邂逅笑生春，水石缘成翰墨因。从此山灵应识我，百花潭上两渔人。

戊戌卯正，登轮车行约千馀里，酉正至斯得哥尼厄阿，瑞典国都也。英吉利至此约六千里，去中国转近，然由海道行则愈遥矣。

至瑞典之国都

己亥，宿瑞典克多阿洋楼。子正，窗间已有光，初疑为月，及出，视月虽在天，固无光也。问子谷子，始知其地半年无夜，盖距北极甚近，地体圜圆愈迤愈缩，其国见日行空中时较多，入地平时较少，北冰洋又朗照其后也。《北史》云“北方日入尚见，博烹羊胛熟，日已东升”，当即此地。《职方外纪》云“极北有鸟鱼国，半年无日，盖离南极过远，日行南陆为地气所障，秋后则无日”，瑞典地当在鸟鱼之南，故日行南陆亦不至障于地气。春后则长昼无夜矣。子谷子曾至此地，应知其详，必非臆谓无夜，而克多阿主人则谓北冰洋之光。

辰初，瑞典酋哥克士招饮楼中，其妻妾女妇皆同坐，俄罗斯酋厄阿妻女亦在坐间。诸女皆衣被紫貂，有燕赵风，大异英吉利短上肿下妆束。午正，同游巴姑、博格斯二花园。老松虬蜷，奇石翠列，楼亭泉沼，幽静可人，一洗欧罗巴繁绮之气。为留连至酉正始归，惟饮园中时，诸女更番劝爵，殊使人不能耐也。

瑞俄诸女皆衣紫貂

入夜观剧于伯可大花园，伶工悉少年、女子，腰喉甚轻活，惟歌舞节凑苦非耳目所习，问之子谷子，亦不能解。观之又久，竟不可名其妙也。

庚子辰，厄阿宴子石子于楼，哥克士眷属亦同坐。厄阿眷属殊不与之为礼，岂俄罗斯大与瑞典，厄阿固当傲哥克士乎？昨子石子宴哥克士楼，厄阿眷属来，哥克士眷属迎之侍之，无不致敬尽礼也。

午后游鱼室。鱼长约十丈，空其腹镶以窗，轩槛牖就。鱼口为巨门，入之，几椅、床榻悉具，可容数百人，瑞典好事者常宴其中。闻都南尚有一鱼室，长倍于此，已日暮不及往游。

餐馆造型仿如大鱼

夜观女子戏马，便捷变幻，不亚英伦所见，然亦适成为戏而已。

瑞典元夜望月怀内

皎皎元宵月，绥林只自看（瑞典《地志》亦作绥林）。玉盘光不晦，冰海碧生澜（瑞典迤北毗连冰海，故夜晦时常少）。东照蓉城夜，春增翠袖寒。遥怜相望处，太息倚回栏。

辛丑、壬寅二日皆大雪，甚寒。厄、哥二酋各以紫貂裘相赠，衣之以游玻璃生禽诸园。夜来置酒楼中品香消寒，谈瑞典、俄罗斯二国事，呵笔炙砚为论。二酋眷属争拥坐后观，欢笑叹赏以为大奇。二酋亦抚掌称绝，问之则茫然不能识一字也。

瑞典历史

瑞典好武之国也，地自欧罗巴极西北，斜达西南。北冰海照其后，波罗的海贯其胁，大西洋海浸其三面。瑞典国地钩注海间，如云如芝，截长补短，纵横皆近三千里。以欧罗巴诸国衡之，惟俄罗斯为亚。国中连峰涌缦，争饮于海。地不甚腴，而所产五金、嘉木、文石、矾矿、禽兽之皮，诸国兑售之，国赖以充。其初本三国地，曰瑞典，曰罗尔克牙，曰芬阑。芬兰今属俄罗斯，罗尔克牙则马加国地。嘉庆间，始互易合并者。瑞典建国北宋初，元季为马加所兼，王族有姑士俄者，以能兵复国。国素尚西教，前明万历中，日耳曼王有尚洋教者恣攻异教诸国，瑞典王威士达起兵与角，殒于炮。康熙间，查理克第十二嗣国，年少嗜兵，肆侵与国无虚日，威号行欧罗巴。嗣以复侵波兰覆军，后数年复侵罗尔克牙，遂殒于阵。俄罗斯侦知其国之屡不利于战也，大举来乘，瑞典蹙，遂为城下盟，而割芬兰国，已窘不可状矣。查理克第十四继王，性尤暴，以兵为戏，师多不用，令战辄北，敛饷繁且苛，国人不能堪，竞逐王。嘉庆间，博拉多嗣，亦更名查理克。其先尝为法郎西将，遇事有权略，亦嗜用兵。虽所向多胜，而国帑虚縻益众，迨今王几窘不能支，即能黜武善戢，而积势所陵，或有不克自已于兵者矣，瑞典其岌岌乎！

子石子曰：瑞典并三国之地，幅员广莫，欧罗巴诸国一时鲜与为俦。虽罗尔克牙故马加国属，而瑞典所易于马加者，其地当亦不歉罗尔克牙也。合三国之地所产以供一国用，犹以为未足，犹妄欲日事伐掠以取盈，卒什百所出以偿之人，以致帑藏久空，逋负盈国，岂不鄙且愚哉？其割芬兰归俄罗斯，尤愚之甚也。芬兰之地之产不足多惜，而藉捍东藩，虽强邻侧目，亦可暂安于枕衾。矧四周环以汪洋之海，剥床之虑可卜永无。今则易阍犬为山龙，藉我媚猎时宜警矣。纵能幸免，而内溃堪虞，呜呼！其初用武以复国，犹出无可若何，继明以来则弄兵类因角教，甚无

角教黩武前车之鉴

谓矣，宜其窘不支也。角教者其以为炯鉴乎，黩武者其以为炯鉴乎（瑞典一名西非牙斯克哥，一名绥林）。

俄罗斯论

俄罗斯，欧罗巴洲极大国也，幅员所至，北戴北冰洋；西北胁波罗的海，跨瑞典、布路士、阿的利、都耳其；而南履黑海、里海，逾诸回部，乘乌拉岭，绕外兴安岭；而东抵大东洋海，复越海割驾墨利加洲之尖查加，以交于北冰洋。周回几五万里。据亚细亚、欧罗巴二洲之北，国势大约分东西二部，在亚细亚洲者其东部，有欧罗巴洲者其西部。东部居国之强半，而国势顾欹重西部。必多都新都城又建波罗的海隅，故都亦在木斯哥，故第国者，悉以之隶欧罗巴洲。必多都者，俄罗斯强国之王之名也，王立康熙间，为人深桀，善兵务，勤远略，于时辟地日辽，东部已达大东洋海。王犹以为东拓一部不如西增一厘，而俄罗斯故不习水，不足与海西诸国战。王乃易冠服潜之荷兰，夤缘入水师伍年馀，尽其法，宵逸以归，整战舰，躬教士卒。先渡波罗的海，夺瑞典、芬兰部，建必多都新都。又与阿的利、布路士瓜分波兰国地。西部亦愈广，欲愈无所厌足，频与海西诸国寻干戈。以都耳其南临地中海、红海，急欲并之以控海道要害，与构兵尤久。再危都耳其国，英吉利、法郎西勒兵董成，始勉强瞠然而退。顾犹时出没黑海、里海间，扰都耳其之北，窥俄罗斯意，终不忍恝置都耳其也。国素尚希腊教，与海西诸国所尚耶稣、天主二教亦同亦异，教师亦颇盗权为国病。然其国王悉能务利国，其疆宇复辽广，故虽亟有变乱，亦不至骤亡也。

子石子曰：余游欧罗巴洲，舣舟波罗的海，去俄罗斯已二千里而近，乃妨于资斧，竟不得一游所谓第一大国。嗣晤厄阿（一作厄尔尼多阿哥）瑞典。厄阿，俄罗斯酋也，通英吉利言，能详其国掌故，因得概闻其事。俄罗斯自康熙以来，嗣王者类能比纵必多都之为人，故国寖强大。夫必多都既王极大之国，其身视欧罗巴洲不可谓不重。徒以国人绌于水战，未能必制胜海西，竟辱身试险，以窥人之长而掠之。卒因以益扩西部，是亦诚好勤远略者哉！然而究其所为，忍心沉谋于战胜攻取间者，不过攘地而已，搂利而已，馀更无嘉猷善政也。观其得芬兰筑新都，以夸志强武，亦足见惟利斯骛之一端已。余初颇讶俄罗斯据数万里之地，犹贪而无止如此，逮数闻厄阿言，始知其国虽辽广，而距北冰洋过近，穷发不毛之壤十居其七。地十倍海西诸国，户口才倍之，产赋所入犹不及倍。西部人烟犹繁，所产五金之矿与夫麻谷、牲畜，尚可恃以易诸国之巨利。东部则居民寥寥，又皆杂番之族，产惟诸兽皮，惟与恰克图交市，以转鬻中国，海西无所用之。兽皮尤不利海行，海行久则皮悉败。其国通海又最难，境内固不乏河道，而岁月沍寒，水恒冰凝，事舟楫不能常幅员四通于海。顾亲海时稀，故终不习于水。在昔，必多都亲劳训练，偶一张雄于瑞典，究不能如荷兰诸国之日习于海，制胜水师也。职是故以极大之国，仅偕英吉利、法郎西、阿的利、布路士四国比肩齐立，犹不及取威定霸于欧

地广万里犹贪无止

罗巴洲，此所以欲并都耳其如是其急也与？不然，使俄罗斯果足制海西诸国，亦安肯以英吉利、法郎西之故，遂忍不猝快大欲，而暂置都耳其而俯与成耶？虽然，俄罗斯不并都耳其固不足制胜海西，一旦并之，则黑海、里海东南诸回部尽归囊括，得独控地中海、红海之利，而乘诸国之弊，不翅搤喉而拊背矣。英吉利、法郎西知其然，故兢兢焉于都耳其，不辞兵之惫而亟救之，岂诚为都耳其乎？恐将不利于己耳，然则俄罗斯实海西诸国所深病者也。今世之士多不澈海国之势，徒以俄罗斯之东部与我新疆、东三省暨蒙古、车臣汗诸屏障交界，外兴安岭争谓必为北徼病。不知兴安岭北距木斯哥已甚遥，自必多都来尤匪易易。自时厥后，俄罗斯或妄干兴安岭南之利，或因奸回勾结，潜窥藩篱，事容有之，顾亦不过暂时偶然之衅，必不致久羁而常肆也。盖余尝为俄罗斯谋矣，与图亚细亚洲之兴安岭，不若北图驾墨利加洲之尖查加沃地而辽之。南图兴安岭不过徒广东部耳，其先强国之王必多都所不屑勤务，且不屑欲者。况东部之产非优非足，岭北杂番又素非驯供指使者。尖查加去西部虽远，而便图之亦非难也。然以厄阿之言计之，则俄罗斯之欲亦未尝在尖查加，而在西部也。西部产既什伯乎东部，且有轮舟、飚车之道，舟即非其所长，而车则诚夙善者，以行千里，似东部咫尺犹便，且犹便于尖查加。矧西部又建国之故基，全势所萃，安得不亟欲就欧罗巴洲斡利而独雄。故不能须臾忘情于都耳其也，实不能须臾忘情于海西诸国也。都耳其固海西诸国通海之要害，俄罗斯揕之以制胜欧罗巴洲处也，彼非至愚，亦安所利丁舍近易而图远难者哉！故曰俄罗斯实海西诸国之病，非中国病也。海西诸国则诚病中国深矣，有谓海西诸国无足病者，岂以其国在欧罗巴洲乎？不知今已逼我南藩，视外兴安岭数倍其近。而诸国所尚耶稣、天主二教，方希腊教为病尤深且烈。顾不病此，而病务利外无远略之俄罗斯，不太左乎？岂以其国大且强乎？虽强大固未在亚细亚洲，而在欧罗巴洲也（俄罗斯一名厄多斯，车哥斡音管总司其领也）。 俄罗斯为诸国之病

癸卯午初，雪中别子谷子，乘轮车西南行约千馀里，亥正至熏渠可湖，宿湖滨澄斯洋楼。夜月通明，湖光雪影，辉碧交烂。时积雪新霁，天甚寒，倚楼酌酒，心甚清泠，惟思子谷子不能置。

甲辰卯正，复乘轮车西南行约千里，申初至和纳拉海口登轮，船西行约三百里，亥正至阿亨克敦，哥本斯洋楼宿焉。阿亨克敦，马加国都也。 至马加（丹麦）

瑞典至马加海中作

风饱轮帆不可禁，西溟飞汐晚阴阴。云开蜃市楼成玉，日落龙渊浪浴金。鸡立连山环镜面，马加长峡界波心。波罗的海三千仞，并我乡怀近万寻。

瑞典渡海赴马加，月中口号寄王宗坚

夜潮声寂海天青，万顷玻璃一叶萍。月里故人应羡

我，春帆得意渡西溟。

乙巳辰，马加酋低墨阿宴子石子。德（布路士合日耳曼列国也）、阿（阿的利亚）诸国酋同坐。因略访诸国事著于篇，午后乃罢宴，论成巳亥初矣。

马加小国数蹶仍强

马加国地从日耳曼北，凸然出介大西洋海东、波罗的海湾之西，与瑞典海口遥相迎拒，作杵臼之形。纵仅千里，横不及纵之半。国狭而贫，在昔为海盗巢薮，颇不齿于欧罗巴诸国。自宋以降，桀辟继兴承，修政事，和与国，日渐企于强雨。并英吉利，略瑞典为藩服，虽失之转盼，而马加强声遂大震欧罗巴。然终以初兴小国，基非深固，仅用自强，未能控驭及远。故瑞典旋悍然自复，不为马加供贡职，以首挫其强风。法郎西从而危之，向为所并之英吉利亦再危之。于斯时也，马加不绝者如线。近则国之基固，夐非初比，而富且倍蓰畴曩，而抗行于诸大国者，则以加的牙海峡之筦，马加实独掌启闭也。峡在国都东北，扼大西洋、波罗的两海之要，诸国商船出入舍此无途。马加因得总榷海商之利，海商行愈畅马加所榷愈不资。东北之瑞典，西南之法郎西、英吉利诸国涎之、忿之，卒末由劫而据之也。

子石子曰：马加亦诚欧罗巴异国哉。观厥初由盗而国，而富而强，虽倾蹶数逢，不数十年仍为强国，抑何其异哉？徒以国地孤介海间，界于南者仅一分国之日耳曼，且与之同盟相睦共安于无事，以永绝邻累之虞，得地已独胜矣。虽东与西北常有海潮冲啮之患，不过坚筑防多树桦，所劳所费甚有限。竟得跨两海为门户，变贫狭之地为富区，居然与欧罗巴诸大国角权，较胜无利之利，利乎其地洵哉？顾非自强也，亦安所得利（马加一名丹马尔，一名唓，一名加纳马丁尼加）。

阿的利，欧罗巴故强大国也。纵约三千馀里，横亘亦二千里有奇。东界自都耳其，而南拥亚德亚海，西界与瑞士、日耳曼、意大理诸国相交错，而俄罗斯、布路士分界其北。国立于元，强大于前明。其初本日耳曼东国，康熙间日耳曼诸部皆自为国，阿的利遂更今名，不复袭号日耳曼。其国亦尚教，而时洋时西，废兴无定，惟视其王之所习。嘉庆间，日耳曼诸国遭拉波仑之残，既复，相约合纵御强。会阿的利都城联盟，尊阿的利王为霸，同盟诸国岁来朝会。当时论国势者，莫不首推阿的利。然阿的利在元时虽立国，壤地褊小，方不过数百里而止。至前明有王耦于卜牙利女主，卜牙利遂与阿的利合，增地几二千里，骤为欧罗巴显国。入我朝又与俄罗斯、布路士分国北波兰地，国遂益大。顾近数十年嗣王国者多不象贤，苛敛黩兵，国不堪命，诸部皇然，将有他适之势。又尚教无定时，洋教、西教各结党，自固每二教代兴，则互相危难，其王有因党祸积悸以殂者，而强王则数钼夷教党之族，国势遂顿衰。又尝首寒日耳曼诸国公会盟，构怨于邻国，与都耳其尤不相能，连兵至数十年。亚德亚海市为之不畅，而国益不振矣。

阿的利（奥地利）

奥匈帝国国益不振

子石子曰：余游欧罗巴，曾未一践履阿的利国地，然尝闻人言其国盛时几欲追武西汉、罗马之迹，俄罗斯自馀诸国莫与朋其强大。乃大而无政，强而好逞，内角蜂虿之教，外侮唇齿之邦，以致霸名仅在。而同盟会议者，钧欲更共布路士之约令，而绝阿的利朝险摇摇乎，有不容国于欧罗巴势矣，斯亦不善强大者哉（阿的利一名阿的利亚，一名奥地利亚，一名欧色特卜里亚）。

欧洲诸国曾结同盟

子石子曰：欧罗巴有以四等爵列国会盟，略如中国古昔封建诸侯法者。国三十有六，与布路士西部参差错列。南界瑞士，西界荷兰、法郎西，东南界阿的利，北界马加，居欧罗巴适中之地。共方二千四百里有奇，总名之曰日耳曼。其地在汉隶罗马，在唐隶法郎西，五代以来始渐并布路士、阿的利为日耳曼国。迄我朝康熙时，阿的利、布路士相继分国，三十六国亦同时等爵列土焉。嘉庆间，法郎西王拉波仑恃兵肆残，欧罗巴诸国多被摧破。三十六国兵势既分，弱不能御，咸降就臣服，拉波仑仍残之。数年，拉波仑败，三十六国始得各复其初。且虞诸大国有踵拉波仑故事者，因约期会阿的利联盟。盟曰各保土自治，有举则共议，勿互残，难则互援，常强兵互防。有渝厥盟，天则殛、人则共磔。推阿的利为盟主。同盟者四十国：曰阿的利国，曰布路士国，以其本出于日耳曼也；曰巴言王国（一名播威耶纳，出时辰表处也），曰威丁王国，曰撒冷王国（译西教书之路得即是国人），曰汗罗瓦王国（英吉利王之祖即此国王），曰黑西公国，曰黑西加色公国，曰美林厄公国，曰色的立士公国，曰维巴耳公国，曰色可厄公国，曰色黑厄公国，曰色墨林心公国，曰拉骚公国，曰卜仑锐克公国，曰达骚公国，曰格敦公国，曰伯尼伯公国，曰巴丁公国，曰厄立士侯国，曰一力斯耳吉利尼利亚斯侯国，曰罗伯斯的音侯国，曰路的耳斯达侯国，曰生的耳亚生侯国，曰得勒马侯国，曰骚文卜刃侯国，曰瓦耳的格侯国，曰昔马仁侯国，曰厄世卜刃侯国，曰官世侯国，曰厄日卜耳厄伯国，曰布勒美伯国，口利格伯国，曰尼法刃伯国，曰红卜耳亚伯国，曰美斯内伯国，曰法郎克法耳伯国，日耳曼四等爵列国三十六也；曰马加国，曰荷兰国，以其邻而地亦参差错列于日耳曼也。瑞士、法郎西虽亦邻国，瑞士素不涉他国事，法郎西故仇敌，故不同盟也。盟议既成，国各使大酋常驻法郎克法耳，以便后议。又各视其国所辖丁额征兵，丁额百征兵一，四十国得兵三十馀万，谓之公会兵。佥举善将统之，将复使佐，界地分营，以防难而便援。小援则檄迩难者，援重则并檄自盟。迄今几六十年，公会兵曾未大劳。强邻世敌如法郎西，亦未敢重干众怒，岂不诚善法哉？当嘉庆时，罗马诸国又尝被拉波仑残，嗣亦复国，欲效法联盟，置公使立公会，兵不果举也。同盟四十国中，殆有中国学古之士，为之筹计乎？胡独能举此善法也。虽然法之善在古昔，则然汉唐而下难矣。矧今之世，中国不如此盖千有馀年，中国岂不能法古耶？中国善法中国转昧之耶？诚以善初易善终，特难耳。近游欧罗巴，颇闻同盟诸国胥不甚重此盟，公使之驻法郎克法耳者，亦视同具文，公会兵亦每不似额。近又以阿的利首寒盟，竞欲尊布路士为共主。吁，吾固知其必至于此，已正疑其不止如此也。焉有欧罗巴之盟，能有始有卒，而不渝者（日耳曼一名占阿马尼亚，一名热而剌）。

欧洲之盟不克有终

布路士（普鲁士）

俄罗斯之西，阿的利之北，波罗的海之南，有布路士者，我朝顺治时新造大国也。国西境多与日耳曼东列国参差相杂，更西有逾日耳曼西列国，与本国阂不相属，而为荷兰、比利时邻者，总计其地约方千五百里。明以前，为诸国属部，无定时。康熙间，有弗利特者，沉智多勇略，治事有法，布路士诸部争拥之，遂为肇国之王。嗣王者亦能继其法，而善与邻国，于是归附者日益众，竟为欧罗巴大国。其法，男子初冠即编列行伍，或铳炮，或刀械，视所近教习之。每岁再较以优劣，行刑赏。三年为期，归则复视其愿，授之执业，或学，或农，或工贾，亦每岁一较之，刑劣而赏优。不循法者，重治其亲长及其邻。刑必赏信，是以民皆凛其法而乐之。国无闲惰，其兵尤为欧罗巴劲旅，又能善自戢，不轻以黩武为能。嘉庆间，国为法郎西所挫，然不数年，卒迭与国，复之嗣。是以往其王皆能守善法而益，励正骎骎乎，日大而未艾也。

布路士国方兴未艾

子石子曰：於戏！布路士其初小部耳，生聚教训不逾二百年，遂与俄罗斯、阿的利并名波罗的海，夫岂有异术哉？盖其立国之初有治人修治法，寓兵于四民之内，不縻其国，复不羁其民。而善继之王六七，作亦悉能以内自治、外睦邻为事。其得复于法郎西，非善与邻国之显征与？故虽境地远杂荷兰、比利时、日耳曼列国间，亦常相善无牾也。宜乎诸国咸愿尊奉为伯也。至于强兵自善，尤与他国角教利而互残者迥焉独殊，国有洋教，而能不溺，且能以善法治洋教。然则，其翘然于欧罗巴诸国中也，不亦宜乎（布路士一名普无士，一名卜鲁西亚）？

丙午辰，宴阿的利酋好非时园中，观其女妇马戏，不减英伦、瑞典所见。午游阿什亨花园，水木清樾，大足勾留，而行色匆匆，不及周领略矣。

酉初，乘轮车行约三百里，戌正至海门登轮船，亦约行三百里，泊焉。当船行海中四顾，水色空濛，山霭淖约。海门悬灯一点，闪烁波涛间，光洸彩演可观也。

夜渡荷兰海口

归帆百幅餍南风，碧海潮鸣夜色空。惊说蚌珠新出水，一灯明灭岛门中。

归帆落后，夜近三吏，清天月明，匹练摇金，微风皱海，疏星散珠。西南诸岛丛树郁苍，桀阁隐连，中逗灯光数点，颇似嘉定晚泊时，乡心甚适，与月渔先生飞吟肆啸，丘谷为之响应。小奚解意，为进葡萄碧酒瓶，快呷一器，肺腑灵悦，妙哉皇皇，厥乐不可容。欲向海天口号，以报佳惠，而轮车速骂矣。

丁未卯初，乘轮车，行约二百里，辰初至酣波耳湖，登黑香阿洋楼小饮。闻斌星使于同治五年尝宿此湖，不觉此心随风北向。虽虹梁画舫，丽景当前，终亦为之不

斌椿使欧曾宿此湖

欢也。

酣波耳湖楼有怀斌星使二首

日中楼阁绚金铺，镜淀虹桥入画图。竞渡红船竞箫鼓，酣波风趣似西湖。

无端丽景属西洋，远客难争魑魅光。闻说乘查星使去，湖楼惆怅令狐香。

午后登轮船，望水天空明无翳，与心相照。夜中月色大明，不减十五夜。子石子凭铁阑干酌酒赏之，醉顾海景苍茫，方昼尤佳。东南望荷兰，灯火在虚无缥渺间，点缀海天景色，入神化境。凝目良久，觉此身飘飘焉欲仙去矣。又捉笛子吹《海天月明》之曲赏之，因即事成律诗五十六字。

海月中望荷兰

西溟四顾绝尘埃，露立东风倒酒栝。晚汐初从天表发，春帆疑自月中来。飞轮轹海琉璃碎，短笛吹云瑇瑁开。南际荷兰烟霭满，误将零黑拟蓬莱。

资斧告匮欲留不得

戊申辰至零黑，荷兰国南都也。时资斧告匮，欲留不得，遂乘轮车便道游亚克什尔花园。午登轮船，至比利时安他尔海口，仍乘轮车至玻璃斯乌立可时洋楼宿焉。玻璃斯，法郎西国都也，自酣波耳至是历国三，曰荷兰，曰比利时，曰法郎西，凡行二千馀里矣。日间经荷兰、比利时，得观二国大势，又访其国始末于同行者（比利时人法时阿同车至法郎西），而船车匆遽，不遑事笔砚。既至法郎西，又遇勿德于洋楼（勿德亦比利时人），握手甚欢，因置酒夜谈。即其所云润色之，论成已入己酉寅初矣。

荷兰，中国所谓红毛西教国也。比利时亲其南，日耳曼踞其东，大西洋海周其西北。纵七百里而近横半之，地狭而卑且洳。四境无高陵，河渠港汊纵横交贯，欧罗巴泽国也。其先比利时本国南部，地皆膏美，而比利时素尚洋教，渐蓄仇，自立国。荷兰自是无陆郡，国中以水为道，都邑居庐多架水中。国人受水害无已，因精水利。北宋时，海尝啸潴其西北地，数百里成亚耳零内海，厥后国人颇藉内海作火轮。泄水涸，复田亩无算，且滋肥迈昔，国于是殷羡蓰曩时。其人既精于水，惯驾船致远以谋利。前明之初，踵葡萄牙后窥中国者，荷兰为独先。故中国未识日耳曼诸国，即识有红毛也。溯其国与比利时未分之初，地虽非广而川原适平，物产丰稔，国大而硗瘠者且莫能及。乃因教而操戈，强同室为强寇，国为穷不支者数十年。教之善人，国可知已。犹幸民俗勤朴，日无侈需。又因海水之利，近营田畴，远市产物，国始渐赖以复。

荷兰水害因精水利

子石子曰：古人有言，曰亲之甚者仇之深，害之烈者利之远。观荷兰于比利时，于大西洋海、亚耳零内海，益信（荷兰一名法兰斯亚，一名红毛）。

比利时，洋教国也。距大西洋海东南，横仅三百里，纵亦不逾五百里。而四逼强邻，北则荷兰，东则布路士，再东则阿的利，西南则法郎西、西班牙，盖欧罗巴诸国中之最小而难自善者。国初本荷兰南部，荷兰西教国，近海洼湿，比利时皆坦原膏沃，产铁煤甚茂，又产谷木、烟草，荷兰赖以取盈。后既坐异教，积相雠，荷兰国较大，迭陵以兵将，尽搂比利时归西教。顾比利时入洋教已深，虽屡罹其残不欲变。当是时，欧罗巴洋教国西班牙最强，且夙与荷兰角教为雠仇，比利时因曲附之。荷兰力诎于西班牙，尝盻盻然于比利时，无如何也。然其蓄怒之势所至，必欲得间而甘心，比利时逆知之，故西班牙将就衰，又附阿的利，以图暂安。嘉庆初，忽为法郎西所并，阿的利不能蔽也。适荷兰亦同时就灭。既荷兰再立国，比利时亦得复。因谓附他国，未足常恃无恐，而荷兰固旧同王治，近同邻难者，欲化衅与合如初。乃荷兰则以其素雠附敌不相容，比利时不得已转往附于法郎西。道光中，遂藉法郎西力自立为国，益与法郎西敦邻谊，约姻娅。荷兰悔且不可追，因重为怒，仍妨于法郎西无所泄，遂并阿的利、西班牙之怒而迁之，塞比利时通大西洋海运大河流经其国者二，所谓美甘色亚、美士阿加大是也。比利时海运不能达，乃铸铁路通火车以转运。而相雠益深，竟与荷兰成百世不合之势矣。

比利时国附强自保

子石子曰：观比利时之于荷兰，其始分也，咎已不独在比利时，后此屡附强以自善，几如郑介晋楚之间，朝南暮北，固贻中立不倚者之羞然。原其立国之势，亦实逼处此不如是诚有不足须臾存者，转为比利时有重悯焉，诚不必深文责之。使比利时能就此立国之初，以西班牙、阿的利、法郎西诸国之逞兵角教为殷鉴，而一取法于布路士以大善厥国，比利时正未可小觑也。然而吾为荷兰惜，且为荷兰危矣！角无足重轻之教，舍膏原沃产为强敌资，又从重其怒，比利时果不终于小，荷兰其无噍类乎。嗟乎，当欧罗巴立教之初，其意岂不以为足善国，今乃竞教而互戕矣。欧罗巴诸国屠杀相寻，莫非以此之故，固不只荷兰、比利时尔也。立教者，苟有知能不赧颜汗背也乎（比利时一名弥尔尼林，一名比立时，一名弥时）？

己酉辰，乌立可时（威里加女弟）招游昆阿里花园，草木畅茂，禽兽繁殖，亭阁、池沼精莹美丽，大致如英伦王花园，妖音艳色争贡巧媚于游者耳目中。园西有玻璃屋十二间，内置碧荇文石，分养海中鳞介，自侧观之，诸虫鱼皆汕汕相乐，各呈其致，尤足娱耳目。奇技淫巧固海西诸国擅长，不独英伦为尤也。

奇技淫巧诸国擅长

午，勿德招游非勿花园，观马戏。忽大雨，因归，宴洋楼。酒酣解带剑赠子石子，遂作《带剑铭》。勿德尝至中国，略通华言，故与子石子甚习。

博禄阿拉士所制军械最精，诸国虽皆工煅炼卒，无有能搀出其右者。制带剑尤精，舒之则剑，卷之则带，阔寸五分，修三尺一寸（博禄阿拉士一名比禄息，比利时国都也）。

带剑铭

兼刚柔，总武文，束吾身，所以威吾军而爱吾民，为固以礼，为胜以仁，故曰道存。

夜观剧。烟火、花爆、火戏、水法，诡幻百出，约费法朗五六千。盖亟欲夸富巧于中国，故穷尽张侈，不计资也。然闻其寻常演剧亦有水火戏法，费亦千馀法朗也。欧罗巴诸国淫汰相竞之风习染深贯，虽有善其者，其亦恶能易哉？

庚戌辰起，坐乌立可时洋楼，焚香对雨。因追忆游历欧罗巴诸国所见闻者，约略书之。疑者阙焉，不敢少涉于穿凿附会也（月渔先生为《竹枝词》十二首）。

欧罗巴诸国人皆躯伟质皙，眼深准隆，须连发而黄赤如虬，睛凝眶而晶碧如鹭。男或少年而多髭，女或韶龄而皓首。女则挽髻一窠，男则留髡三寸。衣皆长及腹，袖仅阔容拳。男衣广领及颔，女袿敞襟露胸。男裤紧窄束于腓，女裳臃肿蔽其踵。男顶窄檐筒冠，女冒长帔珠帕。脚履翘靴，腰围臂积。以脱帽握手为恭，以隔衣澡身为洁。

男女衣冠靴裤不用裘葛，或帛，或布，或毡，或泥。诸国多寒，故不葛。寒甚则衣重毡，积火暖室，终不裘，惟瑞典、俄罗斯衣裘。

女眷杂坐殊无伦叙

诸国率贵异中国人。子石子所至，富商大酋争延致宴宿。宴每深夜始散。凡宴，其妻女妾妇及其戚友眷属杂遝坐，殊无伦叙区别也。

诸国之治大略相同。任官有三，一曰爵士，一曰乡士，一曰教士。诸国交涉及国中大政则主于爵士、教士，课赋帑饷及民间常务则主于乡士。事巨则乡士议之，然后升于爵士、教士；而教士、爵士有所议，亦必使乡士参酌。三士之中一人不同诺，其事遂不行。三士虽同议，而事则各有所任，不得越俎代庖。三士中又各分总佐，佐者专其责，总者挈其纲。其迁官也循序，其委任也常久，苟非大过不易任、不削官也。政务既熟，议事允平，故其国易治。

管狱讼者曰宛角，管钱粮者曰加墨索，管庶务者曰息角敦拉，管地方者曰包立司，管商务者曰公班衙，管外部者曰戈温洛。

水师英吉利最强，陆军布路士最强。陆军昔推法郎西，水师昔推荷兰（水师衣黑，陆军衣红）。

诸国皆有巡兵，持铳骈行往来街市中，日夜无间。巡兵属包立司（英吉利巡兵红衣黑裤，法郎西巡兵黑衣红裤）。

诸国税最重且繁，凡地土屋宇，百物皆纳税。工商车船亦纳税。鸦片烟、葡萄酒税尤为大宗。印度、漾贡亦然。

诸国多尚工商。英吉利、法郎西二国铸造钟表、刀剑、炮铳及诸器物之工，各约五十万人；织造丝缎、羽毛、毕机、泥布之工亦二十万有奇。然工甚贫，利皆为商搂也，富商权力过大酋、侔教师。 海西诸国多尚工商

诸国俗耻贫，为贫民则甚苦，见人瑟缩愧欲死。富商胥日夜欢呼，肆情游宴，无所忌惮。以国帑皆诸商所输，故虽少忤禁律，亦不之较也。

诸国宫室楼馆务极精丽，游观之，所密如栉比，如鳞次，其数不可更仆指，所在光艳，人入之目为绚睵。往来游观者踵相接，肩相联，不以昏昧断辍。市廛阛阓纠缦盘匝，康庄衢涂层筑沙石，以细土糁其上，虽积雨无泥淖，故游观者亦不以雨断辍。

诸国通衢皆列玻璃灯，宵烛自来火（即煤气灯），朗若晴昼。危楼秘室亦引之照夜，且有引作炊者。通衢中又置铁管引自来水，汲之不竭。自来水亦可引至楼室中澡涤器物，亦可作瀑布晶帘。观自来水火之源皆远在数十里外，水用大管汽机汲运，流经沙池，以格其污浊。火用炭煤之气，亦以大管引达。水火皆属公班衙，其取资颇不廉也。

地税最重故多高楼

诸国征地税最重，故建楼多四五层，有叠至八层者，寓楼也。每层列馆可百间，间容十人。楼梯旋上如螺，层上殊劳，则造火轮升车二辆，置楼下。车可坐十人。车有枢，拨枢左则升，拨枢右则降，牢握其枢则车止，升降楼间甚如意。楼馆壁间各有枢，枢达于寓主人之楼。拨其枢，主人已知某馆需某物，旋应给之。楼八层，馆八百间，寓人数千计，拨枢者刻无停，主人使人坐火轮升车，一一持物应给其所需，毋或遗毋或爽也。顾楼主人征寓人税亦甚重。

诸国皆有大小书院数处，藏弆钞印书帙，游学之士多就院肄业。法郎西、英吉利、日耳曼、意大理诸国书院最多，肄业者院常数百人。

艺术院选精于火工、水法、兵阵、天文、地舆、机器、算数，与夫制造百物者数十人。为师常居食院中，凡愿学者听就院肄习，视其所欲所近者授之，或三四年，或五六年，学成乃听其去。艺术院亦惟英吉利、法郎西惟最，学者常万人。

医院选名医掌之，就院疗病者日常百人，就院学医者岁亦千馀人。

画院画师掌之，画师能画宫室、人物、山水、花卉、鸟兽、虫鱼，且能画日月星辰光影。又能雕木刻土作所画诸物形式，使学者貌之。初学惟于石上界画乌丝，能不乱而有条，然后教以规矩，然后教以用笔，然后使之貌土木雕刻诸物。能如其式、肖其形，乃教以远近、浅深、疏密、淡浓、反正、虚实之法。已皆能之，且能传神，如掌院画师矣。究不舍乌线界画，惟不为乌丝界画所束缚耳。亦犹书家不知九宫法，不如九宫法，终不能神也。

异物院，院藏玻璃匣以万计，分盛诸国所产异物。凡琛珠宝玉之属，五金之矿，土木水火之精，罔不备具。最异者为骨化石。石产海山荒僻处，得之最难，故诸国列为异物第一。初原禽兽虫鱼之骨，得山海幽冷之气，年月沉远化而为石。审睇之，固可辨认也。又有人骨，自初胎之骨以岁递序，至于耋老，分盛玻璃匣。初见之以为髑髅而已。诸国固盛异之也。盛人骨之匣既以岁序，且分男女，惟恐其混也。异物院观者日常数百人，无贵贱皆得观。 博物馆藏诸国异物

诸国花园之外别有禽兽花园，飞走鸣嘷，奇音异毛，

已足眩瞇人。又必豢巨蟒无数，蟠旋木石间，有大于车轮，长二十馀丈者。

诸国造玻璃皆用海沙石，入铅与碱及玻璃料少许，共纳泥盒中，入窑烧之。俄顷已融如水，乃倾于器中，以铁管力吹，久之即如猪脬，或大或小，或厚或薄，随其吹之力。吹时器下必蒸以火，玻璃藉暖气乃成也。既罢吹，平其两端划分之，复暖之烧之约炊许，以铁尺就火中，砑之使平。俟其冷即可用矣。法郎西所造玻璃最佳，其都城名玻璃斯，其即古所谓颇黎国与？记载皆云，大秦出五色玻璃，法郎西邻近大秦，在汉尝为大秦属部，玻璃二字皆类欧罗巴语音。中国初无是物，固宜无是名也。故子石子书法郎西都城为玻璃斯（地志皆作巴黎斯），中国多博物者，当能考其详教我也。

法国国都名玻璃斯

银钱曰路比，上铸洋字、花叶及女王头，或鹰或兽，女王头或髻或辫而冠（新铸加冠故铸毋冠）。一圆重三钱二分，次八分，次四分。铜钱曰哈番，曰板鸦司。板鸦司二值哈番一，哈番三十二值路比一。自十路比以上以至百千万亿，率用公班衙花票。票最精致，欧罗巴诸国至印度皆可通行。路比、哈番、板鸦司亦通行，所铸文皆同也。别有钱曰法朗者，每五圆值路比一。

欧罗巴诸国皆以饼饵为常食，惟意大理、法郎西以南诸国始多秔稻，迤北诸国惟粱黍菽麦，食秔稻不可常。食不用箸，而用刀匕叉匙。牛、羊、豕、鸡、鹅、鸭皆炙燔炮烙，而调以醯酱。汤内必和饧酪，油用橄榄，酒用葡萄、朱樱。食器多用玻璃，瓷器十之一二耳。

欧罗巴诸国花木累实培植最善松橡、桑榆、柑橘、桃李、梅杏、梨柰、柠檬、樱桃之类，处处成林，木质坚而细，果实葡萄尤佳，以之酿酒，诸国争饮。上者一瓶值路比五十圆，岁计葡萄酒值约数百万万。柠檬、樱桃、大麦、果仁亦以酿酒，饮之者则鲜矣。花惟酴醾为最，大若酒盏。每天阴气凄，有零露凝于花上，晶艳如珠玉。食其露可以已热疾，欧罗巴诸国顾未之知也。其露着他花木果实上，不过露而已，无光艳也。花如秋海棠、杜鹃，果如甘蔗、无花果、番薯亦有之。

葡萄美酒诸国争饮

诸国造车船，木皆自印度运采，木纹如大理石，甚可观，质亦坚而韧。

诸国所需棉花皆自缅甸、印度、驾墨利加运来，岁运几万船。

诸国所需丝皆取于中国，意大理亦有之，然甚少，不足供机杼。

诸国最贵中国茶，近虽延茶师教种，性味殊不佳，终不适口腹（诸国饮茶多和饧，饧以莱菔为之，味比于甘蔗）。

诸国凡织造铸运之工悉代以火轮机器，解车船木片亦用机轮。

火轮车机器减于轮船。轮船行海中，风波阻遏，约需三千马力。火轮车行铁路，光滑坦直，约五十马力即可行车百辆。车列三等，上等值视下等倍蓰。下等车可容百馀

火车轮船利便无穷

人，或以载牲畜。中等车容数十人，略可坐，值视上等半。上等车中几榻茵褥悉具，且极华赡。有窗六，嵌以厚玻璃，可启可合，以便风日。几榻可坐十人，下可置行李。车侧有门，出入亦甚便。机器之车行于前，后则三等车衔接而行。每车四轮，轮与铁路凹凸相配。铁路以铁条为之，径约二寸馀。每路三尺则钉于木板，使两路相称无参差。木板质甚轻，恐其移，复以巨石层土镇压之。路中间相距约七尺，视轨道广狭为之。火轮车欲行必鸣铃，犹轮船之鸣汽管然。铃鸣三次车即行。初行轮犹循循，转十馀转，遂随路奔驶，如逸马下陡坂，其势不可遏阻矣。车一时行可百迈（一迈如中国三里馀），亦有行八九十迈者，行疾可至百五六十迈，似轮船行更疾，且无轮船风波播荡之苦。然下车之值亦欲倍轮船矣。

火轮车铁路之费甚有限，而利便无穷，故欧罗巴大小诸国无不日有事于此，急急营营，视为治国先务，以其飞行绝迹，等千里于跬步。无事则商贾通行易于贩运，有事则军粮征调不致稽迟。诸国每有战争，必以火轮车随行，临时安置铁路，以图转饷便利。英吉利近尤醉其便利，故亟欲通野人山行火轮车；且欲造铁路迈云南，逮四川、湖北；又欲通行藏卫，逮印度。果能遂其欲，则由欧罗巴诸国往还亚细亚间，亦不翅跬步矣。

法国荷兰水利发达

法郎西工水利不在荷兰后。国中河渠，盘匝贯注如回肠，舟楫既便宜，灌溉亦利，故其田畮特滋沃。欧罗巴诸国虽皆取利于水，究不如二国之专工也。

庚戌夜，售缅王所赠宝石珌玺三事，得路比三千五百圆。盖欧罗巴诸国率尚宝，最易售，值视中国倍昂。所历诸国，其酋辄以宝相炫，且问中国宝何似，则以道对。顾匪夷梦思所及，不欲重问也。嗟乎，道也者，自天子以至庶人，无男女少长，所率由公共者也。邪者非道，曲者非道，道固若大路，然直如矢、平如砥也，故圣人以之为大宝。

夜雨帘织，与勿德妻女、乌立可时同饮，观瑞士国图，因著论。

子石子曰：法郎西、阿的利、日耳曼、意大理诸大国间有小国介居，纵三百里，横倍之，名曰瑞士。国无专主，乡里各举善士为治，无苛法、无繁征、无急赋，欧罗巴极乐之国也。民风丰朴，山川景物清胜可悦。欧罗巴诸国苦于兵徭条律者，每为余艳称之，且示以图。观其峰峦若绣，秀峙苍环，渟湖鉴清，纡江罗碧，茂林嘉卉，荫带生姿，绝似虎林吴兴胜处，为目醉神往久之。惜与中国隔绝遐荒，不得举家偃息其内，且格于资斧，近在游屐之右，不得与如此山川一结翰墨因缘，徒瞩图以暂悦，又为慨焉。致慕久之，复因之有感矣。瑞士数百里国，视欧罗巴诸大国何翅径庭。国复无所统，而贪狼环伺，皆莫能一快其饕肠，此其故何欤？盖其山川既胜且险，景物亦清且腴，乡里咸融，相助为守，民皆自乐其治，不思他徙耳。然则国不仅如瑞士者，诚能以善法治其民，使相率而化，不营营于逐利斗狠之风，其为乐，当不仅如瑞士极也，则

瑞士之治其法最善

人之艳羡之也又当何如（瑞士一名瑞子天，一名苏色）。

既书瑞士论，夜欲半矣，勿德眷属喜观作书，复出精碧纸要书，且为研墨，因著法郎西论。

法郎西，峙英吉利英伦海港之南，东南距地中海，西北尽大西洋海。日耳曼、意大理、瑞士诸国环其东，西班牙比由大山（一名比里牛士）亘其西南。地纵横皆二千里有奇。壤广而滋，物产殷羡，不待资于外，夙为欧罗巴霸国。国人尚洋教，性亢泰喜兵，尤好侈，每事不屑下人。凡宫室服玩之类，罔不穷精极丽。国帑素充裕，甲于欧罗巴诸国。然百年以来，庶务繁兴不已，入渐不足于所出。又介居诸国之间，恃霸侮邻，烽火辄连，岁月征调，弗时休括，饷尤无艺。且既与英吉利相峙匪遥，英吉利日益强，欲据海港独霸。于是渐易姻邻为仇寇，而日事于兵，而法郎西愈不支矣。近其王为英吉利虏，虽议媾已成，王仍滞英伦西北也。

英法两国时敌时友

子石子曰：法郎西夙与英吉利笃好姻邻。英吉利强，擅自恣藉口于法郎西之异教，而屡挫其兵，覆其国，甚幽羁其国之王，且请成而未见还。法郎西固素性喜兵，不屑下人者，顾独下英吉利哉。凡甘此大辱，盖有不得不尔者。国帑出入弗赡，由来非一朝，则富绅大贾积负稔多。今欲复兹大役，兵饷奚由以集，是以抑性暂下耳，岂得已哉？然法郎西又夙以国帑充裕名欧罗巴者，乃竟职支绌，隐忍大辱不能复，谓非亢泰喜兵所致耶？非好侈之极所致耶？余于英伦闻人言，法郎西王赋式微，居雷色斯得尔，以宫室非精丽思，更为典其服玩，得资计亿万。乌呼！身为虏囚，侈且若此，其素可知矣。国人之好从，益甚可知矣。吾恐护性弗悛，国必极于万不能支。西班牙、日耳曼、意大理诸邻国，必有继英吉利以兵相向而报其霸侮者。则法郎西岂仅不能复英吉利覆国虏君之辱，而没夙霸名，将不能国此广滋之壤地，殷羡之物产，以图渐充裕其帑于大西洋、地中海、比由大山间矣。岂不重可惜哉？然余近闻其国之人，能众志以为兵，不屑部于英吉利，而一仿瑞士。法强为不后，国或者其可几复乎，是又负性之善也（法郎西一名佛兰西，一名佛朗机，一名法朗阿格士亚）。

辛亥，天欲明，雨已霁。治任将东，乌立可时殷殷泥行。适其阿妫巴林鲁率弥司音夫亦自伦敦至（巴林鲁，威里加妻，乌立可时夫妹也。乌立可时又威里加妹，俗所谓掉换亲也。音夫则巴林鲁女，乌立可时之侄而出也），询知二人昨于电报得子石子与月渔先生至玻璃斯信，即连夜驶轮渡海来会。计其渡海时属夜半，雨正厉也，来会者甚辛劬，泥行者复恳挚，势不能不为少留。乌立可时已盛张酒筵于楼，天色渐晓，春气殊寒，欢饮亦甚。得酒半酣，音夫见几上笔砚，强月渔先生、子石子作书（音夫在伦敦常见月渔先生、子石子书蜜蜡春词及赠威里加诸作，故强作解事，以夸诸人，不如己之见贯中华文具也）。勿德眷属亦在坐，与乌立可时皆出龙纹隐碧笺索书，月渔先生信笔成玻璃斯、伦敦《竹枝词》各八章，

英国友人渡海送行

和秦七《河传》一阕，绘意写声，穷神极致。子石子阁管不敢复吟，而音夫强嬲不已，因为留赠诗二，书墨其笺，止其强而已。诸人顾嘉赞之，同报以酒。子石子私念谚言“瞽目赞花光”正此之谓，不禁大笑。诸人以为子石子欢发，皆鼓掌和笑。笑罢复饮，九人尽葡萄酒十五瓶，始彻筵，日色已满楼矣。

留别英玻璃斯诸友

放棹海西涯，春风飏钓丝。偶然投异饵，群鱼争就之。犬迎张志和，鸦昵陈希夷。欲继高宗伐，先说东坡怡。鹏背培风力，斥鷃安从知。一笑棹东去，南溟期安期。

赠洋鬼子及诸眷属

大海西头是鬼方，憧憧鬼影日披猖。窥人鹭眼兰花碧，映日蜷毛茜草黄。文字尝烦韩子送，圄揄一怒阮生狂。两峰图里添新趣，绝倒阎浮子母王。

发法郎西赴南海

牧竖休嗤羖大夫，朝辞鬼国向馀扶。层霄北雁心同向，万里南鹏翼共图。香港菱丝牵翡翠，沧溟竿影拂珊瑚。杏花风里羊城路，会访王佗吊绿珠。

辛亥辰后，巴林鲁、乌立可时、音夫、东包耳厄（勿德妻）、日耳比亚（勿德女）与其亲戚僚友，男女长少五十二人，公饯月渔先生、子石子于勒尔瓦若花园。饮酒至午初，将别，乌立可时、音夫各摘珍珠二粒资行；巴林鲁赠水晶酒海二器，墨水晶眼镜一盒，表二具；东包耳厄、日耳比亚亦各脱小珍珠钏相赠；馀五十二人则皆素不识面者，亦各以路比数敦为赆，却之不得却。虽曰行者有赆，以今之行，受之殊歉然弗安也。

临行赠别礼轻情重

午正登轮车，东行约九百里，酉正至里昂小饮，仍登轮车。转西南行，亦约九百里，丑正至马耳色里，小住巴耳息洋楼。倚栏观马耳色里，市廛纷错，灯火星罗，形势颇壮盛。闻马耳色里商贾居民亚于里昂，以今观之，似里昂不如此地。岂自来灯火有为市廛增色相欤？惜里昂不在玻璃光烛中见，子石子为一衡量彼此形势，毕竟孰左右也。

马耳色里（马赛）

马赛市容胜于里昂

自午正发玻璃斯，丑正至马耳色里，六时之中已行一千八百馀里。轮车驶驱闪忽若电，自窗内观之，惟见山林奔飞，星辰惊逸，不知车轮之行也。其疾也，舍电诚无足喻者。

壬子卯正，登格敦轮船，东行入地中海，风浪稽天，船大荡漾，卧不能起。

癸丑，舟行地中海峡，峡中苍峦复沓，丑石林攒，笔墨难名状。山田万叠如僧袈裟文，田间雨潦决注，曲折层递，流声瑽琤，作环佩琴，筑鸣如雪后行秦蜀栈阁间，又疑放舟巫峡，几欲赋归国谣也。

午风甚寒，船播如簸。与月渔先生抱衾对卧，颇忆同猛艮、沙明莫经此拥裘觳觫时，又忆同子谷子瑞典海行遇大风雪时。怀故之情，惨郁不释。每风激船鸣，不啻闻山阳笛韵也。

日昳，泊舟墨西拉。移时仍东行。墨西拉为西治岛步头，自马耳色里至此约一千六百馀里。西治岛属意大理国，因立舟中北望，著意大理论。

意大理为洋教宗国

意大理，欧罗巴洋教之宗国。《后汉书》所谓大秦，古一统国也。今所馀地分列为九，并计之方不能逾千里。地自瑞士南境渐斜而出，欹亘地中海中东西角。略界法郎西、阿的利。其国当嬴秦时已盛，迨汉遂大兴。东拓亚细亚极西之买诺诸部为东藩，南服阿非利加迤北之加大其诸国。欧罗巴地则十七入其版中。图徽恢洪，几与中国相媲。罗马其建都地，山川闳壮，人物雍和。欧罗巴诸国景向之如成周京洛，皆自惭猥，下修臣礼，勿敢贰者数百年。逮洋教自犹太西渐，首及罗马，国人争相尚，积日既久，教党蔓滋，阴尽盗其国权，而操切之。于是奇乱迭生，备藩服者皆倍叛，版中诸国亦拥地自王。意大理国遂不振。降至唐，为法郎西所略。顾仍以罗马居教党，且尊其魁所谓教王者。呜呼，欧罗巴之惑于教，于是深矣！教王权既益重，诸国咸谨奉之。然其国究不免为诸国所割。阿的利夺其北部，英吉利据其地中海诸岛。附国诸部亦时互兵，教王不能制也。先是，前明初有撒冷人路得译书立西教，指洋教为异端。诸国亦多信之。久之，从西教者渐繁有徒，洋教王几废然等具物。然而尚洋教者仍趋罗马不绝，以其教宗国都城，教院固俨然犹存也。教王月饩复腴然可饫也。每属礼拜之日，远近聚者尤杂遝，而国则益不可问。嘉庆间，复见摧于法郎西。后数年，欧罗巴诸国会阿的利议，列其地为九国：曰罗马，曰多士加拉，曰沙尔阿，曰拉不立斯，曰巴尔马，曰巴的尔狼亚，曰禄加，曰马拉哥，曰申马里，犹统谓之意大理。咸丰时，沙尔阿王威克托士者，能大善厥国，且能以智制教王，与之并都罗马，为九国之伯。沙尔阿近弥强，有并九国志，遂复称意大理，而不知意大理之亡久矣。

子石子曰：意大理尝于东汉延熹之末，一通中国，谓其国初盛于秦也，故名之大秦。余出入地中海，尝再泊舟墨西拉，见其山川人物，似非亡国之遗。墨西拉，意大理岛部耳，已如此，罗马当更有进。何以竟化大一统为列国，且几靡隘不能并立也？异哉，岂非以国侔中国之恢洪，而教无中国之善也乎？嗟乎，教诚非善。欧罗巴人顾竞急趋之，如蜂逐饧、蚁赴膻者，则以教王之利既可利，又可便其淫盗之行犯而匿教院，虽国王无如何。噫，淫盗薮耳，教院云乎哉？逋逃主耳，教王云乎哉？吾闻在昔欧罗巴诸国所以奉尚教王若此其谨者，非诚沉信悦服其教也。苟少奉之弗谨，而启教王怒，内则教国人叛君，外则教邻邦寻难。是以咸不敢不谨以奉之也。洋教王洵善教哉？洋教今少替矣，而西教复浸淫日盛。

洋教西教洵善教哉

西教初无殊洋教也，译洋教而微变焉耳已矣。教党盗权乱人国同也。究其始，教非欧罗巴所故有，所以滋地日广，入人日深，罗马实其权舆。然则罗马将不能终为沙尔阿国强都矣，且将不能因教王之故保长于靡隘之列国，已将偕意大理亡矣。孔子曰："始作俑者，其无后乎。"可惩也哉！（意大理一名义大利，一名伊达尔利士，一名伊他里，一名夷托里马亚，一名意大理亚，一名益特里。罗马一名禄母，一名露木。）

西班牙人同舟至华

法墨西阿，一名法美新佛，一名佛米心，西班牙人也。性奇慧，通中国言，将与子石子同舟至广东。先是，法墨西阿尝再至广东学华文，未遽达。于舟中见子石子作书，喜甚，欲学之。因常来聚言。子石子既论意大理，法墨西阿适来共谈，节取其言有涉于意大理者，质书之，得二则，而论中事亦多其言。

附教争骛惟恐不及

法墨西阿云，意大理人外似诚博，其中实险狭，睚眦之怨，辄阴杀人。男女多不事本业，惟附教则争骛如皵，恐弗及者。教党尤微伦纪，欲之所至，虽尊亲弗忌惮。性复婪鸷，利一钱亦要刺人。犯则逸避教院，教师悍然袒翼之。仇者而贵有力而显知，勿敢过问也。噫，斯言也信，又奚怪其亡（皵音绰，缓也。要平声）。

火山之地利弊并存

拉不立斯及西治岛，峰壑苍奇，田壤腴润，惟多火峰。峰高插霄汉，常吐烟云，如焰蒸罩峰颠。峰中时出火浆，流膏如水，草木着之立成灰烬。又有火沙、火石，冲烟云而飞，如雪如雹，远焚百里。法墨西阿常客二地，再与其灾。每灾盛，则一椽无存。然灾过不一年，洋楼仍茅列棋布矣。盖二地田壤腴润，已甲欧罗巴。峰壑之间，又多名胜之迹。故虽火灾频仍，终无忍心徙去者。法墨西阿又云，二地地震亦甚烈，灾比于火峰。

子石子戏问法墨西阿曰："子稔欧罗巴之教之弗善，顾浮沉其间，未能突然以身逸，不诚知过作非也耶?"法墨西阿曰："固也。虽然，我欧罗巴人世欧罗巴教，稔其弗善而安之，盖非得已。曩游粤，侧闻中国有善教，今又亟闻中国之教之善于子，憾不得迁身入善，犹妄冀再世并身生中国。乃又侧闻中国人入吾教者，实繁有徒，虽曰诱之自欧罗巴，而中国通欧罗巴语言文字者，未必如子详，固末由知吾教之弗善，然亦胡由竟谓吾教善，而甘从其诱。此其故，子能言否耶?"子石子悚然而汗者久之久之，虽知其故，不忍显复也。

中国善教胜于欧西

甲寅，与法墨西阿谈竟日。其言尽有关系欧罗巴者，然小杂不足书，且月渔先生已集所谈为《竹枝词》二十二首矣。故止书其大者一则如右方。

海客日谈卷五

二月建癸卯朔日乙卯初辰，法墨西阿邀登船楼，饮羊酪，啖酥饼。既饱矣，益饱观海天曙景。久之，恐蹈侏儒之后，因以谈消饱。

法墨西阿云：西治岛火为峰名士敦昂本里。峰中火浆，略如四川火井油。欧罗巴人能以术取此浆代火。然浆盛则有术者亦不能取，恐其焚也。

火山之浆可以代火

拉不立斯火峰去海远，船中极目不可见。西治岛火峰高峙海东，船经其下仰瞻火云红缦，心忧如毁，虑或飞数万里而烧益州，应李义山诗谶也。

午倦，试临枕趾离，已中风马，遂由槐安归蜀。适家人观右军书如绿波菡萏、明月梅花，相赏极乐。忽啾啾鸩鸣，惊觉佳梦。

午后，与月渔先生登楼东望，天外有一岛甚广大。问之法墨西阿，曰：“都生文，都耳其属岛也。”考地图固无此岛。沧溟茫茫，船经一线，所见自不能周详，况未经行于海，徒坐一室谈九州，据他人臆定之地图而臆论之。欲海天之事毫不淆错，谁其信之？月渔先生素以地志自诩。及行海，乃知其不能。法墨西阿即西人之工于行海志地者，尝赠地图一册，问有无淆错，亦曰未经目见者自不免。亦可谓不自欺者。

西人地图以备行海

尝闻桑由未变海之初，其国数倍中夏。一经诸水朝宗之后，国存者五之一。足见天地之心福善祸淫。近游海国，访其大概，类皆汰刻相尚吾。恐久恶不悛，天地又将大破好生之戒，并五之一亦变海矣。

自马耳色里登轮船，东行所见，海峰皆翠挺青环，足润游目。而西治岛与希腊诸峰尤可爱，船中观之，如良友重逢，临波色喜也。

子石子游海西，未践都耳其土，深以为慊。闻法墨西阿尝往来其地，详其原委因，节采其言及闻于海西者，著都耳其论。

都耳其（土耳其）

都耳其，回教故强大国也。东起波斯，西抵亚德亚海，北抱黑海，连阿的利、俄罗斯，南跨地中海、红海，四至皆近五千里。立国在元初，至前明辟地愈广，阿非利加北境诸部咸修贡职、备南藩。一时欧罗巴国无与比其强大。其治纯尚虐，刑罚惨酷，略不贷宽。国人累足以立，视生如暂时。部酋有过，辄夷其族。赋税亦繁重。污暴之君相属为代，令辟盖不间见。国人不能堪其酋，据部以叛者，棼如猬毛。萧墙之间，复相阋无已。国之衰乱已非一朝，都耳其盖仅存其名矣。先是，其王以残猛造基，以屠割广疆宇，故其子若孙以为不肆刃于人，不足嗣此国。日戮臣民犹以为未足，则又侮杀四邻。既糜烂其国人，王亦频殒于敌。而踵厥后者固仍未有悔戒心也。百馀年来，凡用兵于波斯诸回部及阿的利、俄罗斯诸国无间岁。乾隆时，俄罗斯国已强大，都耳其不欲居其左，故与连兵尤久。嗣不能复支柱，乃割黑海迆北诸部以讲（讲犹媾也，犹和也，见《史记》），旋复触俄罗斯怒，以大众蹙之，几夷都耳其国。当与俄罗斯连兵时，领部大酋已多自立国，而阿非利加诸部向之备南藩修贡职者，亦乘势复国，且相率反戈内攻，国又几危。赖英吉利、法郎西亟援拯之，始得仅免于亡。

都耳其国仅免于亡

子石子曰：都耳其故鞑靼遗族，其立国之王初无片土业，徒自流离转徙，艰难困辱之中振臂而起，骤拥疆土至数千里之广。诚能修善政，贻嘉谋于子孙，其国固未可量。乃得之以暴，世之以虐，益之以贪，如此虽强大如秦、隋，吾未见其久也，而况区区都耳其乎？微英吉利、法郎西二国亟为调护，即不为诸部所裂，亦并入于俄罗斯久矣。今犹得奄奄苟延于海间，英吉利、法郎西实赐之，非都耳其分也。都耳其尝与阿的利连兵亦至数十年，亚德亚海市为之不行，亦英吉利、法郎西主之和。夫以都耳其仇邻成性，波斯诸回部与之同教，亦积不相能，胡能独善于英吉利、法郎西？顾援之拯之调护之，至于数数而不惮烦，岂远故相善耶？不然，二国亦胡惜于都耳其之亡也？

回部同教积不相能

度二国之意，以谓今之世，欧罗巴莫强大于俄罗斯。都耳其亡，终必为所并，则必扼地中海、红海之要，而渐及于己。欧罗巴诸国不第不得专通海之利，且皇皇焉奔命不给矣。然则二国之存都耳其，非为都耳其也，盖自存也。都耳其顾懵然德之，谓英吉利、法郎西特善我，虽危可仍肆勿惧，岂不愚哉（都耳其一名土耳其亚，一名杜鲁机，一名多耳济阿）！ 英法救土各有所谋

丙辰，日中见西南一抹淡碧痕，长数十百里，如湿云压水，如遥山笼雾。云耶山耶？不分明也。将晚，风大至，海水沉酽如靛缸汁。船东南行甚驶。

海中逢挑菜节

海行孤负二分春，碧浪风花也可亲。此日中华挑菜节，踏青人念弄潮人。

夜静与月渔先生仰观天河，因以远镜详照之，则见繁星小宿之光，攒聚如带，非白气也。

夜观星河感作

放浪形骸事总非，从今要缚主人归。乾坤也怕无拘束，故把星河作带围。

丁巳日正晴，俯视海波映日，翻金屑光，似冯霄鹤所衔之珠，随风吹作尘者。欲学兴公披沙而拣，以觅士衡之宝，海若其许可乎？记同治六年佑卿先生（名尧佐，候选训导，子石子季父）自闽归，言东海所见亦如是。乃

知天地之大，宝不胜宝，不但缅甸、英吉利诸国之宝琐屑，非多不足宝，即黄帝使象罔求得之珠，亦只寻常，非至宝也。至宝自在天地间，求之不得，不求亦见，又必人人皆见之，乃真宝也，乃大宝也。

天地至宝人必皆见

地中海晚趣同月渔先生

散绮馀霞任麈挥，虎渊咫尺咽斜晖。帆乘风浪轻逾快，岛积朱砂是也非。诗句翻新鏖白战，乡心争逐软红飞。家人昨日城西路，买得篮花笑咏归。

戊午辰后，轮船泊亚立可色他，登墨生洋楼小饮。遇广东许经，攀谈甚浃。许经为人任气慷慨，遇中华人倍亲悦，最详亚立可色他洋务，因导游洋楼七所。午后相送登轮船，又为致书锡兰米其洋楼主人。轮船将行，始别去，犹谆谆订后期。盖中华至亚立可色他者绝稀，许经又素亲悦中华人，是以重别新交，比故好倍难为情也（许经字云轩）。

埃及华商倍感亲悦

发亚立可色他留别许经

一样萍踪客异方，尔羁伊也（亚立可色他属麦西国。麦西古名厄日多，亦名伊也）我周行。敢烦荐祢先容牍，不必留陶自足粮（同船多米商，故云）。诗意随船时忐忑，乡情如海太汪洋。春风无限云天阔，毕竟中华趣倍长。

己未，辰出墨洗新河东南口，入红海。天气渐热，辰

红海西洋沍寒相别

起即衣纱葛，迥与西洋沍寒相别。西洋诸国中瑞典尤冷冻，虽晴午亦披重裘。盖西洋诸国或居北黄道之阴，或居北黄道之阳，冰雪常凝不化。而红海与印度则去赤道甚迩，四时皆热。偶凉雨，衣袷已足，棉衣岁不一着体。至于裘，未判混蒙之初或尝被之，数千年来固久已为废物矣。

自丙辰至己未，四日行海三千馀里。风涛不兴，海平如纸。老于海者皆诧为难事。月渔先生、子石子虽新海客，固数遇之，窃感冯夷、海若私贶至再至三，欲报以诗，竟肠枯膈腻，不能吟一字，又恐狂声惊蛟龙，不敢苦搜冥索，惟酹葡萄酒酬之。

庚申日晓，风忽大至。帆饱轮圆，一夕百里，飞不足并其疾也。

辛酉卯初，大雨挟风俱来，声如百万军噪。篷漏如注，枕衾为之一洗。子石子自梦中惊觉，从琉璃窗中南望，海上云垂墨翼，电掣金光，雷霆磅礴，风潮汹涌。数龙交舞击水翻天，船在浪中不能自主，几欲随水拖上半空。此时方悟海立之说，先民成有所见，即事口号以志异，以自罚睡不掩窗致湿枕衾之过。时日已近辰，风渐息，雨亦晴矣。

雨后书事

群龙争听蜀人歌，歌罢龙归雨亦过。风浪摇青沉玉汉，云霞破碧涌金波。衣裳逗湿人皆浑，屐笠图成我是坡。他日中华资话柄，王孙夜钓海渔篢。

龙异

黑风吹雨洗沧溟，无数龙飞激浪腥。将晓龙潜初日上，依然天碧海光青。

午晴，红海水翻吕宋玻璃色。云屏四弹，日镜中悬。红酒半瓶（葡萄酒色纯红），清谈一席，与月渔先生品。将晓时，遇大雨之苦，不亚去秋弄栋大乔山中遇倾盆大雨，士马淋漓，如在水中沐浴而出。又记庚午春仲，与诸父、诸弟踏青青羊花市，遇大雨，衣无乾缕。假笠老道士，乃得归。皆雨为苦也。子石子性喜雨，尤喜大雨，尤喜春秋夜大雨。虽孤馆凄宵遇之，亦不以为恶作剧。况大雨而遇之春夜，而非孤馆凄宵，则苦非苦矣。大约大雨之苦分三等：弄栋大乔山中之苦险，青羊花市之苦艳。险犹苦，艳则可以无苦。昨夜之苦，可谓奇。奇不惟不苦，且足乐。然奇而遇之红海，则奇以险。不如以将晓时之湿云吐日、风皱玻璃光景，移置怡园，使子石子与诸父、诸弟偕坐百花丛中，酌美酒，作曼声歌郎中“云破月来花弄影”之句赏之，则奇以艳，且不苦矣，且打破前人葫芦样子。月渔先生大悦，谓子石子善乐苦，诚无惭春秋夜雨知己。

大雨之苦分为三等

日昳，风顺且猛，轮船行甚驶。加必旦云，庚申日曙至是已兼二日行疾，有似轮车也。

海行遇顺风

多谢封姨绝有情，海潮平骛恣东行。轮船漫诩如飞隼，未及春风一夜程。

壬戌将晓，风涛少定，船行正平。子石子安然高卧，梦与月渔先生归家，敬向重堂请安，缕述西洋风俗，又作缅甸髀奢舞，以当莱戏。祖母、吾母皆曰此行虽辛苦，究竟增益多少见识。佑卿先生与诸弟争问轮船、轮车其快何似，应答久之。内子立吾母坐旁，笑曰："声音竟类西洋人矣！"祖母以次皆大笑。忽闻有声隆隆，心中恍惚，谓是腾越回逆以巨炮轰营，炮声不止，遂惊梦断。盖风涛仍作，船行驶激作声也。定性追思，家人一一俱在目中，乡心藉以少慰。惟祖母与吾母较叩别时面容微减，殆念远行人所致耶？内子亦略瘦于初昏时，诸弟皆渐长大，佑卿先生精神亦王于昔，以次悉如常。急起书之，以告月渔先生。月渔先生亦言，适梦与子石子归家，亦为风涛激船惊觉。所见家人精神状貌，大略亦同，亦将抽笔作记。异哉，梦之符也。殆真归与，不然何以梦中闻见同，梦述西洋风俗、作缅甸舞及与家人问答之词亦无不略同也？不可不并书之，俟真归质家人，问壬戌之辰亦有同梦否也。 夜梦归家叔侄相同

癸亥，先子忌辰也。记十岁时为诗偶善，先子喜画沧海钓鳌图簏子示奖。碧天无滓，一叶中横，绝类大西洋月夜光景。今一思之，心驰蜀垅，又复东望闽云，临风哽涕。先子撤瑟候官，正已五载，距作画时且九年矣。空珍

图箑，莫慰先灵，日月递迁，追憾胡极，於戏悲哉！

甲子晚，乘月泊亚丁。帆轮重至，山水依然，红海青峦，似曾相识。记去腊中旬，亦于月中泊此。五十馀日，已往还四万馀里，轮帆之行快哉！

五十馀日行四万里

将晓发亚丁

风生红海夜潮腥，东去轮船驶弗停。水到极深翻洞黑，天因新霁更空青（夜半阵雨）。蛾眉初月光些子（些，西加切，微也），螺髻连峰拥亚丁（亚亦读如阿，亦读如亚字）。楼阁玲珑烟霭渺，岛门灯影小于星。

乙丑，舟行印度海。夜月既明，风涛渐息。与月渔先生品雨前茶，吸拜蒲（拜蒲，西语谓烟草也。拜，蒲街切），听妙月闲谈。妙月，浙江僧，故回人也。航海至都耳其、阿剌伯、印度诸国拜佛及其祖师归，自亚丁来附舟。其为人也，小有才，能通僧家法，游海西回部久，解识五国语言文字，亦略知中华文字。所谈间有当者。然谈及于佛，则眉目飞舞，自夸独于海外诸国得真佛法，得意之极，忘乎其形，妄谈之私毕昭言下矣。

回部僧人夸谈佛法

赠同舟僧妙月（又名妙罗）

一串牟尼数几回，解通奇语也难才。斑斓绿衲方乌帽，翊渡沧溟拜佛来。

妙月既去，与月渔先生对坐月中，谈及明日是唐人花朝，因脱口成诗。

二月十一夜海船行月中口号

春云渺渺夜迢迢，月送归帆趁落潮。记得唐人分韵事，中华明日寿花朝。

丙寅，中华所谓花朝，又春分令节也。舟行印度海中，巨浸稽天，何从觅一蕊一萼？幸大风多情，满海浪花飞采，以娱海客双瞳子。然舟颠如簸，不能久肆观，转惭孤负风花也。 海上花朝满海浪花

将午，大风鼓波从西来，舟益恍漾。岂泰山女子于归东海，不负花朝约耶？若蓬莱令同舟，会阻其行，岂任其恍漾耶？

海中花朝短歌

我生年十九，数作远游人。七岁客兰仓，十三登峨岷。去年道滇缅，万里悲荒榛。腊尽浮沧海，然石驱双轮。东北极瑞典，西北渔英伦。还舟泛印度，曾未及兼旬。登楼四极望，一碧无涯津。习习馨风来，如与游人亲。天水长鸿洞，安知何处春。悠悠海草碧，洋洋浪花新。岂如吾家园，百卉娇芳辰。忽尔重感慨，自惭奔走频。继思复自笑，所见殊太陈。古哲有达言，转瞬亡周秦。千岁一息耳，况兹百年身。十二万年后，海亦将扬尘。正宜及壮岁，游乐周天滨。

印度海花朝遇飓二首

苍苍淼淼浩无垠，西倚船楼望大秦。帆趁潮头轻似

叶，岛连天角细于尘。朱飚立海窥鲛室，黑汽冲机激兽轮。怪说此时坤轴转，花朝印度见闻貘。

海峰连亘白玻璃，风怒潮腾日影低。见贯等闲轻罔象，烛奇安用爇灵犀（正为诗，见海南有物人立，逆波涛拜风西行，其长欲二丈，背有鳞鬣）。途穷不哭终非阮，灶暖堪眠竟学嵇。回美前年今日事，画船平泛浣花溪。

印度海花朝怀旧二首

阔别怡园岁复周，花应笑我浪遨头。今朝海屋经行处，亲为群芳进一筹。

海西潮接海东潮，相距谁云万里遥。潮信寄将中夏去，言侬印度醉花朝。

杜子美诗云"春水船如天上坐"，初谓放棹大江，自上下下，自若诗意所云。以今观之，大江之船不过在天半，必海行者庶几天上坐船矣。海水四围皆与天介，登楼纵观，天在水外，如圆盖垂覆。故觉水高于天，一帆荡漾其中，如据球背凸处，真不辨船在天上水上也。惜了美已往，不得与月渔先生、子石子共坐天上船，击汰敏舲，以赏其诗之曲尽海意也。

月渔先生谓子石子曰："尔喜说海，海胡为而黑也?"对曰："海，浊气之所积也。而黑，浊之极也。"曰："胡为浊之积且极，又胡为时清也?"曰："海清，中国有圣人在上也。尝审中国之水矣，淡也；而海味则咸。夫水发

海清皆因中国圣人

源于无源，流于中国，条为二：北曰河，南曰江。淘洗中国浊气而尽之，而归诸海而积之，欲淡不得也。且积古若今不可计年之浊气，故咸而非常，咸而涩而不可状，而尤浊而极而不化者，则随风浪荡滞于辽滨，积又久而略具人形，丑于鬼，毒于蜮，而含沙而反射中国矣。”曰：“如然，浊愈积则愈多，盈海滨皆鬼域，奈何？”曰：“毋虑也。中国澄清久，虽鬼域无如何也。况鬼域也，而不以鬼蜮自安，是自作孽不可活也。”曰：“任之造物乎？”曰：“造物亦假手中国耳。凡造物所以极其奇技淫巧者，极其浊也；极其浊，所以速之灭也。”月渔先生喜，拊掌笑且拊子石子背曰：“创哉尔说海！”

丁卯辰起，立朝曦中，观天南群龙斗舞，极操纵卷舒之妙，忽分忽合，不可指其数。龙戏益酣，日光益赫耀于东。岂龙之行不必雨之施耶？子石子行大海数万里，再见龙于印度，印度海固龙世界耶？ 群龙斗舞日光益赫

龙角爪鳞鬣，大略如世间所画，通体皆作乌金光，或微有赤光，腹间微有白光，卷其体才丈许，舒之则数十百丈矣。按龙为纯阳之气，故大或经天，小如芥子。气胜于体能用体，故变化卷舒得如意。人则气等于体，不能胜体，或体胜于气，则病则死矣。安得变化吾体为纯阳之气，大小卷舒。世莫测其用以来，犹龙之赞乎？

晓晴观龙斗

云南群龙鼓雷车，天吴怒喷晶莹花。大风立涛日晒

洼，珠宫荡漾生光华，应是云南群龙之所家。

晓晴观龙戏二首

天外龙飞玉烛时，雨帘不挂日如规。而今海澈清澄底，不必然犀已见奇。

西海归帆趁晓晴，诗怀蓦地逐奇生。朝霞如火风潮急，帝倏骑龙上玉京（南海之帝曰倏。倏音叔，见《庄子·应帝王》）。

午，大雨风浪。二龙垂于东方云中，一龙垂少选即入云去，一龙肆舒卷数百十次，始激云喷水之而蚴蟉而没。子石子素好奇，半日中见龙数十，其隐见变化奇之至也。印度汪洋，奇之薮也。此行也庶不负所好矣！然立大雨风浪中，衣履濡湿以观二龙戏，又不如晓晴观群龙戏更奇而安详也。

大风雨中立观龙戏

观双龙戏

雷剑陶梭化得无，风吹海立雨模糊。飞腾云汉天犹窄，怒饮沧溟水欲枯。道子点睛疑入画，宗元妙手未容屠。紫髯何敢追文戴，且夺眠时颔下珠。

观龙戏后检笔为记，周觅元香竟不可得，因口占绝句志之。

遗墨作

龙去龙宾亦杳然，将无附尾入云天。从新更用青麟髓，好写新吟海异篇。

晚雨初晴，有人鱼长亘海南。大光所覆，不能尽其两端，直与大西洋亚丁所见相耦。 又见大鱼

夕日光中有大鱼横海面作

鲸背崘岈印度西，脊峰横压晚潮低。不观田甲光争日，疑是南洋大亚齐。

书奇

珠尘和雨洒苍茫，枕上珊瑚梦里香。岛树浮烟开霁色，云花如绣榻波光（云光印海色最可观）。龙形夭矫文参史，鲲背逍遥道悟庄。嘱付水君驱怪出，一齐收拾入奚囊。

大风雨夜望比鲁支（即忽鲁谟斯）

云影回遮比鲁支，沧溟月暗雨来时。船经孤屿惊栖燕，风蹴洪涛起伏鸱。五夜乡怀深若海，数年游踪半存诗。兹行屡向天吴祝，永不扬波感四夷。

雨终夜不止，静坐无聊，因与妙月、法墨西阿闲话。妙月言：“西洋有草如芦而光，人以藉足，不步而行，然甚难得。具名加本西。”按《记事珠》云：“兔床国有离地草，人履之不步而行。达摩见梁武帝，来去自由，以履此草也。故传踏芦渡江云。”妙月好夸佛者，当亦于载籍见之，未必确也。法墨西阿生西洋，亦未闻有此草。雨中 西洋有草不步而行

无可消遣，既姑妄言之，试姑妄记之。

黑白月

黑白月，《西域记》云，天竺以月满为白月，月亏为黑月。中国以月晦为一月，天竺以月望为一月。结夏之制，《西域记》云用四月十六日，四月十五日属道瑟吒月，实四月尽日也。僧之戒牒有云，知月黑白大小及结解夏之制，皆天竺夷俗耳。知此者乃谩诩通禅理，其鄙陋为何如哉！

蜡戒者，夏至之日，以蜡等身轻重，置秘处，然后坐禅满百日，取蜡与身衡。身重于蜡，则有定心，可入禅，身轻则难入禅矣。然亦天蜡膏治耳聋类，耳不验者多也。并上则皆妙月云。

波斯鬼兽能取异宝

波斯国有鬼兽如人身，首纯黑，高二尺馀，通人言，喜食鲜果，能入山海取奇香异宝。人欲畜之，必先使鬼兽相。如当得宝，则鬼抱膝首允，以指定年数，否则摇手示拒，不可强畜也。有畜之者，为制小刀锯遣之，日饲以果，食饱乃去。食果多者，去时必久，得宝必多。有经年始返者，返则导主人至其所，奇香异宝丛集焉。约年既满，更畜于当得宝者之家。虽强留之，亦遁矣。妙月云，尝亲见鬼兽于波斯。子石子于载籍亦尝见之。

天竺有黄黑盐，道书谓之紫盐。妙月云，天竺盐诚有黄黑色，食之无他异也。道书又谓高昌国有赤盐，名曰戎盐，安息国亦有五色盐。

天竺有花名优钵罗，花时适四月八日，至冬结实如鬼莲蓬。蜕其衣，有金色佛坐其中，中国谓之金莲花。《升庵集》《坚瓠广集》均载其事。岑嘉州有《优钵罗花歌》。问之妙月，殊不知也。可见夸佛者徒谩谏可笑。

波斯，古大食国也，与印度迤西之阿夫汗诸回部毗连，在阿萄富海（即东红海）之东。而任昉《述异记》谓其国在西海中。考大秦在东汉已尝通中国。大秦国临地中海，去波斯西六七千里，然犹西海之东也。况大秦之东，犹隔地中海、勒尔西海（即红海）、阿萄富海，波斯且在阿萄富海之东，接印度西之诸回部。任昉乃谓大食在西海中，亦不考之甚矣，岂亦如不学者流，以印度海为西海耶？不然，何以竟使大秦强邻东西误置也？向使波斯不强捍大秦于东，西海诸国不待今日始通中国矣。波斯亦名把克，一名白西，一名包社，皆大食二字之音转，译各殊也。国故富饶，尚商贾。其要遮大秦不使通中国者，欲擅商贾之利也。盖海外诸国与中国交市，惟波斯最早，所称碧眼贾胡精鉴宝，即其国人也。

波斯古国久通中华

任昉又谓大食国有方石，石上多树，十赤叶青，枝上总生小儿，见人辄笑动。使摘一枝，小儿便死。以问妙月及法墨西阿，无不笑其凿空也。

戊辰初旦，大风雨浪，观龙斗。

将午，海中有鱼似马，背生鬣如翅，能飞，其名为䲴。《青箱杂记》谓之鱼虬，海客谓之马鱼，时出水面，百十为群，鼓风兴涛。舟遇之多覆溺，轮船犹不敢犯，较大西洋所见尤可骇。

海上飞鱼鼓风兴涛

海异

惊闻印度马鱼风，挟雨群飞浪沸空。我渡重洋复相遇，飓潮常警梦魂中。

法墨西阿有远镜，递套十八管，管不齐，尽伸之修近三丈。然镜止于二，管首镜径欲二尺，管尾镜径亦将尺，其光凹，而管首镜则凸光。伸管卧架上，以目就管尾镜中视之，虽至远极纤之物，莫不聚而昭呈于管首之镜之前。管架有机，捩转最如意，上下八方可周视也。子石子尝就管镜中视九重天，第一重曰月轮，去地十六万有八百三十迈馀；第二重曰水星，去地三十万有六千二百三十迈馀；第三重曰金星，去地八十万有二百迈馀；第五重曰火星，去地九百十三万七千四百迈馀；第六重曰木星，去地四千二百二十五万六千五百迈馀；第七重曰土星，去地八千三百五十九万有一百七十迈馀；第八重曰列宿，去地一万有七百五十八万九千九百三十迈馀；第九重曰宗动，去地二万一千五百七十七万九千五百七十迈馀。而日轮则去地五百三十五万一千九百迈馀，第四重也。天九重相盖如千层玻璃，日月星宿累嵌其中，晶光明澈，毫无障翳，故可迭视。而视日月尤亮绝。日体非囫囵，盖圆片也。片四周金芒焰焰，片上朱光如炎，光中常有黑子如斑，多寡无定数，时长时消，消亦无尽。时长甚能掩日光。以问法墨西阿，亦终不识为何物。岂山水之气上激耶？月体凹凸不平，中有物如云如山，亦有黑子斑，然不能消长，常视皆

天文望远镜

日中黑子时长时消

如故，似有定数者。月无光，映日以明。其上下弦，皆倚日光为朔望。五星亦无光，故向日者常明，背日者常暗。金、水二星亦如月有朔望、上下弦。土、火、木三星之侧，皆有数小星藩护。惟子石子素性燥拙，不能仰测于天，又以天道非常远且非常大，管镜固能聚呈夫至远极纤之物，未必能昭昭于非常远大之天，故不欲精视而详究。然目既寓于九重，亦不妨姑记之，俟归俾中华持管者。凡天地相去迈数，皆法墨西阿言。一迈约五百四十丈有奇，如中华三里馀也。

己巳，朝霞飞朱，晴云酣黛。船北一岛横卧海间，有如旧识。审视知为米尼干岛。林石经春，青润欲醉。因与月渔先生登船楼酌酒赏之，胜立芙蓉城南春阳中看花市百倍矣。故事，蜀中自花朝始，数日之间士女出游，或沽红拾翠，或醵酒分吟，青羊宫、二仙庵、少陵草堂数里中，裙屐影联，佩环声应，亦韵事也。而花市尤为色香所萃。蜀客逢春，自难忘情于此。今幸重值春岛，又衬以海天晴景，庶可以此易彼，不痴想兼赏也。 米尼干岛有如旧识

重经米尼干岛

海国游仙久，神山近可跻。风帆三面饱，云笠四围低。重对春溟树，因思故国梨（庚午游花巾，头梨花二树，今见米尼干岛中梨花盛开，故思昔游）。封姨频借力，吹梦到花溪。

百花生日晋唐两异子石子两用之因作

事到诗家聚讼频，持衡自我更翻新。海筹重与花为寿，且置唐人学晋人。

大鸟西来翼若垂云

夜月大明，倚铁阑干吹笛作水龙吟，曲未终，有大鸟自西来，翼若垂天云，戛然长鸣，摩月而旋而图南也。其鸣如鹤，其翼如鹏。月虽明，而其飞甚高，卒不能辨其为鹤为鹏，倘所谓灵鹫非耶？

夜静，月非常明。与月渔先生露坐海天空阔中，默不作语。月光珑玲如镜，照清心曲，觉心镜泠泠亦有清光，与月相照，尘虑尽消。久矣颇嫌形影纠缠，累缀此心，因诗以自嘲。

自嘲

月光如镜海光同，心澈冰壶万象空。休笑近来无热念，此身常在水晶中。

海船月中闻歌

春气平分夜，孤帆挂碧天。潮声风助虐，海势月同圆。乡国愁中酒，蓬莱梦里仙。洪崖音绝妙，使我意悠然。

伯阳生日海中作

夜望伯阳柱史星，荧荧紫气满南溟。蚌珠未及元珠好，龙剑何如慧剑灵。不合时宜浮碧海，此中空洞有黄庭。吾家弼注羲之笔，入妙都从道德经。

印度海月中怀旧二首

未能悟澈色皆空，一点相思远尚通。海里外边春寂寂，布帆孤冷月明中。

十分明净十分空，海底元珠一样同。此月去年曾照我，怡园春宴百花中。

春夜海月中梦觉奇情二首

醒时云杳月粼粼，不见梨花愁杀人。料得梨花也同梦，和云团作二分春。

笛声飞入广寒宫，勾引姮娥下碧空。舞罢翩跹乘雾去，馀香清散浪花风。

夜益静，海船行益平，天益皎洁，月光益见圆明。与月渔先生执远镜凝观不释。记咸丰庚申七月望，夜侍先子纳凉怡园。先子令从远镜中观月，见凸处有光作水精花纹，凹处似是光中之影。以问先子，所观亦然。时子石子才七岁，惟贪看其光明。后三年复观，遂知吴刚之说之妄，即宋儒山河影之说，亦只想当然耳。有以水精球喻月者，犹近之。如自数里外视圆石而凸凹者，则见圆而无凸凹矣。目力不及也。况月积阴气之精而腾于天，藉日光而明，而人以有限之目力，上穷九天之高，无惑乎！第见其圆明无痕也。今夜又于海船远镜中观之，月犹是十二年前

远镜观月凹凸光影

之月，而先子弃我归道山已五年于兹矣。月益无恙，情益难堪，安得执此说飞到月中，寻先子之灵敬质之耶？幸侍月渔先生，更相是证，犹侍先子，差足小慰悲思耳。因挥涕持笔砚，向月中志之。时同治壬申二月望夜丑初二刻，船行印度海中。

庚午午后，阵雨晚晴。顺风肆发，扬帆东行。船头与潮相薄，蓬蓬有声。入夜，明月罣桅，帆风益畅，活活泼泼，绝迹飞行。子石子乃独立船楼，俯照碧海，仰观青空，高唱海洋洋天苍苍之歌。于时壮气豪情，不减大江东去。越辛未，锡兰在眼中矣。

锡兰在望

海中放歌

天苍苍兮海洋洋，物与我兮久相忘。我将行乐兮复奚妨。置五岳兮阿房，踞四渎兮流觞。绯云碧雾兮衣与裳，甘霖泠露兮琼液天浆。左鹍鹏兮右凤凰，逍遥游兮乐翱翔。齐帝庶兮一圣狂，勿察禨祥兮勿占否臧。毋所冀兮毋所望。既毋灭兮亦毋生，遨游乎大荒兮寝处乎无何有之乡。或游于世兮要惟清以平，世人役物兮物偕亡。胡如我兮寿而长，乐兮永康且强。

辛未，夜与月渔先生坐月中清语狂吟，消受海天大景乐甚，顾不利鬼梦屡矣。

海船月中闲话同月渔先生用韵

麈语嘤咛畏鬼知，翻题往事夜眠迟。鲈鱼张翰同怀抱，蝴蝶庄周了悟时。云影逐帆风正陡，潮光溅枕月初移。船楼洋铁阑干上，草写新吟纪实诗。

壬申未晓，重泊锡兰岛。石色潮光与月争奇，灯火楼台照海生艳，较初泊景象又翻新也。

夜泊锡兰

丁字云帆缥渺中，天池明净月朦胧。夜深香气侵人梦，知是楞伽肉桂风。

日将曙，与月渔先生登锡兰临海高楼酌酒。海天光景争集楼下，诚印度第一形胜岛也。锡兰在昔为狮子国，庚题人居之。山水佳胜，景物蕃富，屡为海西诸国所争。今入于英吉利，镇以大酋，卫以劲卒，炮台战舰环列定克马里步头（定克马里，岛滨泊船处，一作亭可墨），将久据为东府。嘻！尤物亦恶可久有哉？酒酣，开轩凭眺，碧海摇天，紫烟连岫，如盖如罗。晓日初升，遥林荠列，怒波汹涛，忽挟横风坌至，漱激崖石，清响琤琤然。或倏然喷散，如珠星迸飞，银潢倒泻。比之海西诸国水法，殊极自然之致，颇足畅怀醒酒。及见洋楼比栉，西船如林，又不胜今昔之感。水鸟钩辀与市声噌吰相和，益使中怀生悲也。尝闻锡兰岛中有神曰佛者最著灵异，胡弗佑所谓狮子国终国此岛乎？神果有灵，会佐一臂力，荡此善争人国者，以反狮子国庚题之故，以快海天意，以壮我此行。不然，则亦甚负永乐宝幡之赉矣！因举酒酹佛，且酹海灵为誓。然后更以琉璃瓶酒为月渔先生寿。既醉且乐，日色满

洋楼比栉
西船如林

楼，山水景物益昭呈其形胜，竟留连延揽不忍去（楼主人曰米其，法郎西人）。

同治十一年二月十八日辰，月渔先生、子石子与海客五人，同车游锡兰岛寺，观释迦像。车沿海滨行，海南石笋嵂崒，兽骇鬼惊。风潮滈瀑怒涌，有声有色，如飞霰，如震霆。循海滨而北少东约七八里，车入深谷。谷中薜萝缠翠，石纹皱皱如云，郁郁有阴幽态。里许，谷尽，山原开朗，花木绮明疑笑。清溪曲作带环流，溪南岩壁有飞泉百尺，甘冷可饮。岩泉之际，修竹数万竿，森绿交加，戛风成韵。行山原而北亦约七八里，逢繁花林，花多不能辨其名。林西花光中，隐隐露寺楼一角。下车行花林间里许入之寺，有胡僧数十人，导引登楼，放观山水，花竹都极芳润。试以僧法叩诸胡僧，皆瞠然不能解。寺后有卧佛，长近三丈，则所谓释迦像也。时日方中，复乘车游岛中寺二所，乃遵山原南归。花竹争拂车幰如相留行，竞送暖香，薰人欲醉。溪泉瀌瀌，亦如惜别凄鸣。既度谷而西南，仍行海滨。晚风适驱潮来，奋泼石笋间，声色似辰尤壮，为停车观良久始归。所游观者，犹一一在目。月渔先生或恐其忘也，纪以诗，复命子石子为记。同车游观者，为广东王观，福建章尚、郭大欢，浙江僧妙月，西班牙法墨西阿，所谓海客五人也。

锡兰岛寺观释迦像

锡兰有狒猸，见富贵者辄膜拜，挞而逐之，犹恋恋不忍去。喜食香，而身常奇臭。尾坚结如刚刃，火不能伤。膝骨最脆软，闽广人谓之媚骨。锡兰庚题人以为珍羞，供上宾。中国谓人之善谄者曰身有媚骨，典乃本诸此耶？然则有媚骨者直可名以狎猸矣。嗟乎嗟乎，今世之狎猸胡多耶！

锡兰海中常有小人出，形如僧，所谓海和尚是也。每海和尚登舟合掌坐，则舟人皆匿而禁声，海和尚即自沉于海。苟舟人不识，而哗而惊之，则海和尚群来鼓风浪，而舟败矣。海和尚毛发支体悉具，惟掌指骈联如凫。郭大欢、妙月皆见之，即子石子西海所见类也。其群鼓风浪，轮船不甚畏。然轮船中人亦常识之，从未有哗而惊者。 海和尚

癸酉子初，登吉里对轮船，遂别锡兰东行。当将行时，司机器者发轮起碇，手误入轮中，削其五指堕，立毙。噫，艺固不可以恃贯少忽哉！

癸酉，朝暾初红，蔚蓝无翳。船行印度海，沦涟谧定，漩洑不惊，洚洞瀴溟，一碧不可极视。海天曙景，洵宜以印度海为第一。印度海，中国所谓小西洋也。北浸亚细亚之印度、缅甸及波斯诸回国，南连南冰洋，西极亚非利加东境，东迩南洋满剌加诸国。周遭五万里，猛风蹴涛，乾坤腾泼，不让大西洋。然属天清日丽，海若骄晴，则如平展万顷碧晶琉璃，漎漎然，浤浤然，莫澥莫泮。坐船中回览，觉心张眼明，得未曾有。或晓风织浪，馀霞渲波，漾碧酣朱，尤为印度海增春色也。 印度海

朝曦光明中，有岛卓尔海上，类吾蜀小剑山。其色靖，其石纹，则六法之云头皴也。岛崖燕窝丛结如蜂房密。崖下鳆稊生，鲜润可爱。子石子于海错最嗜此味，舟

经岛次，不啻大嚼屠门。吾乡牧村先生（童棫，官翰林院检讨）有同嗜。庚午春，尝侍诸父与先生说经怡园，入夜月明，以青梨酒和鳆羹，大醉海棠花下。今一念之，匪特暮云春树牵萦心曲，即青梨酒、海棠花亦因崖鳆触引相思不少，良赖海燕差池羽戏于岛翠海霞间，暂乐余怀也。昔闻先子言，海燕作窝必在岛崖，人迹不易至，采之者舣舟崖下，阶鳆鱼以登。鳆嗜鱼汁、燕涎，故燕窝崖间必有鳆联累而生。鳆性韧善附，人触之附崖益牢如胶。及采燕窝，阶以下，旋向上，撑摇之次第，随燕窝入舟矣。盖鳆附崖力向下履之虽牢而撑则离也，其于燕窝也，犹虞假晋道以灭虢也，其愚可悯也。

海燕作窝必在岛崖

甲戌，辰起坐冗上着衣袜（冗，阿勇切，轮船卧处也）。同船有广东海商侯湘者，导一人缧绁长跽求资助，云为友诈卖于英吉利，入蒲卢牙准岛中三年得逸，将附轮船归广东，资不足，为加必旦所拘。侯湘怜之，倡助路比五敦。同船亦有和助者。子石子亦以路比十敦畀之。加必旦乃脱其羁焉。其人姓名曰胡伯纯，初亦广东海商也。子石子询蒲卢牙准岛所在，云在南印度海之西，岛周九日程。大山平原相半，中产燕窝。岛中夷类阿剌伯回人，喜掠食人之白者。岛近为英吉利所据，尽驱岛夷入山垦荒土。又徙英伦罪人及诈买中国人，分往岛滨披沙漉金。岛素硗瘠，今渐成沃壤矣。子石子初疑即葡萄牙，而胡伯纯云蒲卢牙准岛由漾贡去轮船八日程，距锡兰转十二日程，似又非葡萄牙也。

赠胡伯纯次韵月渔先生

同为浮海客，一样不缠腰。虎穴三年厄，蛮乡万里逃。因怜君托钵，遂忘我吹箫。共济皆游侠，挥金积怨消。

子石子晓梦初醒，闻火轮溃濩，风潮鸿涝，与舟人道奇称异之声相应答。急起倒屧趋视。舟东云霞纠缦中，日轮半吐如赤玉珪，旭光照处，一峰高耸入天。峰头楼台瑰玮，花木璀璨，人物杂遝往来其间。虽高远，固历历可辨。须臾霞散云浓，日迸金辉，海潮翻黄琉璃，光风甚驶，轮舟益东逼，而峰则澌灭矣。初子石子闻声趋视，以询舟人，胥曰此间素无岛屿，何绝类白云山安期生入道飞升处耶？殆海市耶？子石子曰："夙闻海南入春，尝有蜃吐气，作云霞、峰峦、宫宇、花木、人物之形。而海旁蜃气成楼台像，《汉书·天文》亦尝志之。今明明于旭日云霞中共视之，而倏归乌有，非海市何耶？"舟人咸唯唯。子石子退而记之。昔子瞻子观海市，祷而后见。子石子未祷而得奇异观，谓非大幸乎哉！虽然，海行将百日，始一觏之，盖亦大非易矣。故同舟老于行海者，亦以为奇异而道称不绝也。夫既奇异不易觏，则觏海市之人之时之地，例得详书。地在印度海东，距锡兰岛将二千里。同观者中华人十二：曰月渔先生、子石子、用之子（王观）、鸿甫子（章尚）、敬叔子（郭大欢）、楚夫子（侯湘）、公粹子（胡伯纯）、徐三子（陈富）、定三子（李用兴）、广

海市蜃楼远显近灭

海市奇观难得一见

福子（詹安顺），及奴子阿春、阿元。西海印度诸国人廿馀，识其名者法墨西阿、拜的新二人而已。时则同治十一年，岁在壬申，二月乙卯朔二十一日乙亥辰初三刻也。

观海市次韵月渔先生

飓母吹潮晓翳开，日光霞影绚楼台。不知蜃市排云起，疑是羊城渡海来。琼树琪花张贝阙，神仙冠帔下蓬莱。诗成漫供天吴笑，惭愧吾乡玉局才。

观海市后与月渔先生谈洞冥记

琉璃浪子沸南溟，船到春洋饱异馨。帆仗封姨行窈窕，云扶仙子貌娉婷。蜃中楼阁今曾见，鹄里僬侥太不经。未访波斯孩子树，岂惭冠履实惭形。

丙子辰，遥望东南一岛，横亘天际，又东一岛相错，疑即海门。问之同舟者，曰："苏门达剌也（苏门达剌一作稣门答腊）。"忽东南天际有影飞过，如片叶落风。窥以远镜，则百幅风帆大舟也。帆外云中隐隐有两岛，向南迤逦，中缺处亦若海门然。复问之同舟者："口洋沙朗。"

午风雨，观龙斗。陈富云："海南春夏间龙常戏水上。去年二月苏门之南海中，忽有龙爪伸出。爪中托一婴儿，玉带红袍如世所绘天官状。儿戏龙爪上略无畏怖容，经半日始没于水。或曰海帝子也。"

葛南达人于海中获一女子，姿绝艳，口不能言，饮之亦饮，食之亦食。久之，能为人服役。见神像必拜伏，默默如有所祝。身上有皮下罩，宛如衣裳被于胑股。但著肉而生，不可脱卸耳。殆亦缅甸怒猫族类欤？亦陈富云。且云葛南达人艳其姿，欲妻之，竟格于身上皮，怒甚，将役之终身。 海中女子皮罩下身

龙斗

空青一线赴苏门，海国春浓不浪翻。天北群龙相击厉，疾风雷雨助蜷蜿。

丁丑初晓，晴霞饰天，春风写海，张帆东行，中流自在。船右大洲横眠，异木嬉春，芳草如绣。洲上屹然一峰，古绿斑驳，万窍玲珑。初谓蜃气幻成，以询同船，则蛤山也。海客谣云“蛤山十八面，面面绿玲珑”，非夸也。蛤山既佳，益之海天晓晴，故直与蜃楼相混。蛤固不让蜃也，独雄南海哉！山中楼阁乍明乍灭，衬以海光霞采，草木春辉，愈妩媚可人。转怨帆随风顺，使我不得立船头久观也。山西去锡兰三千馀里，东去星加坡轮船约一日程。夹板船则不计日矣。 洲上蛤山面面玲珑

蛤山

蛤山十八面，面面极玲珑。苍翠千年色，萦纡万窍通。楼台疑蜃雾，花木醉龙风。潮驶舟如隼，奇踪未可穷。

蛤山在印度海、南洋交际，横亘百里。十八面苍黛玲珑，鬼工神斧殆未易造，天然一幅大图画。子石子眼中所

见海山，以此为最。山上异兽珍禽，飞鸣走啸，奇花瑞木，绿泥红妒，赏之不足，又复书之。使得登临其上，必得秘书。

一岛上立白浮图，丛林无际，连洲肆横，遥接蛤山，数百里一色空青。同船者云：“沙刺俄属岛也，而英吉利攘之，以居梵僧焉。”西来大意，其在斯乎？加必旦曰：

断头岛 “断头岛殆自谓也。”

日中大风浪，龙斗。

龙斗

群龙竞饮午生风，蛤岛摇青海沸红。归去轮船如掣电，随龙飞渡亚齐东。

晚潮啸风，朱霞染水，海天澒洞如胭脂，岛屿青葱，点缀景色。如此晚趣，得之殊难。海行百馀日中，不过三数遘也。

海中观晚霞

海客春帆酣夕风，南溟新浪撼长空。斜阳沉醉苏门岛，一抹脂痕万里红。

蛤山之南，汀洲成岸，草木用生。船经其侧，见深绿丛中起炊烟一缕，上连白云，点衬景致固佳矣，岂其下有

汀洲炊烟人耶仙耶 火食者乎？闻之海上多仙人，未闻仙人亦尝火食。殆鲛人而山居者，不然，其逐臭之薮耶？因之有尘心焉。欲呼而问之，而船飞难泊。

夜过苏门岛

飞潮如彗湿黄昏，残月生阑飓正喧。安得磨崖题大字，王孙春夜入苏门。

月中望南洋诸岛国二首

东望星奇夜色开，春帆新自泰西回。红毛浅外风初陡，白石门前潮正来。鱼蹴晶球银世界，蜃吹珠气玉楼台。一声长笛姮娥笑，快挹清光入酒杯。

龙牙雷里隐烟霏，古达文莱望里微。山赆难名明草木，航珍争贡宋珠玑（南洋诸岛国自宋明时已通贡中华）。如芦岛树撑云短，似塔风帆带月飞（塔飞见《老学庵笔记》）。欲访虬髯问奇事，春潮声佐海天威。

戊寅，晓日晴明，春潮澹滟。舟行甚适，得畅观海景。自入海峡数百里中，岛如星辰罗错，远近蔽亏，参差有致，又属春浓时候，花木繁生，诸岛咸葱绮如画，使人双目应接不周。迤北一岛斜横可千馀里，其南峰嶂巑岏，楼台辉烂，则星架坡也。坡滨海处为步市，东北大山连抃，云林烟霭，妖娜可亲。笔妙未易曲状。坡之西南，深谷小峦，水环树绕，大似神仙境界，而罗刹踞焉矣。泊舟已近黄昏，步市楼台灯火竞发激射。晚潮如碎璧明珠，散光流采。峰嶂高处亦有灯光掩映丛绿中，故虽纤月未升，疏星错落，而星加坡海滨仍焜煌如昼也。

星架坡岛楼台辉烂

晚泊星架坡

两山中断一帆拖，春树斜阳星架坡。满壑烟云藏墨豹（坡中多炭），层峦灯火点青螺。魑魈狡黠含沙毒，鱼鸟贪馋近市多。潮挟海风催月上，鲸声蟾影壮诗魔。

船泊星岛买划而渡

己卯初晓，将乘潮买划（小船也，宽而短，形颇类鱼船。头彩缋作鱼形），载行李渡星架坡，访朱广兰。盖吉里对虽轮船而无码头（行海轮船皆自建马头停泊，无码头者，则碇泊海中），不得泊近坡，仅下碇海港中，距星架坡犹数里，必赖划以通，而港中卖桡者多无赖，少不谨辄为所贼。曩有李正广者，尝商于海，甲子春由漾贡附轮船至此，将渡坡，以行李入划，而身随之。未至数武耳，卖桡者遽绝划维去。海国茫茫，不谋所向矣。李正广遂永流于星架坡死焉。正广广东人，商于海者多识之。子石子素闻其事，戒于心，故于买划渡星架坡时，先以身入划坐，待仆辈运行李，自恃可无虞。顾虑不可以周防，所买划仅以朽索维吉里对轮船铁槛上，晓潮起甚威，划大荡不止，索不能驭，格然中绝。子石子故不娴踏桡技，惟以两手坚握桡柄而蹲，而任划所如。恍惚之际，已出海港临汪洋矣。私谓木元虚所云“屑没鼋鼍之窟，罣罥岑嶅之峰”，险为我谶。虽欲掣掣泄泄于裸人之国，泛泛悠悠于黑齿之邦，盖必不能。或随潮自返，亦将搕碰为齑为泥。再生之想于是不敢妄萌。遂闭目屏虑，任命乎造物。忽大

划渡遇险

风怒海，划走若飞，以为此必速吾死也。而划忽划然止。

窃视之，铁槛绝索宛然已仍附吉里对轮船，仆辈与卖桡者持行李急跃入划矣。相与庆更生，而皆昧更生之繇。迨至星架坡饮朱广兰楼中，问其繇于老海商（老海商姓钟，名东发，年七十矣，广东人），而后知凡潮起落之时之地皆有定，未尝或爽也。子石子之更生，潮之信也。潮信潮信，于我尤信哉！

星架坡南里许海港中，有人蟹，壳径欲四丈，十脚，色赭以绿，壳上有黑斑如云，疑即所谓蟛蜞也。右脚钳一物，如蛇如鳝，亦赭绿色而黑斑，其长欲二丈，又如生于蟹脚者然。

星架坡北十字街有红鹦鹉十二架，尾甚短，而圆润如鹰，翅上间有翠羽。子石子坐车中捎之，甚驯，能作英吉利、满剌加语。

星架坡中华海商多至数万，广东居其六七。朱广兰为广东海商之最。 华商数万

星架坡，旧柔佛国，今英吉利步头，中华海商所谓新州府。西南洋扼要岛也。四至皆约五百馀里。北连满剌加、彭亨诸国，馀三面皆濒海，而东望婆罗洲，西对苏门答腊，大小亚齐、葛罗巴遥峙其南，冈甲（即丁机宜）、龙牙、柔佛三岛，亦层亘海南，若相屏障。岛中产石炭、五金之矿甚茂，又产犀角、象牙、燕窝、翡翠、胡椒、玉果、嘉木、文席、诸香之属。土人皆巫来由族，前明为海滨强国。欧罗巴诸国东来，窥其岛之势当海道之冲，咸竭力经营。嘉庆二十三年，英吉利竟据为已有，以戈温洛帅

重兵为镇，立步头招聚诸国商船。中华海商来者既众，步头繁盛，遂为南洋第一。近世西南洋诸国，莫不知有星加坡而盛称之。闽粤人特重，谓之新州府。若不知其初为弹丸岛国，于中华甚无足重轻也者。盖星加披距闽粤都不过五千里，海船来最便。闽粤人流寓岛中，纳巫来由土女为室者，不下数万人，其中殷羡者颇不乏。顾胥兢兢焉，常恐英吉利公司之忌之也。先是，西南洋步头无中华商，多不繁盛。故欧罗巴诸国所至，辄招聚之。中华商最灵，虽不多财，亦皆善商。星加坡所产已多美物，诸国商船争来交市，致富尤匪甚难。然中华官商势相阂，虽我朝海禁宏开，而远商海国者仍无所倚仗，不似欧罗巴国皆以商为急务，官商一气。其肆据海中步头，类出公司之力之谋。公司者，总商也，一曰公班衙。星加坡步头既繁盛，公司益强，又有戈温洛帅兵为之捍护，故得专意牟利，盖无孔不搜矣。今见闽粤海商多分其利，势不能不相忌。呜呼，其免于吕宋之坑者几希哉（明万历三十三年西班牙忌中华商，藉言将乱，坑数万人）！

中华官商势相隔阂

子石子曰：旧柔佛国为英吉利诈劫矫虔以来，臣仆巫来由族，搂榷岛中物产，薄商船之税以徕诸国交市。其计诱闽粤海商尤无所弗臻。岛中珍货山积，楼馆云缦，南洋诸步头几莫与侪其繁盛。英吉利视为东道主者，五十五年于兹矣。夫自前明迄今，南洋岛国多为欧罗巴诸国攘建步头。英吉利近有独掠称雄之意，故特遴沉桀善权之酋为戈温洛，帅兵镇星加坡，以总满剌加诸岛事，而伺诸国之隙。子石子游欧罗巴东归，道星加坡，既略访星加坡变岛国为步头始末，于闽粤海商又得观星加坡图。星加坡诚海道冲要哉！宜乎闽粤海商无不思中华亦使大官来镇，以总扼其岛之势，盖诸商咸得所倚仗捍护者，而于海道亦甚得关防也。欧罗巴航海东来，有三道，西曰红毛浅，南曰巽他峡，东曰西里伯。朝廷既使大官帅重兵镇星加坡，然后布泊兵船于海三面。东泊婆罗洲，以扼西里伯（西里伯东犹有小道，在诸岛国间，皆易扼）；南泊葛萝巴西泊苏门答腊，以扼巽他峡。又西泊大小亚齐，且以兵驻满剌加，以扼红毛浅，以增星加坡势。复常驾轻船，载精锐，轮流游逻于彭亨、冈甲、龙牙、柔佛诸岛国间，则西南洋数万里海道，皆于镇星加坡者一人之掌扼之，即吕宋诸岛亦不能漏其握。操之纵之，惟意所如。岛国虽众，曾有不服羁驭者乎？则星加坡真为我新州府矣。世之论海务者，动曰防沿海；或曰防沿海势远而兵分，不若防江河，势甲近而兵聚。以子石子观之，不若扼星加坡之为得纲领，势既远，兵且聚也。上则张国家之威，下则闽粤海商常恃无恐，庶使中华赤子之流寓海滨及诸岛国者，不致久外生成，又足张其仁也。然则方之穷矫计、殚诈力，以区区于争据步头，搂榷物产，攘掠人之岛之利，而夷人国者，相去岂不霄壤乎哉（星加坡一名星架坡，一名新嘉坡，一名星格坂耳，一名星格伯儿，一名星奇坡，一名息力，一名柔佛，一名新州府）？

何不派兵掌扼星岛

巫来由容服，略如缅甸人息力岛土著也。岛中又有车地番与满剌加人，或髡其头，或缀珠串于耳鼻间，或涂金朱于面额作日月光，则贵人也。其服尚白，容则墨。

庚辰子夜，大雨中登查颠轮船发星加坡。右揽马神，左挟罗斛，北望越裳故国，远在云霭缥缈中，因立轮船高楼，北向作白雉吟。

白雉吟

今时清时，海波不扬。中国毓圣，凤鸣朝阳。蕞尔南国，爰号越裳。尔雉尔雊，网罗斯张。罹尔白雉，羽仪文章。人物向风，重译来王。指南有车，毋或傍徨。毋附鬼域，自速灭亡。为国藩卫，慎尔海疆。世修航贡，俾尔炽昌。

雨后望柔佛（时有青鸟群飞海上如鹭）

过雨望柔佛，重云隐伯儿。赤蛇天末战，青鸟镜中飞。荇锁蛮洲绿，花藏岛国绯。春光已强半，嗟我未言归。

辛巳晓望西北，浮岚古翠，如峨眉青城，凌云玉垒，层层叠叠，连连缅缅，掩掩遮遮，雨外云中，不可真视，不知何名，景仰而已。疑皆暹罗国南诸山也。

望暹罗

水云辽隔是暹罗，明季孤臣事若何。安得诗成能合拍，好歌长恨和鞶婆。

午后墨云开霁，碧浪生风，春日西驱，晚潮东发。北望交趾诸山，新经春雨膏沭，如慵妆，如憨喜，泥人欲醉。因怀往事，用调竹枝。 北望交趾

望交趾

交云桂水拥青螺，往事空怀马伏波。汉柱峨峨分界后，至今铜色任消磨。

夜半阵雨复霁，残月横天。月下隐隐一峰挺然秀卓，一若与谲浪隆风争劲者，小昆仑也。珍重望之，苍润欲流。烟云四络，诚妙境哉！尝闻昆仑多龙隐，当不乏妙珠。欲临其上，以求黄帝所遗，其可得乎？ 小昆仑

望昆仑山

招呼象罔问轩辕，拾得遗珠入妙门。刮藓磨崖书勒去，王孙曾到小昆仑。

过昆仑山次韵月渔先生

破潮佳话艳王孙，风饫飞轮万马奔。鲸啸龙喹眠不善，帆驮春月渡昆仑。

自别星嘉坡，轮船行甚驶。每值晴明，登船楼四望，海天光景皆极佳胜，山最奇，屿最桀，而棋布辰张于海西南者，龙牙、冈甲诸岛也。一岛宛委无际，横卧东南天表，时或淖约婀娜，如争明灭于日光波影间者，婆罗洲也。回顾西北，连山如蛾眉蹙，如螺鬟绕，云岚烟树，浮

古日南郡今嘉定省

青郁葱，若醒且笑者，吉连丹、鲁昆诸部也。东北平堤介碧，远见类芦荻长汀，近之数里，则大林苍蔚，中隐城郭楼台，与海天增景色者，古日南郡，今安南国嘉定省也。盖去星嘉坡轮船行二日馀矣。

壬午未曙，于残月中见十馀岛连亘舟南，若有若无，乍隐乍见，不能悉举其名，大约皆文莱之类。既舟行益远，虽以远镜窥之，亦无影矣。时已曙，舟入港中，夹岸花林如锦绣团簇，忽闻香风非常，启人百窍，沁入心脾。及知为豆寇花风，则舟泊西贡矣（属嘉定省新平府平阳县）。

将至安南

南望婆罗不可知，春帆日辔共争驰。海从印度西来险，山号昆仑小更奇。句拔鲸牙思木赋，才如蜃气艳苏诗。朱崖铜柱无边戍，应是明良喜起时。

泊安南

蜃楼箫鼓过槟榔（屿名），东上昆仑瞰五洋。归国帆拖柔佛雨，黏天浪卷祝融汪（南海为祝融汪，见杨万里《拟楚词》注）。船云篪簌思囷犖（南蛮之云如船如阁。囷犖谓蜀云也），舆鬼斜躔近味张。百粤真风吹豆蔻，步头眉月照沉香（沉香，海步名）。

海南吊王子安

珠树三花独擅名，省亲竟死海南行。斗鸡一檄原无意，坐使沉冤洗不清。

饮树酒感作（相传林邑王刺越南王，悬头树杪，遂化树酒实）

栟榈为树叶槟榔，实大于瓜玉作浆。一酌醺然云海暮，临风惆怅越南王。

西贡一曰茶昆，占城之故都，法郎西之海步，而越南之南省也。由星加坡来约千八百里，距越南顺化都城千五百里。越南，即安南，在周曰越裳。自贡白雉通中国以至今二千馀年，名称屡易。在秦曰象郡，汉曰交趾，曰九真，曰日南，曰交州。晋、南北朝、隋并因之。唐置都护府，始称安南。自唐以前至秦，皆隶中国版图。后五代亦称安南。宋诏为安南郡王，嗣为安南国王。在元仍为安南国。皆备中国藩服。前明复安南置都统使，于是仍入版图，旋仍弃为国。入我朝，供贡职最谨。乾隆时闻于朝，请易越南名。故今皆称越南。盖并有二国地矣。曰安南，曰广南。广南亦二国地，曰占城，曰真腊。真腊有二，曰水真腊，曰陆真腊，合称甘孛智，一称吉密。初属扶南，唐初遂并扶南，宋又并占城。占城则古越裳地也。秦为林邑县，属象郡。汉季自为林邑国，后周始称占城，并入于真腊，故亦称占腊。及安南尽并二国，遂易占腊称广南，置西京焉，实越南南省也。以安南为东京，即顺化都城也。越南王居之。越南既并数国地，列三十三省，总计之犹不及缅甸之半。地自中国滇粤南界突垂入海，形如琵琶。产米、棉，亚于缅甸。又产桂皮、荔支、象牙、鱼 越南历史翅、燕窝、海参、沉檀诸香。天时炎蒸，东京少平和，微热于滇粤。西京亢暍，直如缅甸。西贡滨海处尤甚。西贡分省，曰嘉定。同治元年割隶法郎西。先是，法郎西掠越南海滨甚急，越南王惧，请和议，纳币四百万，继请割海南省三，嘉定其一也。自是，越南国惟馀三十省，而占城故都竟属法郎西。法郎西于西贡立海步，镇以大酋重兵，一如英吉利之于缅甸海滨之漾贡然。呜呼，越南国杀于缅甸，而法郎西狡悍不让英吉利。吾恐初搂南省，渐劫东京、西贡海步，养其鸷力，则顺化都城胁之有馀。伤江黄之不祀，撤赤徼之重篱，我中国留心海务者，亦畴能漠视越南不与缅甸并重耶？子石子由星嘉坡道粤，小泊西贡，舟既发，感而书此。又以海商多迷于越南名称，或误以一地为两地，故为考其自称越裳而后之名，或因或易，约略书之。至其国地或隶中国版图，或备中国藩服，分合沿革，与夫政教风俗、山川道里，详载职方，不敢袭缀。且泊舟非久，不若滇粤诸商犹能知其详也。粤商在西贡者五六万，闽商称是，而滇商万之一耳。滇粤道越南皆三四千里，然滇道陆，粤道水，劳逸迥殊，故数亦多少相悬。中国商人岁输身币五圆于越南王（称其王曰方梨马札剌。中华总商在越南者，为宏泰昌张霈霖）。

越南华商来自闽粤

发越南望七洲洋同月渔先生

七洲狂汐逐飞鳞，墨浪掀天怒火轮。一抹晴霞拖玳瑁（玳瑁洲），半边残月罣昆仑（时月将晦，辰后东发，月犹未落）。三千水击三千里（月渔子间句），大小横连大小真。仙艾风来送归艇（安南蒙县有仙艾），子云遮莫是前身。

发越南

阳乌隐约紫云间，海客辰经笔架山。大鹍御风行得得，长鲸吹浪响潺潺。怒潮忽卷文莱岛，残月犹窥把拉湾。真屿如拳双握鉴，殷勤照我本来颜。

壬午日中，既越越南国而东，风力簸海，浪飞如连山。长空冥冥，地骇天惨。临风东望，浩瀚无涯，即所谓七洲洋也。火轮怒而北逸，羲辔惊而西驰。玉宇无明，银潢韬彩。子石子亦翛然有尘外心，不复知人间世者三日馀。越癸未甲申乙酉，停轮香港，始觉静境豁开，则尘心已尽清洗于七洲洋矣。 尘心尽洗七洲洋矣

过七洲洋

淼漫无津涘，南洋怒七洲。潮从风肆虐，天与海相蹂。水击三千里，云成十二楼。朝来凭罔象，尽涤个中愁。

轮船中舱遭风浪甚簸，加必旦请移依腹舱，簸少杀，且少适观览，戏作

同舟如市语喈喈，客里吟窝小住佳。多为避风藏腹宇，无聊镇日学心斋。玻窗似月潮光满，银汉微云夜气皑。自有查颠颠复簸，胡烦警枕重安排。

万里长沙志快

夜色娟娟骄碧晶，七洲潮力舞沧瀛。况当风激舟如矢，万里长沙顷刻程。

海客日谈卷六

三月建甲辰朔日乙酉，已过琼州，风复作。南海殆风府哉！风且无定时，涌波烹涛，虽况七洲洋逊，顾亦足以鼓碰五岳，覆腾岑领。大海殊空洞无碍无挠，故风得蹦渤溃泚，尽厥兴而不羁，且与波涛相逞而威愈张也。南海诚风府哉！人御之不泠。 过琼州

木元虚《海赋》有谓“天轮胶戾而激转，地轴挺拔而争回”，初疑海固善怒，亦或不极是。既经大西洋，乃识其谓非诞。今经七洲洋，益信元虚诚善赋海者。七洲洋墨涛怒荡，如群岳飞摇。飓风适肆发，注沫狂噀，岛疑击，屿疑崩，瀵泼雷鼓，乾坤为蒙盹，罔从端倪。舟穿海涛中，颠播无状。舟人悚詟，哇眩倍蓰。大西洋海之险，至二洋而极而奇，亦实极于二洋。子石子亟欲放观，既不能立，又阻于涛之险，不得已惟卧玻璃窗前，以生受奇之略，不敢启，启则奔涛竞入矣。飓风肆三日始敛，而馀威

动荡，方印度、地中、红、黄诸海，遭飓风犹颠播。盖自天地辟剖以来，怒涛常凹凸作态，未尝须臾如镜也，况飓风适发乎！喜较经大西洋诸海速三日过。又一日，心始定。夫乃知我之为我也。惜同舟无元虚其人，以善赋七洲洋飓风海涛之怒之极。

舟泊香港

丙戌初曙，舟泊香港。布帆初落，细雨溟濛。从早潮中景仰太平山，浓鬟翠髻，旋结入云，天然碧芙蓉也。山际楼馆为海气岚烟笼漫，绝如画景。买舟登步，入目多中华景物，心至乐焉。虽亦洋帆森集，洋楼绵亘于山港间，气象究别乎泰西。殆正教涵育寖久，魑末网两竭力易技，固不得尽变，而猝反之耶。

香港气象究别泰西

香港，广东附近海步也。星加坡来四千五百馀里，去广东省城轮船半日程，不过二百里也。

太平山亭亭翠立，如青虬饮海，苍鳌昂波，与南海番禺相向如拱，而环揖东莞香山。海日春云，新渲岚光，对之竟日，益觉其古秀。

丙戌、丁亥二日，皆住上环（香港街名）。永安（洋行名）主人黄陈，贤而能诗，故宾至如归。醉饫之馀，则品茶试香，联吟叠韵，或弄楼头红鹦鹉为戏。以七洲洋易此安艳，更不羡安乐窝矣。

泊香港二首

横海会经九万程，奇山怪水总难名。风帆吹近中华路，喜向乡人问太平（山也）。

海近中华波态憨，云山如画远拖蓝。小船双桨来香港，细雨桃花春正酣。

泊香港望白云山

一天微雨太平山，香港楼台烟霭间。海客归帆潮共落，白云东望翠螺鬟。

香港永安阁中和月渔先生呈黄陈主人二首

帆樯森集水潺湲，雨湿清明断客魂。良得永安东道主，垆香瓯茗话夔门（与论蜀汉先主永安宫事）。

潮打黄昏海色凄，一楼花雨澳门西。愁听架上红鹦鹉，语学西洋的令低（的令，饮也。低，茶也。英吉利语）。

永安寓楼漫与二首

已知身世等浮沤，无那奇缘未了休。船阁坐飞龙阵海，神仙游戏蜃成楼。酒倾南国思儋耳，山历西洋识断头。风浪惊心频有赋，思光应笑煞多愁（张融字思光）。

螺棂蛎壁敞鱼床，麈尾鸿言喜欲狂。仙菊风生延寿脑，春花吉了和诗肠。烹茶月呙方诸水，醒酒烟宜大食香。一局手谈池里玉，因知尘世有温凉。

香港三月三日泛舟次韵月渔先生

海澄天朗妙云停，扑面花风宿酒醒。好把尘襟湔粤水，远将禊事续兰亭。山眉如画非常碧，柳眼窥人别样青。濯锦江头谁念我，香江潮泛小诗舲。

船发香港

戊子，登金山轮船发香港。倚楼东眺，烟水渺漫，有渔船如叶，与沙鸥同浮沉波涛间，无虑百十。虽云滨海居者固习贯之，终亦危境也。世之渔利者竟至是耶！而其利又甚微，争沙鸥一笑而已。

春雨中发香港闻歌

春雨霏霏欲湿帆，春风寒意逼罗衫。菱儿争似莲儿好，一港香歌送阮咸。

大横、小横、大真、小真四山，错峙南海。有尝登四山者，谓其上禽兽草木奇丽可爱。惜子石子未一泊其间，徒一问同舟而已。四山之介，蓬然一屿，伏海面如蠢，倘所谓龟山非耶？不识山多禽兽草木否也？亦奇丽否也？安得执尝登其上者审问之。

海中望广州有怀二首

轻帆鼓腹饱龙风，欲访罗浮转趁东。旧雨书来春有雁，惊潮带起午生虹。箨浮双蟹思邛令，沙列群鸥忆杜公。壶峤前头知是否，一峰横插海当中。

白云亭峙五羊城，海气茫茫望渐清。帆影争驰乘妇鲎（鲎似蟹，十二脚，背骨如帆。渡海则雌负雄以行），田租新赋美人蛏（海滨多蛏田）。诗尝老妪香山味，梦醒春婆玉局情。濠镜近传多异事，潮来常作战场声（谓前提督余步云也）。

己丑、庚寅、辛卯，连日春霭阴阴，缠绵重洋不散。徙倚舵楼西，极目于潮州、汕头、金门、厦门诸处，不得见其真际。遂入舱冥坐，或与广州吴道门、黄仲鲲谈天论海，颇适予怀。道门以陈白沙、吕纯阳集见贻。自惭心若船轮碌碌，参不澈微理也（道门字漱六，仲鲲字海门）。

舟过潮汕金厦诸处

过零丁洋追怀文信国

丽江回望海峰青，南宋孤臣有滞灵。我为招魂歌正气，一帆春雾渡零丁（丽江属海丰，信国尝帅舟师出此）。

先子见背于今五年，怅望三山，云凄雾结，临风西拜，泣血招魂。轮帆北驶，肝肠百断矣。悲哉！

经厦门哭号

春云黯淡湿朝暾，寒食风中过厦门。西望道山空雪涕，迎潮百拜敬招魂。

经福建

蛮夷猾夏古输今，太息瀛环启战侵。鬼国梯航赍有限，神州货殖毒弥深。澳门无臬宽前咎，沪水潜涡戒后心。笑彼含沙工射影，如何常詟候官林（林文忠公则徐）。

漳产良柑，皮极皱，味愈佳，故名漳州泡著物也。闽

漳产良柑

多暑，春深柑尽败。李琴顾能善藏巧哉！子石子得五圆，大啖。时三月且半，莫不羡子石子口福奇，竟忘琴之藏之巧也。

南海舟中食漳州柑感作

张帆迈金门，予怀殊渺渺。南洋多白云，何处安期岛。细嚼漳州柑，益念如瓜枣。西顾歌游仙，潮光青未了。

潮信鸟

潮信，鸟也，形色都类翡翠，而大比鹜。每双飞汪洋间，展青翎三尺许，翩翩拭海潮，随拭坐飞，如应翎约者，故名潮信。

潮信

海灵静不潮，如镜亦如练。遏来双翠鸟，飞戏春洋面。珍重掬清波，涤羽生青艳。再涤复再拂，惊潮忽砯溅。隆风奋海起，俨与潮交战。雷鼓鞭弗停，漩渍骋奇变。连立群晶山，摇轧天倪眩。我乘百丈舟，驶流似轻箭。伏舱瞻双翠，潮头拂无倦。繄彼戋戋羽，夫岂扬风扇。

壬辰日晡，天气渐晴朗。吴道门、黄仲鲲置酒船楼，共酌观潮。

南海舟中酌酒次均月渔先生酬吴黄二主人

晴鸱驱飓扫阴霾，九万鹏程碧障开。岭外闽云鸠薮泽，海旁蜃气像楼台。鹅书昙礦麒麟楦（月渔先生与道门论右军书法甚合），鸬杓瑶池鹦鹉杯。多谢马衔怜醉客，龙波争涌普陀来。

舟近普陀作

喜说前途近普陀，心香贝树祝三多。杨枝水煮桃花饭，解悟无烦春梦婆。

癸巳，晓容霁甚，凭楼槛纵观，云岫苍邈，烟波渣呱。既越仙坛，莲花洋近矣。对此普陀，徘徊想作。

过普陀山二首

莲花洋水碧于蓝，百幅归帆风止酣。大小落伽云断处，桃花深护普陀龛。

南洋春涨漫桃花，海客西回天外槎。日沐飓风辰啸海，普陀潮影晕丹霞。

船经莲花洋，日色涵怡，风光骀荡，虽无落红飞英缭缦船侧，而浪花云影，古艳宜人。第船行驶，甚不闻潮音飞漱洞中，亦未睹有所谓观世音者趺跏于紫竹绿杨、祥光彩霭中也。 莲花洋

日昳，海雾迷舟，碇泊良久，始启行。经鞍子诸岛，远望连山如龙流虬，莽莽苍苍，西迤北旋，尽力为我中华屏缦，诚天险也。

东海二首

慷慨辞南澳，逍遥转海东。云明微蕴月，帆饱快乘

风。蛮岛波涛外，鱼龙烟霭中。钓竿如有分，老此作渔翁。

虽是经年客，曾经九万程。重洋逢上巳，故国望长庚。风急疑龙斗，帆肥怒马奔。俯观眉子月，又向海东生。

入上海口

甲午，将晓，入上海口。舟行平逸，岸左右林攒艳锦，桃花泥水，杨柳撩晴，春光如绣。时有春鸟飞鸣其间。沿岸村庄楼馆，参差错落，如画中景致。心官耳目为之大快。回忆舟行险洑怒涡中时，每思此境，以为再世希逢。今竟遇之，虽芙蓉城郭远在数千里外，而当此春光丽境，又在中华，亦无异放舟浣花溪矣。

上海海口甚严，港中才能通舟。盖亦天设江东隘也。黄公步上康庄平洁，阛阓纷纭，琉璃灯火烛宵如月，略同泰西诸国，而气象之宏正，人文之雅壮，则什百于诸国矣。

卖花声唤回乡佳梦

子石子既至上海，住大马路泰兴（栈名）。藤床高枕，假道黑甜，以归华阳。红日满窗，卖花声始唤回乡梦。因向在海船，火轮聒耳，风浪寒心，竟夕常辗侧不成寐，今则乐得安而忘危矣。

甲午，至上海小住十馀日。雨则垂帘试香，晴则买车肆游。游或竟日夜。越乙巳，始谋北行（自甲午至乙巳十二日别有记）。

丁酉，游洋泾桥，归道泰西花园。自篱外观之，花木妖姹，山石谲瑰，细草阴苔，侵盈十亩。有老鹤拳卧园中，氋氃不舞，如有慊于溷圊此园者。因叹今之士人惭此鹤者，盖亦众矣。既归，感而有作。

近上海（以下六首皆次月渔先生韵）

万里寻春近上洋，江天海国尽春阳。云间孤岛争诗峭，沙上闲鸥笑客忙。堤柳和烟拖远碧，村花落水漾馀香。无端妙境嚣尘满，回首蓬山空断肠。

入上海

东风吹我入天州，海客经春小倦游。吴岫景行思泰伯，扬江无戍怅中侯。衣冠暴露先民冢，金翠辉煌鬼子楼。闻说束薪流不任，何因能泛火轮舟（西洋人初至上海营建楼馆，以无多地面故就冢墓上筑石竖基，广东人为余言之，亦伤心垂涕）。

泊上海

管鸣帆落沪江隈，却似成都梦里回。水郭风烟三月朔，火船身世几轮回。香飞红软春将老，潮送青光客到来。楼阁通明魑魅喜，髯苏当此重衔杯（轮船将泊，亦鸣汽管，如将启行时）。

上海感作

南条尽处上洋滨，咄咄奇愁怪逼人。山色同深千古恨，江声断送六朝春。黄公旧浦偏容鬼，伍子灵涛近不神。欲快此心惟有醉，月箫花韵雅翻新（谓金桂丹桂茶园及诸游戏所在）。

上海洋园鹤

藤花楼阁衬斜曛，独鹤毰毸望海云。应向风尘寻凤侣，漫将仙格溷鸡群。旧游阆苑时萦梦，清唳华亭近不闻。每对羊公羞起舞，会须骞翮谢层氛。

上海闲步

乡绪吟情罥柳丝，华亭海上日迟迟。花狂似我心同素，鹤瘦于人品自奇。石凿未闻歌鹊绣，椒蕃何许占鸠枝。愿凭飓母烹涛力，尽数洋船天外吹。

泊上海次韵月渔先生四首

篛笠蓑衣不染尘，波罗的海两渔人。轮船载月归何处，沪渎桃花醉妙春。

花柳风生百里香，上洋三月好春光。雷潮般般轮船过，堤畔红楼箔竞张。

轮船泊近黄公浦，正是春时三月三。海外归来双眼大，青山一发藐江南。

水秀山明春态骄，布帆和月落泾桥。琴书检点皆无恙，惟有豪情强半销。

半岁之中历国二十

去年冬初由腾越出关，半岁之中游海国二十馀，行程七八万，今春将暮，始抵上海，何啻班定远生入玉门。行将北游，作书西寄，略述游踪，道行李之无恙，以慰我亲心。寄书邮则孙华甫也（孙华甫，德英其名，山西闻喜人。素商成都长盛通）。

托孙华甫寄家书二首

家书遥寄十三封，近事平安慰母悰。渡海郇原少相识，交情惟有旧孙崧。

轮舶驰风周海天，头衔新署小游仙。明春归蜀经梁晋，大地平中圈一圈（子石子少游秦陇，今周海西南而极东北，再自燕北历晋豫归蜀，则如圈环交合矣）。

志西湖梦

孤山松雪隔苏堤，天色湖光望眼迷。老鹤一声梅月瘦，奇峰平压水云低。楼台烟霭神仙窟，箫鼓风流庵画溪。昭庆疏钟惊晓梦，吟魂犹滞断桥西。

乙巳，登老南浔轮船，出扬子江口东南行，入海过沙尾岛，始北向。顺风大作，扬帆当之。烟色苍茫，潮声淅沥，须臾百里，快无喻也。

别上海诸友次韵月渔先生

半月春楼醉梦中，无端吹别是花风。乘潮东向蓬莱岛，暂谢诸君脱软红。

月中漫成次韵月渔先生

忽惊春尽想徘徊，强抑离愁敲复推。笛子吹潮清韵急，水仙和月听诗来。山经已点陶潜笔，尔雅曾登郭璞台。海外近时饶怪事，前贤疏注总难该（水仙、南溟，夫人侍儿）。

东海大潮白如雪山

丙午，子夜即起，与月渔先生把酒露酌。潮大至，白光坌立，正如雪山琼峰，浮天无岸，乍昂忽抑，滮湙潋滟，沖瀜浏漓，月光映射，硃玉铄晶，益增莹激。马衔、罔象、天吴、海童之属，仿佛可见，奇观哉。不必然太真犀，已令人喜绝骇绝。月渔先生因命作达宵之饮，以待初日。少焉，月渐西弛，翔阳逐潮，东飞天地，澡亮无纤翳尘，其状虽犹西海所见，而腾光较早，与潮竞奇于海天空旷之际，故尤觉可喜可骇也。奇观哉！

春晓东海观日出和月渔先生韵

曾向西洋破晓看，未谙东海已三竿。胭脂色嫩金精逗，璀璨光摇水气寒。蜃蛤楼嵌晶贝镜，鲲鲵浪托古铜盘。遥知故国妆台外，花担春声满锦官。

东海晓怀和月渔先生韵

海上神山何处寻，逍遥终未释蓬心。云鸠鼍岛成空碧，日骇鲸潮迸散金。鳌自容钩难觅饵，蠡原可测总须针（西洋人行海皆以指南针定所向。蠡，扬雄、刘向皆书作蠡）。饶他漱底三千丈（舟人以绳系镰缒海三十馀寻，未有所极），未敌离怀一半深。

泊烟台

丁未，晚过崆峒岛，遂泊烟台。船集如鱼，楼高入雾，海东雄镇也。

晚泊烟台与月渔先生联句

船头西望是蓬莱（月渔子），泰岱春浓气郁哉（子石子）。日观峰前人望我（月渔子），一帆飞渡海东来（子石子）。

戊申，将晓，春风大顺。乘残月挂帆西发。烟台岸侧，楼馆帆樯俱在淡烟薄雾中，景绝佳也。忽有大鸟掠帆东飞，横风逆其翼，盘而旋，折而追风而北，喔尔长啸，海谷激应如响，使人心地凄清，与海月风烟同澹洁。倚楼凌虚，雅有超尘之想。顷之，风愈顺，船行倍驶。回望之罘双岛，已不甚辨，惟见岸上馀灯数点，闪灼若星。月影波光，掩映疑画，相去不知几许远近矣。迨天晓日浓，则所谓大小黑山、长山、庙岛者，坐而飞越久矣。快哉，轮之转也。究其快，匪在轮之转，而帆之飞也。帆之飞，风鼓之；轮之转，亦汽速之。无忌惮者，遂贪为功焉，噫嘘！

长山庙岛坐而飞越

将晓望之罘岛

鸟声如啸水云间，残月清风伴客闲。海际春星千万点，之罘灯火界双山。

午雨晓晴，海西群山益嫣嬉明腻，如红妆新沐，天然媚春。泰岱为群山护侍，俨然天仙化人，极庄极憨，不容辞其妙，撩人诗膈，奇庠不可遏。

泰山远望俨如天仙

海中过雨望岱二首

昨夜鲸风万里吹，溟天寥泬晚晴时。雨含泰岳将春住，河恋中原入海迟。即墨云藏豪士岛，古青苔蚀始皇碑。烟台漫访荆卿事，暂抑新愁付酒杯。

岱宗如父影亭亭，峰岫连环裹画屏。擘絮云迷神女梦，如酥雨滀丈人醒。潮光飞白明三观，岳势摇苍压九溟。不见天门空怅望，登封台畔暮烟青。

潮中望丱兮城

春潮骇逸怒风生，万叠银峰撼太清。舟近盐山故容与，倚楼同看丱兮城。

向过徐福岛，月渔先生曰："或曰徐福至今犹生，信乎?"子石子曰："徐福事暴秦，能不阿始皇，生稚男女至万人，故后世相传仙去。神怪之事，固仲尼之徒不欲言。然而以常理论之，能生人者，天必不忍死之。虽死其身，其灵其名固常生也。故仲尼曰：仁者寿。"月渔先生曰："斯言也奇而理。"因咏丱兮城附书之。

己酉，海雾阻舟，晚碇大沽口外。庚戌辰，始入口。炮台雄峙一港，迂通北海门户，自宜严壮倍他处也。将午，泊舟天津紫竹林。

泊天津

入大沽口泊天津次月渔先生均三首

大沽台口入南浔，九十九湾紫竹林。隔水人歌新乐府，桃花细雨泪淋淋（南浔，轮船名）。

防海新军柳染旗，花湾村落画中诗。漫愁狭漕船难掉，天凿津沽水折之（漕，去声）。

海帆安善谢津城，北地民居入眼生。半岁西洋楼上客，板寮环室镇相惊。

天津晚眺

入晚津门风渐粗，汐光砯渤万明珠。红星乱点随流去，知是渔船下直沽。

庚戌、辛亥二日，皆住恩裕公馆（在天津东关外斜街）。

天津道中怀古

丱兮城郭上孤烟，又见中条春月妍。我羡诤臣真隐士，谁知剧盗即飞仙。汪洋何处蓬莱宅，泉石应联翰墨缘。徐福阳城今已矣，相思不遇意凄然。

壬子，至桃花口，阻雨茆屋。盖舍轮船而车矣。

桃花口阻雨

平原浅草碧生烟，万树桃花娇欲然。昨夜海风吹不住，落红和雨泥辎軿（泥，去声，软缠也）。

望中条山

巾车发天津，轮惊不可驭。搴幔望中条，阳公栖隐处，芳音久寂寥，峰岫邈烟雾。

癸丑，复阻雨杨村。

四月建乙巳朔日甲寅，子夜发杨村，辰饮河西务。至余家围，夜已亥。

夜分出杨村

曙鸡声喔喔，巾马发关门。隐约分行径，模糊认候墩。春风酣柳树，宿雾淡杨村。堤壖临通漕，舟灯黯不喧。

回到北京

乙卯辰，进沙窝门。日中至宣武门东南后孙公园兴胜寺，憩行李焉。

入都次韵月渔先生

轮帆飞渡海，车马益劳形。粤蓟追章亥，神仙访鲁丁。时和花作县，人喜酒沽瓶。带砺山河巩，重洋觐帝廷。

自天津入都门道中次韵月渔先生

细雨初收鸟哢晴，花风驿路看春耕。豆畦麦棱如巴蜀，柳舍桃蹊过武清。魏阙惭无司马赋，津桥喜听杜鹃声。前朝山水都陈迹，祝我皇图壮汉京。

五月建丙午朔日甲申，于是子石子居都已弥月。都人士多有知子石子方渔瀛还者，争来问讯。子石子以形劬心震于轮船汽车者将半年，三十日间未能遽复，故不禁言语之烦频，每出胪志应客。则皆大声以赞曰：“子石子奇人哉！”客既退，子石子初亦识大声赞奇者之矫也，继思天下古今，亦何人何物非矫者？客既赞曰奇人，子石子亦何妨矫受奇人之赞。况都人士之赞，或有百一非矫者，即赞者尽出于矫，固已俨然赞之矣。则子石子岂不俨然奇人？夫子石子得俨然为奇人者，非人奇也，以胪志奇也。然则胪志岂不有大善于子石子？然则胪志所由成之人之物，畴非于子石子善者，何可没其善乎？胪志非由渔瀛乃成者乎？渔瀛之始，实腾越军蒋钊、何金鉴诸故人也。渔瀛之渐，则李珍国、刀盈廷、猛古息、毕名诸人也。然非缅甸国王及李德方、许宽诸人，伯坎、庚文诸酋，渔瀛未必成行。非朱蒋、许经、钟东发、王观诸人，虽成渔瀛之行，未必畅。非王宗坚（即子谷子）及僧妙月、法墨西阿、猛艮、沙明莫诸人为之通译，言语虽畅，亦不深。又得孙德英、朱广兰、黄陈诸人，及威非克、厄乌哥、法勿不米诸酋、诸眷属，与诸加必旦诸野人山酋，为东西道居停，为扞护行李，故渔瀛既深且畅，又不致困乏慢仄而不安。然使无轮船、汽车二物之便，亦何能五六月之久，遂由腾越逾野山，越缅甸、印度、阿非利加而畅然安然，而深渔于汪茫渺漫之西瀛，又渔南洋、东海，数万里而还，而居于都，如此其快也。子石子亦自谓奇哉，又何怪夫都人士见胪志者，必矫为大声之赞也乎？子石子不嫌奇人之赞为矫，俨然受之，夫岂不宜先哲有言，善不可没。无胪志，子石子不得俨然为奇人；不渔瀛，无由成胪志。故凡成子

渔瀛之奇成于诸友

石子渔瀛之奇，实能甚善子石子者，敢不遽书渔瀛之胎之渐，与夫成渔瀛之行，使渔瀛之行能畅、能深、能安且快之人之物，之善于胪志，后以彰于都人士之辱来问讯，而矫为大声赞子石子奇人者。

王芝海客日谈

人名索引

说明：子石子，作者王芝自称；月渔先生，名尧增，王芝仲父。二人不在本索引之内。

五画

六画

七画

八画

九画

十画

十一画

十二画

十三画

王芝海客日谈

译名简释

二画

卜牙利

Hungary，匈牙利

三画

士敦昂木里

Stromboli volcano，斯特朗博利火山

小昆仑

Con Dao，昆仑岛

马加

Danmark，丹麦

马耳色里

Marseille，马赛

四画

天方

原指伊斯兰教发源地麦加，后泛指阿拉伯

大竺

Tintu，古印度

厄日多（亦名伊也）

Egypt，埃及

戈温洛

Governor，总督

日博禄特海口

Strait of Gibraltar，直布罗陀

海峡

冈甲（丁机宜）

Tebingtinggi，直名丁宜岛

允伦

London，伦敦

五画

甘孛智

Cambodia，柬埔寨

布路士

Prussia，普鲁士

龙川江

即瑞丽江，伊洛瓦底江支流

龙牙

Lingga，林加岛

占城

Champa Kingdom，即占婆补罗，古国

加必旦

Captain，船长

六画

吉连丹

Kelantan，吉兰丹

亚丁（一名丁，亦名阿尔连颠）

Aden，亚丁，也门城市

亚立可色他

Port Said，塞得港

亚齐

Atjeh，古国名，在今苏门答腊西北部

西里伯

Celebes，西里伯斯海

西治岛

Sicilia，西西里岛

吕宋

Luzon Island，吕宋岛

伊拉袜底

Irrawaddy，伊洛瓦底江

米尼干岛

Minicoy，米尼科伊岛

安他尔

Antwerpen，安特卫普

安南国

Vietnam，越南

好汪歌

Cape of Good Hope，好望角

红毛浅

中沙群岛古称

七画

麦西国（另见墨洗国）

Egypt，埃及

苏门岛

Sumatra，苏门答腊岛

苏夷苏

Suez，苏伊士

巫来由

Malayu，马来亚人旧称

闷辣

敏拉

阿亨克敦

Copenhagen，哥本哈根

阿拉干

Arakan，阿拉干王朝，在今缅甸西南沿海

阿罗班

Alaungpaya，阿瑙帕雅

阿的利

Austria，奥地利，时指奥匈帝国

阿萄富海

Persian Gulf，波斯湾，又称阿拉伯湾

八画

拉不立斯

Naples，那不勒斯

拉波仑

Napoléon Bonaparte，拿破仑·波拿巴

英吉利

English，英国中世纪时国家和民族的统称

杳缪

眉缪，旧称彬乌温，缅甸中部城镇

罗尔克牙

Noreg，挪威

庚题人

Kandy，康提僧伽罗人

波斯

Persia，伊朗古名

定克马里

Trincomalee，亭可马里

九画

玻璃斯

Paris，巴黎

拱洞

缅甸为炫耀武功，聚埋敌首的高冢

星架坡

Singapore，新加坡

拜蒲

Tobacco，烟草

柔佛国

Saltanah Johore，柔佛素丹国

十画

都耳其

Turkey，土耳其

真腊

Kmir，又名占腊，其境在今柬埔寨内，是中国古代对吉蔑王国的称呼

秘古国

Bago，勃固王朝，亦译白古王朝

十一画

勒尔西海

Red Sea，红海

菩雅

Pagoda，浮图，佛塔（缅语）

野缪

Thayetmyo，德耶谬

十二画

彭亨国

Pahang，在今马来西亚彭亨州

斯得哥尼厄阿

Stockholm，斯德哥尔摩

葛罗巴

Banka，邦加岛

逼缪

Prome，卑谬

酣波耳

Hamburg，汉堡

酣波耳湖

Alster，阿尔斯特湖（汉堡）

鲁昆

Perak，霹雳州

蛮莫

旧土司名，今缅甸八莫附近地区

禄母

Rome，罗马

巽他峡

Sunda Strait，巽他海峡

缅甸都城

Mandalay，曼德勒（Mandalay）

十三画

蒲甘

Bagan，缅甸古都，在伊洛瓦底江中游

零黑

Den Haag，海牙

新街

今缅甸八莫

意大里亚；意大理

Italy，意大利

满剌加，麻六甲

Malacca，马六甲

十四画

漾贡

Yangon，仰光

十五画

暹罗

Siam，泰国

墨尔特

Malta，马耳他

墨西拉

Messina，墨西拿

墨拉牙（一曰马拉尔亚）

Murcia，穆尔西亚

墨洗国，另见麦西国

Egypt，埃及

墨洗新河

Suez Canal，埃及新河，即苏伊士运河

德禄彪

Danubyu，德努漂

走向世界丛书一百种

初编三十五种以＊标出

谢清高 **海录**（附三种）
＊ 容 闳 **西学东渐记**
＊ 林 鍼 **西海纪游草**
＊ 罗 森 **日本日记**
＊ 斌 椿 **乘槎笔记**
＊ 张德彝 **航海述奇**
＊ 王 韬 **漫游随录**
＊ 志 刚 **初使泰西记**
＊ 张德彝 **再述奇**（欧美环游记）
＊ 张德彝 **三述奇**（随使法国记）
王 芝 **海客日谈**
＊ 祁兆熙 **游美洲日记**
＊ 李 圭 **环游地球新录**
＊ 郭嵩焘 **伦敦与巴黎日记**
＊ 张德彝 **四述奇**（随使英俄记）
＊ 黎庶昌 **西洋杂志**
＊ 刘锡鸿 **英轺私记**
李凤苞 **使德日记**
钱德培 **欧游随笔**
＊ 何如璋 **使东述略及杂咏**
＊ 张斯桂 **使东诗录**
黄遵宪 **日本国志**
＊ 黄遵宪 **日本杂事诗**〔广注〕
陈兰彬 **使美纪略**
＊ 曾纪泽 **出使英法俄国日记**
＊ 王 韬 **扶桑游记**
＊ 徐建寅 **欧游杂录**
谭乾初 **古巴杂记**
王之春 **谈瀛录**
＊ 李筱圃 **日本纪游**
池仲佑 **西行日记**
蔡 钧 **出洋琐记**
袁祖志 **瀛海采问纪实**
张祖翼 **伦敦竹枝词**
王以宣 **法京纪事诗**
潘飞声 **西海纪行卷**
潘飞声 **柏林竹枝词**
潘飞声 **天外归槎录**
张荫桓 **三洲日记**
邹代钧 **西征纪程**
王咏霓 **道西斋日记**
张元济 **环游谈荟**
余思诒 **楼船日记**
缪祐孙 **俄游汇编**
张德彝 **五述奇**
＊ 傅云龙 **游历日本图经馀纪**
傅云龙 **游历美加等国图经馀纪**
洪 勋 **游历闻见录**
崔国因 **出使美日秘国日记**
＊ 薛福成 **出使英法义比四国日记**
＊ 薛福成 **出使日记续刻**
陈道华 **日京竹枝词**

严　修 **东游日记**

姚鹏图 **扶桑百八吟**

凤　凌 **游馀仅志**

* 黄庆澄 **东游日记**

吴宗濂 **随轺笔记**

宋育仁 **泰西各国采风记**

王之春 **使俄草**

伍廷芳 **美国视察记**

* 蔡尔康等 **李鸿章历聘欧美记**

张德彝 **六述奇**（附　七述奇未成稿）

刘学询 **考察商务日记**

黄　璟 **考察农务日记**

罗振玉 **扶桑两月记**

罗振玉 **扶桑再游记**

丁鸿臣 **东瀛阅操日记**

沈翊清 **东游日记**

* 梁启超 **新大陆游记**

张德彝 **八述奇**

载　振 **英轺日记**

吴汝纶 **东游丛录**

双　寿 **东瀛小识**

缪荃孙 **日游汇编**

周学熙 **东游日记**

* 单士厘 **癸卯旅行记**

凌文渊 **籥盦东游日记**

张　謇 **癸卯东游日记**

蒋　煦 **西游日记**

王景禧 **日游笔记**

陈　琪 **环游日记**

* 康有为 **意大利游记**

康有为 **德意志等国游记**

康有为 **英国游记**

* 康有为 **法兰西游记**

韩国钧 **实业界之九十日**

李濬之 **东隅琐记**

盛宣怀 **愚斋东游日记**

* 戴鸿慈 **出使九国日记**

金　鼎 **随同考察政治笔记**

* 载　泽 **考察政治日记**

程　淯 **丙午日本游记**

康有为 **西班牙等国游记**

杨泰阶 **东游日记**

文　恺 **东游日记**

左湘钟 **东游日记**

吕珮芬 **东瀛参观学校记**

* 林汝耀 **苏格兰游学指南**

* 单士厘 **归潜记**

金绍城 **十八国游记**

附 艾儒略 **职方外纪**

附 南怀仁 **坤舆图说**

附 丁韪良 **西学考略**

附 艾约瑟 **西学启蒙**

图书在版编目(CIP)数据

海客日谈/(清)王芝著.—长沙:岳麓书社,2016.12
(走向世界丛书/钟叔河主编)
ISBN 978-7-5538-0682-2

Ⅰ.①海… Ⅱ.①王… Ⅲ.①游记—作品集—中国—清代
Ⅳ.①I264.9

中国版本图书馆 CIP 数据核字(2016)第 234912 号

HAIKE RITAN

海客日谈

作　　者:王　芝
校 点 者:鄢　琨
责任编辑:鄢　蕾
责任校对:舒　舍
封面设计:吴颖辉　贺红梅

岳麓书社出版发行
地址:湖南省长沙市爱民路 47 号
直销电话:0731—88804152　88885616
邮编:410006
岳麓书社网址:www.yueluhistory.com

2016 年 12 月第 1 版第 1 次印刷
开本:890×1240　1/32
印张:8.625
字数:192 千字
印数:1—3 000
ISBN 978-7-5538-0682-2
定价:45.00 元

承印:长沙超峰印刷有限公司

如有印装质量问题,请与本社印务部联系
电话:0731—88884129